文芸社セレクション

ハナ

八千代 彰雄

文芸社

目次

一九七六年一二月二三日　午前三時一〇分

江東区工藤建設建築本部内装センター工場の敷地内で、轟音とともに時限爆弾が爆発した。

〈本日、花岡作戦を決行したのは、東アジア反日革命戦線に参画する抗日パルチザン義勇軍〝蠍(さそり)〟である。工藤建設は、植民地人民の生血をすすり死肉を喰らい獲得したすべての財産を放棄せよ〉

～プロローグ～

傍聴席は完全に埋まっていた。一般の傍聴者や警察関係者、メディア報道関係者の中に混じって、白川義正(しらかわよしまさ)たちの仲間や支援者の姿が見える。

刑務官に促されて被告席の前に立った。手首に食い込む手錠と、圧迫感があるほどに締め付けられた腰縄が外される。義正は背筋を伸ばして静かに席に着くと、目を閉じた。人の声や物音が、敏感になった義正の心を刺激する。しばらく呼吸を繰り返しているうちに、いつしかその雑音も意識の外へと消え去っていた。

身じろぎひとつしない義正の後方で、再びざわめく気配を感じた。うっすらと目を開けると、三人の同志たちが間隔をあけながら姿を見せた。

これまでともに闘ってくれた弁護士が、義正の視線を捉えて大きく頷く。

ようやく今日で、検察庁公安部との闘いにひと区切りがつく。地裁の一審判決が出るのだ。

ここまでくるのに四年かかった。しかし、まだ終わりではない。

今日この日までの四年間、義正は何度も出廷拒否を繰り返した。その目的は分離裁判ではなく、同志とともに統一裁判を受けるためだった。この裁判で、国家権力との徹底的闘争を決意したのである。正義は我々にある。裁判で自分たちを裁くことはできない。そんな道理はないのだ。あるのは空虚なこじつけだけだった。

義正にとっての裁判の目的はふたつある。ひとつは、裁判を通してマスメディアを使い、世間に対して自分たちの正当性を主張すること。そしてもうひとつは、死刑判決が想定できたため、裁判を長引かせることにあった。死ぬこと自体を恐れはしない。ただ、まだやるべきことがあるはずだと思った。

最後に検事が入廷した。それぞれが指定された席に着き、机上の資料をパラパラとめくっている。

五分ほどが経過しただろうか。黒の法衣を身にまとった裁判長らが、厳粛な面持ちで姿を見せた。

咽を鳴らす僅かな音さえ聞こえてくるほどに、法廷内は深閑としていた。

誰もが緊張し、固唾を飲んで、歴史的なこの瞬間を見守っている。

廷吏が起立を促す。いよいよ開廷だ。義正はゆっくりと立ち上がり、裁判長の顔を見据えた。

人定質問を済ませたのち、裁判長が厳然とした様子で判決文を読みあげた。

「殺人未遂及び爆発物取締罰則違反被疑事件につき、被告人を無期懲役に処する」

そのときだった。

「日本の国家が被告人を裁くことはできない！」

「日本の国家こそ裁かれるべきだ！」

そう声を荒げて訴える仲間の罵声が飛んだ。

法廷内に怒号が満ちる。顔を真っ赤にした裁判長が、執行官と警備員に支援者らの退去を命じる。

義正は内から吹き出るマグマのような激情に駆られ、高ぶる心を抑制することができなかった。

「裁判は無効だ！」

抗議の声をあげた義正は、履いていたスリッパを裁判長めがけて投げつけた。

第一章

1

眩しく照りつける夏の陽射しに、竜介（りゅうすけ）はうんざりしながらベンチを立った。

今日もある中小企業の面接に足を運んだが、人事部の担当者は目を合わせようともしなかった。何とか仕事を得ようと、心にもないことを述べてはみるのだが「はあ、そうですか……」と答えるばかりで、採用するつもりがないのは明らかだった。貯金も底をつきそうで、いずれは家賃さえ支払うこともできなくなる。

溜め息をつきながら墨田区錦糸町の自宅に戻ると、竜介はすぐさまソファに寝転んだ。もともと真っ白だったはずのこの天井も、至る所が茶色に変色している。

リモコンに手を伸ばし、エアコンとテレビをつける。ちょうど午後四時を回ったところだった。チャンネルをニュースに合わせると、いつもの見慣れたキャスターが映っていた。たいしたニュースはやっていない。今日も一日平和でした、というニュースを誰が見るのだろう。穏やかに話すキャスターと、殺伐とした自分の人生を重ねて、苛立ちさえ覚える。

テレビを消して瞼を閉じる。気づくと、固定電話が鳴っていた。いつの間にか眠っていたようだ。全身が汗でべとついている。

竜介は上半身を起こして受話器を手にとった。

――兄さん！　就活はどうですか？

百メートル先の向こう岸から声を張りあげるようにして喋る安田(やすだ)に、竜介は苦笑していた。相変わらずの溌剌ぶりだ。

「俺のことより、お前のほうはどうなんだ。母ちゃんは元気か」

安田は、竜介がまだ社会人だった頃の信頼できる部下だった。片腕と言ってもいい。都心の中堅商社にともに勤め、多数派工作や若い部下たちのマネジメントで非凡な能力を発揮してくれた。ある事情で竜介が会社を辞めたとき、安田も一緒に辞表を出し、実家に帰っていた。

――おふくろは俺が帰ってきて、小躍りして喜んでくれていますよ。だけど、親父とは相変わらず口喧嘩ばかりです。まあ、何だかんだ言っても仲良くやってますけどね。

「実家に帰ったときくらいちゃんと親孝行しろよ。お母さんにもよろしく伝えておいてくれ」

――あっ、おふくろに替わりましょうか。兄さんにも会いたがっていましたし。

「いや、また今度にしておくよ」

――兄さん、何か面白いことがあったらすぐに知らせて下さいね。飛んで行きますから！

「そのときはよろしくな」

そう言って電話を切る。冷蔵庫からビールを取り出し、プルタブを開けて胃に流し込んだ。

さきほどの、安田の言葉を思い出す。

就活はどうですか、か。

ふと、過去の記憶がよみがえってくる。

都内の大学を卒業した竜介は、業界シェア上位を誇る大手不動産会社に入社した。どこか体育会系な社内の雰囲気に学生気分は瞬く間に吹き飛んだが、それでも業務にはやり甲斐があった。価格にして何千万もの物件を扱っていると、自分が特別な人間になったとさえ思えた。

だが、そんな生活も長くは続かなかった。

竜介が高校に入学した一九七六年、一二月二三日未明、江東区内の大手ゼネコン、工藤建設の資材置き場にて爆発があった。時限爆弾による爆破——左翼活動家の犯行だった。半年ほどして犯人は捕まったのだが、その人物は竜介のよく知る人だった。

白川義正。竜介の兄だ。

もともと、労働活動に関心を持っていた兄ではあったが、事件を起こしたと聞いたときには信じられぬ思いだった。それも、当時の左翼活動家として新聞に名を馳せた〝オオカミ〟や〝大地のキバ〟と並ぶ大物、〝蠍〟だという。

義正の事件以来、家族の生活は一変した。実家は連日マスコミ関係者に取り囲まれ、地裁、高裁判決が出るたびに家族や近隣住民からコメントをとろうとした。鳴り止まない嫌がらせの電話に、両親はすっかり憔悴しきっていた。

それだけではない。その騒ぎはいっこうにおさまらず、竜介が入社して二年目の頃、第二審判決が出たときには、ついには竜介の会社にまでメディア関係者が押しかけてくるようになった。義正の事件のことはずっと会社の人間には口外しないようにしてきたが、それでとうとうばれてしまったのだ。

その頃からだ。社内の竜介を見る目に、奇異なものを感じるようになったのは。特別何かをされたり、何かを言われるわけでもなかったが、普段は明るい竜介もその空気に耐えられなくなり、次第に口数も減っていった。そして会社を辞めたのだ。

その後、中堅商社に再就職した竜介は、すべてを振り払うかのように一心不乱に働いた。その努力もあり、やがて多くの部下を持つまでになっていた。

ただ、結局はその会社も去ることになってしまった。やはりここでも、義正の事件が知られてしまったのだ。気づいたときには三七になっていた。

このままではいけないと思いながらも、若くもないこの身では再就職もなかなかままならない。それに、自分の中にも迷いがある。金もなければコネもない、会社組織に属したところでたかが知れている。何より、兄が犯罪者だという事実は消えないのだ。

かといって、義正のことを憎んでいるわけではない。確かに社会を騒がせるほど大きな事件を引き起こした兄ではあるが、義正は正義感が強く、社会を変えたいといつも言っていた。事件そのものも、労働者の権利を訴えるためだという。口数は少ないが、弟の自分をいつも気にかけてくれる優しい兄だった。

竜介の憤りは、この社会に対して向けられている。自分たち家族の居場所を奪ったこの世の中に対して。

いつか見返してやる――何度そう心でつぶやいただろうか。

ふと空腹を感じ、竜介は現実の世界に戻された。冷蔵庫を開けたが、何も入っていなかった。仕方ないので外へ食べに行くことにした。

家を出て、錦糸町駅まで歩いていく。よく足を運ぶ大衆食堂がそこにある。

駅に着いた。裏手にある小道に入ると、瀟洒(しょうしゃ)なビルの前を通りがかった。ここの三階には、有名芸能人も行きつけの寿司屋がある。もちろん今の竜介には縁がなく、一度も訪れたことはない。

ちくしょう――竜介は奥歯を嚙みしめた。行きたい店にも行けない自分が、あまりにも情けなさすぎる。

そんなことを思っていると、背後から突然声をかけられた。

「竜介か？」

驚いて振り返る。どこかで見た顔だった。

「おたくは――」

「やっぱり竜介だ。俺だよ、俺、密井だよ」

感慨深そうに笑みを浮かべるその顔を見て、竜介は思い出した。

「将則か。ずいぶん変わってるから、一瞬、誰だかわからなかったよ。ひさしぶりだな」

密井とは小学生時代にずっと同じクラスだった。誰よりも真っ直ぐだった密井に好感を抱いていたことを、今でも覚えている。

家が近くにあったということもあり、学校が終わると下校途中にいろんな話をした。一時期、竜介がクラスの中で陰湿なイジメに遭い、周囲から疎外感を感じていたときも、いつもと変わらずに接してくれたのは密井だけだった。密井がいたから学校に通い続けることができたと言ってもいい。

小学校を卒業すると、密井はグレて地元の暴走族の仲間に加わった。一方、竜介は私立の中学校へ進学し、至って真面目な中学生活を送っていた。だからその後、ふたりの間に交流はなかった。成人式で会ったきりで、小学生時代の感謝の気持ちも言えないままだった。

「まさか竜介にこんなところで会うとはな。元気でやってたか」

「ぼちぼちだな」

「冴えない返事だな。何だかよくわからないが、ちょっと近況を聞かせろよ。こっちは時間がある、こうして再会できたのも何かの縁だ」

「飲みの誘いってことか」

「それ以外に何がある？　ここのビルの三階に旨味い寿司屋があるんだ」

いくら小学生の頃に仲が良かった相手とはいえ、密井は見るからにヤクザそのものだった。どう贔屓目に見ても堅気には見えない。普通なら返事をためらう相手だ。

だが、竜介は次には顎を引いていた。根拠はないが、昔と変わっていないようにも思えた。

「でも、俺にそこまでの金はないぞ。俺の身なりを見ればわかるだろ」

竜介が言うと、密井は豪快に笑った。

「金のことは心配するな。俺の身なりを見ればわかるだろ」

竜介も笑った。少しだけ胸が弾んだ。

2

子供が立っていた。薄汚れた身なりの男児で、虚ろな目をしている。

その渇ききった唇が、か細い声をあげた。

――すいません、僕に水をください……。

そこで、はっと目が覚めた。悪い夢のせいで酷い寝汗をかいていた。

木村大樹（きむらだいき）は自宅のベッドから起き上がると、冷蔵庫に向かい、水の代わりに冷えたビールを手に取った。

中身の半分ほどをいっきに喉へ流し込む。キッチンのシンクには、同じ銘柄の空き缶が五、六本転がっている。

大樹はリビングのソファに腰を下ろすと、テレビのスイッチを入れた。気怠くチャンネルをザッピングする。ニュース画面に切り替わったところで、思わず手が止まった。

『昨夜、千葉県船橋市本町にあるアパートの一室から男児の遺体が発見された事件で、その後男児の司法解剖を行なった結果、死因は衰弱死だということが判明しました。腕や足などにも打撲痕が残っていたことから虐待の疑いがあり、現在行方がわからなくなっている男児の父親が事情を知っていると見て捜索しています。隣人住民の証言によると、約一ヵ月前から男児の泣き声や「ごめんなさい」という声が頻繁に聞こえてくるようになったという情報もあり――』

くそったれが――思わずそう口にしていた。大樹はテレビを消すと、テーブルに叩きつけるようにしてリモコンを置いた。

頭の中を昔の出来事がぐるぐる回っている。さっきの悪夢もあって余計だった。

水を求めて立ち尽くすガキ。あの子供はほかでもない、大樹自身のことだ。

――何であんたはご飯をこぼすのっ。服まで汚して、本当いいかげんにしてよ。ああ、疲れた。あんたさえいなかったら。産まなきゃよかったよ、本当に……。

幼少時の大樹の記憶は、母親に罵られている光景からはじまる。

大樹は若い母親のもとに生まれた。なぜか父親はいなかった。事情は知らないが、自分を出産したすぐあとに離婚したらしい。以来、大樹は母親との二人暮らしを送っていた。

ただ、母親は親である前に女だった。華やかな暮らしに憧れてホステス勤めをし、男遊びに明け暮れ、二、三日帰ってこないこともざらだった。典型的な育児放棄というやつだ。

幼かった大樹にとって、親からの庇護を受けられないというのは生死に関わる問題だった。家に食べる物はなく、たまに与えられてもインスタントフードばかりで、時には水道さえ料金滞納で止められてしまう。親からの愛情を感じたことはなかったが、そんなことはどうでもよかった。ただ生きること、それだけで精一杯だった。

そんな生活が続いた四歳の頃、母親がいつもよりも帰ってこないことがあった。三日経っても、五日経っても戻ってこない。生米を食い、便所の水を飲んで飢えをしのいだが、それにも限界がある。

一週間目に命の危険を感じた大樹は、隣人宅の扉を叩いて水を求めた。それがきっかけとなって通報が入り、大樹は保護されるに至ったのだ。

その後、児童相談所の一時保護を経由し、大樹は児童養護施設に送られることになった。母親が自分を引き取ることはなかった。というより、引き取ることができなかった。のちに知ったことだが、母親は自殺していた。天涯孤独の身となった大樹は、その施設での暮らしを余儀なくされた。

施設での生活。くだらない。本当にくだらなかった。

経済的な理由や虐待による保護など、そこで暮らす子供たちにはそれぞれ事情があったが、共通しているのは皆、親からの愛を知らないということだった。

だが、それを求めるのも最初の頃だけだった。どれだけ愛が欲しくても、自分たちに親はいない。親さえ愛してくれない自分たちに、他人が愛を注いでくれるはずがない。笑顔で接してくる保母と自分たちのあいだにも、見えない壁がある。

人から大事にされたことのない子供たちは、人を大事にする術を知らなかった。園生間には常に暴力が蔓延していた。そのような環境の中で、子供たちがまともに育つわけがない。その小さな心は荒んでおり、もちろん大樹も例外ではなかった。

ただ、その生活も突然終わりを告げた。一九六二年、小学四年生に上がってしばらくした頃、全身を綺麗に着飾った五〇代くらいの夫婦が、大樹を養子に迎えたいと言ってきたのだ。

大樹を引き取った養父は、二〇代の頃から建設業や不動産業をはじめ、貿易業などを幅広く手がけて、買収を繰り返しながら巨大グループを築き上げた人だった。人間性としても、多くの人から尊敬を集めていた。

けれど、養父の人柄なんて大樹にとってはどうでもよかった。有り余る富と保証された生活、それだけが大樹の関心事だった。このときから、大樹は人並みの生活を手に入れたのだ。

それから何年もの時が経ち、気づけばもう四十路も近い。

自分は今、結局またひとりの生活を送っている。養父は大樹が二〇歳を過ぎた頃、事業絡みで精神を病み自殺した。それを追うように、養母も間もなくして病で他界した。

親もいない。それでいい。それどころか、仲間と呼べる人間すらいない。

だが、それでいい。人に何かを求めることほど愚かなことはない。信じられるのは己だけ、自分さえよければそれでいいのだ。事実、今日までそうやって生きてきた。

水をください、か。大樹は鼻で笑った。

二度とそんなことは言うものか。二度と人に助けを乞うものか。

自分はこれからも、己だけを頼りに生きていく。

3

東京駅から新幹線で、約一時間三〇分。東北の最大都市、仙台駅に降り立つと、竜介は雑踏の中をかき分けるようにして改札口へ向かった。時刻は午後二時三〇分を回っている。九月も終わりとなり、こないだまでの残暑が嘘のように涼しくなっていた。

竜介は手に持っていたブルゾンを羽織り、縦列しているタクシーに乗り込んだ。

「どちらまで?」運転手がわざとらしい笑顔で振り返る。

「仙台刑務所まで」

「仙台刑務所――はい、仙台刑務所ですね」

そう答える運転手の表情は、幾分強張っていた。重罪を犯した身内がいるのだと想像でもしているのだろう。

竜介は気づかないふりをすると、車窓から外を眺めた。密井と再会した日のことをぼんやりと思い出す。

寿司屋のカウンターに並んで座った密井は、実に羽振り良く高級なネタを頼んだ。その様が正直羨ましく、今何をしているのか竜介が問うと、案の定、密井はこう答えた。

「俺はヤクザになったんだ。銭カネで稼業を張ってるわけじゃないが、金がなかったら出世もできないからな」

密井が大吟醸をくいっと飲み干す。それから逆に訊いてきた。

「竜介は今、何の仕事してるんだ」

居心地の悪い質問だった。竜介はごまかすように、自虐気味に笑って言った。

「いろいろあってな、今は就活中なんだ。この歳でやばいよな」

一緒になって笑ってくれたほうがよほどよかった。だが、密井はそうせず、真っ直ぐにこちらを見ていた。

「これからどうしていくつもりだ？」

「どうしていくつもりって？」オウム返しに訊き直す。

「だから仕事だよ。働かなきゃ飯も食えんだろう」

少し考えてから、竜介は箸を置いた。

「……自分でもわからない。何かしら職に就かなくちゃならないとは思っていても、今さらこの社会であくせく働いたって、しがないサラリーしかもらえない。会社組織から落ちこぼれた俺は、負け犬と同じだからな」

義正が昔、「無知でいることは、人生を放棄することに等しい」と言っていた。だからがむしゃらに勉強して、一流と言われる大学に入り、大手不動産会社に就職した。

しかし、それがいったいなんだというんだ。現状はこの有り様だ。

無意識に歯噛みをしていると、なぜだか密井が背筋を伸ばした。そして、「無理にとは言わないが」と改まった口調で話しはじめた。

「俺と一緒に裏の世界でのし上がって、この世を操る一大グループを作らないか」

思いがけない言葉に、すぐに返事ができなかった。竜介のその様子に、密井は慌てたように付け加えた。

「もちろん、ヤクザをやれって言うわけじゃない。俺は極道で、竜介はグレーだ。ヤクザでもなく堅気でもない。お前には人の心を惹きつける何かがある。人は力だ。人が集まるところにすべてが集まるんだ。金も、情報も、何もかもな。俺が裏の世界を牛耳り、竜介が世間を支配する――最高だとは思わないか？」

数秒の沈黙が訪れた。突然のその誘いに、竜介はとまどいを隠しきれなかった。

すると密井は、「冗談だよ」と言いながら薄く笑った――。

お客さんっ、という運転手の声に我に返った。窓の外に目を遣ると、周囲を高い塀で厳重に囲んだ、レンガ造りの建物の前に着いていた。

竜介は料金を払ってタクシーを降りると、面会の受付所へ向かった。

住所や職業、面会の目的などの必要事項を記入し、小さな待合室で順番を待つ。

隣のソファには、年老いた老婆がひとり座っていた。皺の浮いた手にハンカチを握りしめて、じっと一点を見つめている。

どこから来たのか。この中に息子でもいるんだろうか。そんなことを考えていると、面会担当職員の声が音声スピーカーから流れてきた。

——門鑑番号一〇番の札をお持ちの方、二号面会室へお入り下さい。

竜介は立ち上がると、二号室と書かれたプレートのドアを開け、三畳ほどの小さな部屋に入った。正面にはアクリルの遮蔽物があり、来訪者側に三つ、受刑者側に懲役囚用と立会職員用の椅子がある。

椅子に座って待っていると、向かい側のドアが開いた。洗い晒しの緑色の作業着を着た坊主頭の男が入ってくる。

現れたのは兄、義正だった。

「ひさしぶりだね。兄貴が元気そうで良かったよ」

竜介がアクリル板に自分の拳を突き出すと、義正も同じように拳を突き出した。

「竜介も元気そうだな」

　兄弟の拳が、両側から遮蔽物を挟むようにしてぶつかり合う。ふたりの絆を確かめ合う儀式のようなものだった。

　義正が逮捕され、仙台刑務所に移送されてから、竜介は身銭を削り、ほぼ毎月のように面会に来ていた。母親は年に二、三度、足を運んでいる。ただ、父親は義正の事件以来、面会はおろか手紙すら出していないようだった。

　あいつは家族をめちゃくちゃにした——竜介と会うたびに父親はそう言った。その気持ちが伝わっているからか、義正のほうも父親へは手紙を出していないようだった。

　母親から聞いたが、ここ最近、父親は体調を悪くしているらしい。家で寝込むことも多くなったと聞いている。事件が原因で仲違いをしてしまった親子ではあるが、竜介としては、兄には何とか早く出所してもらい、家族の温かい記憶を取り戻してほしかった。母親もまた、それを強く望んでいる。

　ふと、義正がまた痩せたように感じた。

「ちゃんと食べてる？　おふくろが心配してたよ」

「出されたものはなるべく食べてるよ」

　しかし、そう口にする義正の様子が、どこかいつもと違うような気がした。見た目は健康そうだが、まるで覇気が感じられない。

「どうしたの？　何かあった？」

「いや、竜介が心配するようなことは何もないよ。事故を起こしたり、懲罰を受けたりすることもないし、日々淡々と生活してる。相変わらずだ」

義正は小さく笑った。その顔もどこか悲しげだった。

「それならいいんだけど……」

「それより、竜介のほうは変わりないか？」

そう問いかけてくる義正に、まさか就活中だとは言えなかった。余計な心配をさせるだけだ。

「特に変わりはないよ。毎月のように面会に来てるんだから」

嘘を悟られないよう、笑いながら返す竜介に、義正は急に真剣な顔つきになって押し黙った。面会の残り時間が気になったが、義正の表情に、竜介は言葉が出なかった。

二〇秒くらいそうしていただろうか。唐突に義正が口を開いた。

「俺は正直、生きて社会には帰れないかもしれない。だけど、俺のことは心配しないでほしい。竜介には竜介の未来がある。竜介は自分のことだけを考えて生きてほしいんだ」

義正の声はかすれていて、乾燥したその唇が微かに震えていた。

「それってどういう意味だよ。俺たちにとっては血を分けた……この世でたったひとりの血を分けた兄弟だろ。たとえ兄貴がどんな事件を起こそうが、社会が何と言おうが、兄貴は俺の兄貴なんだよ！」

竜介は自分の感情が高ぶっていくのを感じた。義正は薄い唇を震わせている。下を向いたまま何も答えなかった。

「俺は……兄貴のためだったら何だってするよ」

もはや沸き立つ血を静めることができなかった。竜介の目に涙が溜まっていく。義正の両目も赤く染まっていた。

気まずい空気を抱えたまま、竜介は面会所をあとにした。ふたりにとって、三〇分という限られた時間だというのに……。自分でも驚くほど、義正の言葉に動揺していた。

兄貴が生きて帰れない？

そんなことがあるのか？

俺にできることはないのだろうか……。

義正との幼少期の思い出が、走馬灯のように頭を駆け巡る。

竜介は仙台刑務所を出ると、通り過ぎる空車のタクシーをつかまえることもなく、歩いて仙台駅に向かった。

体が重い。鉛か鉄球を両足に巻きつけられているような感覚だった。

溢れ出す涙が竜介の頬を伝う。自分の無力さに、気が抜けて立ち止まる。

竜介の脇をトラックが走り抜けていく。

どれくらいそうしていたのか、竜介は夢遊病者のようなふらついた足取りで再び歩き出すと、近くにあった電話ボックスに入った。

扉にもたれて体を支えた竜介は、ためらうことなく密井の携帯に電話をしていた。

4

金森信敏(かねもりのぶとし)は、同囚仲間たちの会話に口元を緩めていた。

「なんだよ、いいところだったのに」

「しょうがないですよ、いつものことじゃ、ないですか。何年ここにいるんです？」

刑務所の中では、就寝時間五分前の午後八時五五分になると、たとえ番組が途中でも当然のようにテレビを消される。受刑者もそれはわかっているのだが、最後のいいところでテレビを消されるものだから、どうしても我慢ならないのだろう。

ああでもないこうでもないと騒ぐ同囚たちを横目に、金森は布団に横になった。それから、同じく隣で寝そべっている伊勢谷(いせや)に話しかけた。

「そういえば最近、伊勢谷は工場で白川とよく話をしているようだけど、あいつどうなんだ」

金森は十一年前、他組織との暴力団抗争事件でひとりを射殺し、一六年の刑を務めていた。対する伊勢谷は、一九九七年現在、世間を騒がせている若者不良グループメンバーのひとりだ。詐欺グループのリーダーで、今回二〇人以上が逮捕されている。

金森が白川のことを口にしたのは、休憩中にいつもひとりで本を読んでいて、ほとんど人と会話をするところを見たことがなかったからだ。それが最近、白川と同じ食卓にいる伊勢谷がよく話しかけているようで、少し気になっていた。

白川は刑務所側から要注意人物として指定され、夜間は独居房で生活を送っている。左翼思想の活動により無期判決を受け、娑婆を離れてもう一八年になるとのことだった。

伊勢谷が眼鏡を外しながら答えた。

「白川さんは話をしてみると、思っていたよりよくしゃべりますし、とにかくいろんなことを知っていますよ。俺らと違って大学を出てますしね。それにあの人の事件は有名ですから、話を聞いてると面白いですよ」

金森が口を開こうとしたそのとき、就寝合図の音楽が鳴りはじめた。この音楽以降に会話を続けていると、夜勤職員に注意されてしまう。なかには受刑者を連行し、懲罰を与えることを生き甲斐にしているような陰湿な刑務官もいるのだ。

金森は伊勢谷に目配せすると、黙って目を閉じた。

＊　＊　＊

どうにも寝つけず、義正は何度目かの寝返りをうった。

すでに夜中の十二時は過ぎただろうか。隣の部屋から、牛蛙の鳴き声のような鼾が聞こえてくる。隣房との壁は薄く、嫌でも生活音を耳にする。

常夜灯の明かりをぼんやり見つめながら、義正は竜介との面会を思い出していた。あんなに憤り、声を荒げる竜介を見たのははじめてだった。

自分の口にした言葉が、後悔とともに重くのしかかる。

逮捕されてもう二一年、家族の犠牲を払ってまで自分の思想を貫いた。結果、今日だって竜介を涙させた。自分の行ないは正しかったと今でも信じてはいるが、弟の心情に触れるといたたまれない気持ちになる。

自分の行ない。あの日のことが脳裏に浮かぶ。

一九七六年一二月二二日、目が覚めたのは朝の六時半過ぎだった。

横になったまま天井を見つめる。目はすっかり冴えていた。耳の奥で心臓の音が聞こえている。緩急をつけて指揮者がタクトを振るように、次第に早鐘を打ちはじめた。

高鳴る鼓動が静まるのを辛抱強く待つと、義正はセーターとジーパンに着替えた。高くもなければ古くもない、そのへんの衣料品で売っている大衆ブランドだ。これなら人の記憶にも留まらない。

出かける仕度をしながら、ふと『正義なき力は暴力である。力なき正義は無効である』という思想家パスカルの一節を思い出した。〝正義〟、〝大義〟という単語が頭に浮かんでは消える。〝実現性〟という単語が脳裏を過ぎり、強く奥歯を噛みしめた。義正の呼気が微かに震える。

義正はひとつ大きく息を吐き出すと、八時になったことを確認して家を出た。バスで渋谷へ、渋谷駅から山手線で新宿駅に向かう。

午前中を図書館で過ごし、昼は蕎麦を食べた。それから喫茶店に入ると、コーヒーをひとつ注文して再び時間を潰した。

コーヒーカップを持つ手が小刻みに震え、液体がソーサーにこぼれる。周囲を見回したくなる衝動をぐっと堪える。

日が暮れた。コーヒーをひと口含んで席を立つと、義正は会計を済ませて外に出た。

駅構内に戻り、柱に寄りかかって同志のひとりが現れるのを待つ。日本一の乗降客数を誇る新宿駅の混雑は尋常ではない。気を抜くことは許されない。

三〇分待ったところで、同志がついに現れた。ゆっくりとした足取りで義正の前方を通り過ぎていく。

互いの姿を目だけで確認し合うと、義正は改札に向かって歩き始めた。同志も間隔をあけて、あとを尾けてきている。

大手ゼネコン工藤建設の資材置き場がある東洋町へ向かう。駅に着いたのは、時計の針がちょうど午後七時を指したときだった。幹線道路を少し歩いた先にある目的の場所は、周辺こそ街灯に照らされていたが、敷地内に入ると暗闇に包まれていた。

街灯が入り込むわずかな光で、資材を覆う防水ビニールシートや重機が見える。人がいる気配はない。この日のために下見はすでに済ませていた。

道路の電柱にもたれるようにして、同志が見張りをしている。

星ひとつない夜空は寒々としていたが、雨は降っていなかった。気候的に支障はない。

堆く積まれた材木の山を一瞥してから、青いビニールシートをめくり上げる。もう一度、同志の様子を窺い、異常がないことを確認すると、義正はその場にしゃがみ込んでバッグのジッパーを開けた。

時限装置のタイマーをセットする。いざ手を動かしてみると、自分でも意外なほど落ち着いていることに気づいた。

構造は簡単だった。橦木である板バネを爆弾のスイッチの電極として利用していた。セットされた時間がくれば、板バネがストンと落ちる仕組みになっている。これが時限装置になっているのだ。板バネの落ちるところにプラスマイナスの電流が通じるようにしておき、電流が雷管のほうへ流れるようにしてある。

義正はすばやくその場を離れると、同志とは逆の方向に向かって歩きはじめた――。

その翌日の午前三時一〇分、想定していたよりも火力は小さかったが、工藤建設の資材置き場は無事に爆発を起こし、義正は世間に犯行声明を出した。

労働者から搾取を続け、利を貪るゼネコン企業――中国人を強制労働させていた戦前の時代から何も変わっていない実態に警鐘を鳴らし、社会に訴えかけるためだ。

それからさらに似たような爆破事件を二件起こし、果てに義正は逮捕された。人を傷つけることが目的ではなかったから細心の注意を払ってはいたが、予期せぬことにそのうちの一件ではひとりの無関係な一般人を巻き込んでしまい、危うく命を奪いかけた。ゆえの無期懲役だ。

すべては、理想の国家を実現するためだったのに。

何もかもが上手くいかない。竜介のことも、家族のことも、この国のことも。

心が悲鳴をあげている。こんな姿、彼女が見たらどう思うのだろうか。

藤堂房子。義正の大学時代の恋人であり、東大生であり、それでいながら抜群のカリスマ性を誇った活動家。ML派、ブント、革マル派、中核派、青解などの連合からなる東大全共闘の中において、ノンセクトながらその存在を認められていた、藤堂グループのリーダー。

けれど、その彼女も今はいない。安田講堂に立て籠もるはずだった前日、突然に失踪してしまったのだ。何かトラブルがあったのか、それとも逃げたのか。理由はわからないが、彼女がその日以来姿を消してしまった事実は変わらない。義正はそれが今でも信じられずにいる。

彼女は今頃どうしているのだろう。いや、彼女は生きているのだろうか。

もし彼女がこの世からいなくなっていたとしたら、自分は本当にひとりだ。

義正の涙がゆっくりとこめかみを伝う。冷たい雫が黄ばんで汚れた枕を濡らした。

5

冬晴れの気持ちの良い朝だった。時刻は八時四〇分、冷たい風が竜介の体の感覚をとぎすませていく。

品川プリンスホテルのロビーから張り出したテラス席に座り、密井が紹介したいという

その男を待つ。ブラックコーヒーをすするその密井は、鋭い視線でロビーを見渡していた。

竜介の訝しがる目に気づいた密井が、照れ隠しのように頭をかいた。

「職業病ってやつでな」

自分たちを尾行する者や怪しい者がいないかを警戒しているらしい。密井のほうがよっぽど怪しいと思うが、竜介は口にしないでおいた。傍から見ていると、密井の滑稽な姿に思わず苦笑してしまう。

ところで、と密井が口にした。

「ちゃんと携帯を買ってきたようだな。これがないと、お前に連絡がつかなくてしょうがねえ」

密井の目が、竜介の手元にある携帯に留まる。

「言われた通り契約してきたよ。それにしても高いもんだな」

「金は俺が出すから気にするな。今度はトバシの携帯も用意してやる」そう言った直後、密井が片手を挙げた。「あいつが木村だ」

密井の視線の先に目を向けると、ひとりの男がこちらに近づいてくるのがわかった。

濃紺ストライプのスーツに黒いシャツ、グークグリーンのネクタイを締め、左腕には金無垢の時計を巻いている。その姿と身のこなしからは、危うい匂いが漂っていた。事前に

同い年だとは聞かされていたが、それ以上に修羅場を潜り抜けてきたことを感じさせる。人を寄せつけない雰囲気が、そこにはあった。

「木村、こいつが——」

密井が竜介を紹介しようとしたそのとき、それよりもさきに木村が右手を差し出してきた。

「木村大樹だ」

友好的とは言えない無表情な顔とのギャップに、竜介は若干面くらっていた。

だが、竜介も臆することなく右手を差し出すと、木村の手を強く握った。

「白川竜介だ」

木村は千葉県習志野市出身で、十代の頃は津田沼を拠点に活動していた不良少年グループのリーダーだった。最盛期は三百人を超えるメンバーがいたらしい。その経歴が語るように、木村の粗暴さは誰にも手がつけられないほどだと密井は言った。反面、異常なまでに頭が切れ、その人脈と情報のネットワークは幅広いという。

「朝飯は食ったのか」木村が立ったままふたりに訊ねてくる。

「まだだ」密井が答えた。「どこか静かな場所にでも行こうか」

三人は密井のベンツに乗り込むと、五反田駅に向かった。木村が出資している焼肉屋が五反田にあるという。

第一京浜から八ツ山通りに入ってしばらく車を走らせると、五反田駅に着いた。その店は駅のすぐ近くにあった。『龍丑苑（りゅうしえん）』という店だ。店内に入ると、小山という店長が出迎えてくれた。開店してすぐだというのに、半分以上の席が埋まっている。よほど人気のある店なのだろう。

二階に上がると、三人は個室に入った。ビールとおまかせコースを注文する。

「この個室はずいぶんと静かだな」背面に龍の絵が彫られた椅子に座り、竜介は室内を見渡した。

「この一室は防音になってるからな。他の個室は違う」木村がタバコを口にくわえながら顎を沈める。

会話を交わす竜介と木村のことを見て、密井が口を開いた。

「俺たち三人は同い年だ。それにこれからは身内になるんだし、ざっくばらんにいこうや。改めて言うまでもないが、竜介は信用のできる男だ。そのへんは木村も安心していい」

木村はすでに、密井とともにグループを組んで活動していた。そのグループに竜介も入ることを決めたことから、密井は竜介と木村を引き合わせたのだ。

密井が木村に視線をやる。木村は無表情にうなずいた。その言葉に納得したのかはわからないが、返事は肯定的だった。

その様に、密井は満足そうな笑みを浮かべた。それから竜介に言った。

「竜介、うちの若い奴らが来週の日曜日にイベントを主催するんだ。でもよ、そんじょそこらのイベントとは質が違うぞ。何でもありの殴り合い、地下格闘技の興業だ」

自分がこれまで歩んできた世界とは明らかに違うことに、竜介は思わずたじろいだ。

「プロはいるのか」

「そんなもんはひとりもいない。言ってみれば、ストリートチルドレンみたいな奴らばっかりだ。比較的貧しい国の人間たちを世界中からスカウトしている」

「何で貧しい国だけなんだ」

「生活水準が低いと言われる国のほうが、若い奴らのハングリー精神と金に対する執着心が違うし、実際、日本人同士だと見られないようなバトルが見られるからな。もっとも、このイベントで金を儲けようとは思ってない。要は、俺たちはこれだけのことができるんだぞっていう、一種のデモンストレーションみたいなもんだな」

「……すごいのひと言だ」

「それなりに苦労もしてきたからな」

密井や木村たちが率いるこのグループは、もともと千葉を拠点に闇金グループなどを結成して活動していたらしい。数年前から東京にも進出し、都心の不良グループをも凌ぐ資金力と人数、組織力を持つまでになっていた。

基本的にこのグループは、暴力を前面に押し出す犯罪集団とは一線を画し、経済に重点を置いていた。闇金や闇カジノなどで稼いだ金を表のシノギに環流させ、グループ内で資金を循環させている。たとえば、今目の前にいる木村だと、国内外に会社を持ち、運送、建設、金融、不動産など、幅広い業界へ出資し、自らも事業を手がけているという。政治の力も信奉していて、ロビー活動にも余念がないらしい。

最後に、木村が竜介に言った。

「今、俺たちに必要なのは、優秀な人材とそれらを束ねることができるリーダーシップのある奴だ。今後、国内だけで一千人体制を目指す。それも三年以内だ。中国の経済成長の扉を開いた偉大な指導者が『韜光養晦（とうこうようかい）』という言葉を残している。自分に力がつかないうちは、目立たないように力をためておけ、という意味だ。うちのグループを世界に展開させ、揺るぎないものにするまでは、各々が着実に活動し、力をつけてもらう」

密井たちと別れた竜介は、新宿駅から総武線に乗ると、自宅のある錦糸町に向かった。電車を降り、構内から電話をかける。コール音が五回鳴ったところで、安田のハイテンションな声が聞こえてきた。

「ヤス、面白い話がある。こっちに帰ってこい」

――そろそろお呼びがかかる頃だと思ってましたよ！

弾けるような安田の笑い声が聞こえた。

6

「気をつけ！　前へ、進め！」

工場担当の青木（あおき）が、白い息を吐き出して行進の歩調をとる。

師走が近くなり、今年も残り一ヵ月を切ろうとしていた。

「金森さん、今日のオヤジは機嫌が悪そうですね」

同房の北川が、行進をしながら小声で話しかけてくる。仮に行進中の交談が見つかれば、即連行されて取調べ室に連れていかれてしまうが、ベテラン懲役囚はお構いない。

金森は「ああ」とだけ答えると、歩調に足を合わせた。手は赤紫色に染まり、かじかんでいる。身を切られるような寒さだった。

工場前に着いた。担当の指示に従って検身所の中へ入っていく。この冷気の中、担当職員の前でパンツ一枚になり、体の検査を受ける。反則物を受刑者に持ち込ませないためだ。

検身所で作業着に着替えて、ラジオ体操を行なうと、即座に作業にとりかかった。

金森は、スプリントという一台二千万円のオフセット印刷機を運転し、官庁や民間業者から発注される印刷の仕事に従事していた。

仙台刑務所の中でも比較的エリートとされているのが、ここ八工場の印刷工場だった。他の工場に比べて受刑者の数は二〇人と少なく、半数近くの受刑者が無期懲役囚で、皆、連行や懲罰を受けないように黙々と作業をしている。無期囚の人間にとって、一度の懲罰で出所が三年延びると聞かされていれば、当然のことなのだろう。

金森が作業をしていると、ＪＭという、オフセットと活版の両用機械で作業をしていた同房の川村が、こちらへ近づいてきた。

川村が青木に向かって手をあげた。

「金森さんと作業のことで交談願います！」

青木が「ヨーシ！」と言って許可を出す。川村は帽子をとると、金森に話し掛けてきた。

「今日、新入がひとり、工場に下りてくるらしいですよ」

「罰明けか」

〝罰明け〟とは、他工場で規律違反を犯し、元の工場へ戻れなくなった人間が、新たな工場に配役されることをいう。

「変な奴じゃなきゃいいですけど……」

「この工場はよその工場とは違うし、青木のオヤジだってそのへんはわかってるだろ。オヤジにはこの前も、トラブルメーカーはやめてくれと言っておいた」

金森は不安がる川村の肩を叩いた。

午前一〇時過ぎに、付き添いの職員に伴（ともな）われた、六〇代と思しき老囚が入り口に現れた。衣類を乗せた台車を押している。緊張しているのか、目をぱちくりさせながら周囲を見渡していた。

「コラッ、何をきょろきょろしてるんだ！　そこに立って黙想してろ」

青木が怒鳴りつけると、老囚は亀のように首を竦ませ、「すみません！」と何度も頭を下げていた。

そんな新入の姿を見てほっとしたのか、川村は笑っていた。

「作業やめ！」

工場担当の交代勤務職員が、赤い小旗を掲げた。担当台の頭上に設置された時計の針は、一二時を指していた。

工場就業日は、工場内の食堂で昼食をとることになっている。その後、一二時三〇分までは休憩時間になっていた。

今日の献立、肉うどんを手早く腹におさめ、休憩に入る。金森が座る食卓の隣には、伊勢谷と白川が向き合って座っていた。意識しなくても、ふたりの会話が耳に入ってしまう距離である。

案の定、ふたりの話が聞こえてきた。

「白川さん、今、大検の試験を受けるために勉強してるんですけど、化学って難しいですか。爆弾を作るのも化学の知識って必要ですよね」

身を乗り出すようにして訊く伊勢谷に、白川は読んでいた本を閉じると穏やかに答えた。

「そうですね。でも、伊勢谷さんは知的好奇心や向上心が旺盛ですし、高校の教科書を見て、ちゃんと基礎を学べば、自然と興味が湧いてくると思いますよ」

「ところで、爆弾はどうやって作るんですか」

伊勢谷のその言葉に、白川が両目を瞬（しばた）いた。わずかばかり逡巡していたが、白川は結局口を開いた。

「……今はどうか分かりませんが、当時よく使用されていたのは時限式の消火器爆弾で、塩素酸除草剤に硫黄粉末を混ぜた混合火薬が使われていました。起爆装置は工業用の電気雷管を用いて、時限装置はシチズン製のトラベルウォッチを工作していましたね。基本はダイナマイト、雷管、時限装置などがあればできますよ。爆薬なんかは、花火で一般的に使われる火薬でも事足ります」

実に詳しかったが、それも当たり前のことだった。白川は有名爆破事件を起こしているのだ。

ちょうどそのとき、「休憩終了！」の声がかかった。青木が私語をやめるよう受刑者に促す。

「今日は告知事項が一件ある。処遇部門からの通知だ。耳をかっぽじって聞いておけよ。わかったか、渋谷（しぶや）！」

金森が渋谷に視線をやると、コップに両手を添え、老人がそうするように茶をすすっていた。その老人に、皆が失笑する。青木は溜め息を吐くと、首を振った。それでも連行しないだけの情はあるらしい。

気を取り直してから青木は言った。

「最近、日用品を必要以上に所持し、受刑者同士で不正に授受をする事犯が相次いでいる。そこで、切手、便せん、封筒以外の日用品類の差し入れは原則禁止となった。来年の四月から実施するので、手紙及び面会等で外部の人にきちんと伝えておくように」

金森は最近面会に来た弁護士から、全刑務所の実態話を聞いていた。弁護士から差し入れられた資料によると、全刑事施設で日用品の独占販売をしている矯正協会という機関が、年間数十億円の売上高を上げ、全国の刑務所長や矯正管区長などの退官後の天下り先となっているという。世間を賑わす役人の天下り問題は、ここでも当然のように行なわれているのだ。受刑者に支払われていいはずの作業報奨金は、矯正協会による物品販売の収益で何十億円もが吸い上げられている。

パンツ一枚三〇〇円で買えるところを七〇〇円から九〇〇円で販売したり、運動靴にいたっては二八〇〇円で買えるところを五〇〇〇円で販売するこの現状を、社会はどう思うのだろうか。少なくとも、これでは受刑者の更生資金など貯まりはしない。

金森は青木の告知を聞きながら、そんなことを考えていた。

7

鉄格子が嵌められた窓の隙間から冷たい風が吹き込んで、ペンを持つ手の赤切れが痛む。日曜日の正午、義正は久し振りに竜介に手紙を書いていた。

『日本という国が今後どうなっていくのか、その将来を憂えてならない。今でも私は、国家というものを持たない無政府な社会で、資本家や特権階級を認めず、労働者が中心になって社会を形成していく世の中が理想だと考えている。

国の経済は労働者が中心になって会社をつくり、労働者が自ら経営をして、自家消費する——ソ連も途中まではそのような国作りを進めていた。

だが、世界がそれを許さなかった。スターリンは一国で社会主義国を実現できると考えていたが、現実は欧米諸国の資本主義国家がソ連の体制を転覆させようと圧力をかけてきた。それら外敵に対抗するためには、国家としての基盤と仕組みを作り直さなければならなかった。

そういう事情もあり、ソ連でも官僚など一部の者たちが権力を握るようになった。外敵に対抗するために、軍事的な予算を大幅に増加させた。

ただ、民間に資金が回らなくなれば、経済は疲弊し、国民の生活は困窮していく。これでは理想社会の到達は難しい。トロツキーは一ヵ国で理想の社会を築くことは不可能だと考えていた。それは私も同じだ。日本型で言えば、農業を中心とした社会主義体制が理想だろう。ソ連のボリシェヴィキが理想としていたことである。

あの大国であるソ連が崩壊したことで、今後、世界的にも共産思想のエネルギーは後退していくだろう。たとえ日本で共産革命が実現していたとしても、一ヵ国ではもはやどうしようもない。しかし、今でも理想の社会が実現されることを願っている。

財閥だなんだと言われる大企業を爆破したところで、日本はどうなった。何も変わっていない。竜介、私のやり方は間違っていたのか？　日本国内の武装蜂起と連帯で理想の社会を築こうとすることは、夢物語でしかなかったのか……。』

義正はそこでいったんペンを置いた。つい心情を吐露してしまったが、ほかにもっと書くべきことがある気がした。何より、竜介の身を案ずるのがさきだろう。

今頃、竜介は何をしているだろうか。体調を崩してはいないだろうか。

子供の頃の竜介はよく風邪を引いた。高熱を出したときには、生姜汁や卵酒を飲ませ、つきっきりで看病をしたものだ。お互いの歳が随分と離れているからか、喧嘩をしたことは一度もなかった。「お兄ちゃん、お兄ちゃん」とまとわりついては離れない竜介が、本当に可愛くて仕方がなかった。

兄として何ひとつしてやれない寂しさを思い、次第に耐えられなくなった義正は、窓の外に目をやり、深い溜め息を吐いた。

8

黒山の人だかりに辟易しながら、竜介は中山競馬場のスタンド席をさまよっていた。待ち合わせのためだ。

あたりを見渡していると、突然、後ろから肩を叩かれた。振り返ると、見慣れた顔が馬券を握りしめていた。

「兄さん、馬券買いました？」

約束した相手――安田だった。

「競馬のことはよくわからないからな」

「昨日はトウカイテイオウを背中におぶっている夢を見ましたよ」

レースの開始を告げる鐘が響きはじめた。近くのカップルが双眼鏡を目に押しつけ、興奮した様子で何かしゃべっている。

しばらくすると、スターティングゲートの扉が開き、いっせいに馬が飛び出した。大声をあげて丸めた新聞を振りまわす者や、悪態を吐いて地団駄を踏む者など、レースの展開に合わせて観客たちの声もヒートアップしていくが、安田の横顔は拍子抜けするくらいに落ち着き払っていた。

レースが終わった。安田は負けたようだったが、淡々としていた。

「今日だけの結果では負けましたけど、月のトータルでは勝ってるんですよ。六ヵ月連続です」

「すごい確率だな」

「馬は投資と同じですから。一・八倍の法則ってのがあるんですけど、三連復のフォーメーションで、一番人気から九番人気までの最終オッズの開きが、それぞれ一・八倍におさまっていると――」

そのさきを言わさず、竜介は耳を塞いだ。

「もう十分にわかった」

そういえば安田は、いつも明るくて冗談ばかり言っているが、勝負事には冷静で、数字が得意な男だった。

竜介と安田は中山競馬場を出ると、どこに車を停めたのかわからなくなるくらい広大な駐車場に向かい、安田のポンコツ車に乗り込んだ。

「これからどうしますか。店でも回りますか？」

店——竜介が経営する飲食店のことだ。

竜介は首を横に振った。

「その前に腹が減ったな」

「船橋駅近くに『魚勝』という美味い魚を食べさせる店があるんで、そこに行きましょうか」

安田がアクセルを踏み込む。西のほうでは太陽が沈もうとしている。

密井と再会し、木村を紹介されたその後、竜介は安田を呼び寄せ、密井たちのグループとして活動を開始していた。

木村は竜介に会うなり、二千万の軍資金を提供してきた。大金を軽々と置かれたときには驚かされたし、自分のプライド的にも人に施しを受けることは本意ではなかったが、そんなことに振りまわされている場合でもなかった。

俺は兄貴を一日も早く出所させるためなら何でもする——竜介は改めて心にそう誓ったのだ。

それから二千万を元手にし、安田とともに金貸しをはじめた。また、木村の伝手でテナントの権利を安く譲ってもらい、六月現在で飲食店を三店舗経営するまでになっていた。

正直、大変なこともあった。下に人が増えていくほど、それだけグループ内でのトラブルも増えていく。信頼していた人間に売上を持ち逃げされたこともあった。必要以上に気を配ってきたつもりでも、人間の弱さと金の力の前では無力さを感じてしまう。

それでも、止まることはできない。兄を助けるという使命が自分にはある。本来一〇年の時間がかかるところを五年、五年かかるところを二年でやろうと竜介は決めていた。

ふたりが店に着く頃には、ぽつりぽつりとネオンの明かりが灯りはじめていた。サラリーマンと思しき仕事帰りの三人が、酒場の暖簾をくぐっている。

『魚勝』は雑居ビルの二階にあった。竜介と安田は店に入り、店員に促されて座敷に通された。

席に着くなり、安田が慣れた調子で鮮魚の盛り合わせとビールを注文した。

「あの子、可愛いっすね」安田が店員の後ろ姿に指を差す。「二ヵ月前はいなかったんだけどな」

「声かければいいだろ」

「僕はジェントルマンですから」

「お前の能天気さが羨ましい」

竜介はセブンスターを一本取り出すと、ライターで火を点けた。煙が立ち昇っていく。

一転して、安田が真面目な表情で言った。

「兄さん。今後のことですが、金貸し部隊を増強して、都内を拠点に全国へ規模を拡大したいと思ってます。藤次郎(とうじろう)や信二(しんじ)も自分の両腕として支えていきたいと言ってくれているんで大丈夫です。それと並行して、運送業や不動産業など事業の多角化も考えています」

「俺も三年以内に金融事業を広げて、各都道府県に支部を作りたいと考えていた。北海道、東北、関東、近畿、九州、四国——それぞれの地域を統括させて金融の一大グループを築きたい。ただ、俺たちがやることは、一万貸して一週間後に二万返せ、という典型的な闇金だ。リスクマネジメントは徹底させてくれ。その仕組み作りはお前に任せる」

「もちろんです。金融部隊には常に身辺に気をつけさせていますし、内偵の気配があれば探偵を使って報告させています。もし何かあった場合でも、二重、三重に逮捕要員は用意済みです」

「人は力だ。目先の金より人にどんどん投資しろ。金は稼ぐより使うほうが難しい。生きた金の使い方をしてくれ」

安田お気に入りの店員が、ビールと鮮魚の盛り合わせを両手に抱えて運んできた。それまで真剣な表情だった安田が目尻を下げた。

店員がその場を去ると、安田がもとの顔つきに戻って口を開いた。

「これからさきの事業拡大に向けて、先日、橋口(はしぐち)弁護士に相談しましたよ」

橋口は、竜介たちのグループ会社の顧問弁護士だ。プライベートでもよく一緒に旅行へ行く間柄である。

「橋口先生もそうですが、今やグループ全体で言えば表と裏を合わせて四〇〇人、うちだけでも四〇人、組織を支える人間はますます増えています。今後、グループ内でのプレゼンスを高めて発言力を強めるためにも、さらなる優秀な人材が必要になってくるでしょう」

「何にせよ、今は足元を固めるときだ。いくら上を向いてたって、土台が揺らいでちゃ砂上の楼閣になってしまうからな」

「とにかく兄さんは、裏のことにはいっさい関わらないでください。俺たちが担ぐ御輿にただ乗っかってるだけでいいんですから」

安田はでっぷりと太った三段腹に食い込むベルトをひとつ弛めると、豪快に笑った。

9

毛穴という毛穴から汗が吹き出していた。滴り落ちる汗がまつ毛ではねて、紙面を濡らす。

児童養護施設のぞみ学園うづき寮の一室、うだるような暑さの中、小学四年生の大樹は小机に向かって本を読んでいた。

自分のチーズを盗まれまいと監視を続け、その間、働くこともなかった怠けネズミと、チーズを盗まれないように仕掛けを施し、冬の時期に備えて、新たな食べ物を探しに出かける勤勉なネズミを対比させる物語だった。

大樹はちょうど半分を読み終えたところで、本を閉じた。寮の外から子供たちの声が聞こえたからだ。

どたばたと廊下を駆ける足音を聞きながら、自分の私物ケースへ本をしまおうとしたところで、声をかけられた。

「ダイキ、お前何やってんだよ。人の物を盗もうとしてたんじゃないのか」

武夫(たけお)に詰(なじ)られ、大樹は必死に首を振った。

「そんなことしてないよ」

「嘘つくなよ」

「嘘じゃないよ」

武夫の目が大樹の手元に留まった。

「なんだよ、それ。また意味のわからない本読んでんのかよ」

無視を決め込んで本をしまう。部屋を出ようと武夫の脇をすり抜けようとしたそのとき、大樹はつんのめって廊下に転がった。武夫に足を引っかけられたのだ。

「痛っ……」

大樹は膝をさすりながら立ち上がると、武夫をにらみつけた。

「なんだよ、チビ。やるのか」

武夫は大樹より二つ年上のガキ大将だった。大樹が入所して以来、やたらと突っかかってくる。大樹はいつも無視していたが、それが余計に癇(かん)に障るらしい。

でも、大樹だっていつまでも黙っているつもりはなかった。施設にいる子供たちは皆、人から虐げられて育ったから、人を虐げることを何とも思わない。そして、一度でも支配下に置かれてしまったら、抵抗しない限りそこから抜け出すことはできない。
今に見てろよ——大樹は心でつぶやいた。

その夜、大樹は布団の中でじっと時を待っていた。周りの子供たちはすでに寝入っている。

一二時を過ぎた頃、動きがあった。廊下を歩く人影——武夫だ。大樹は体を起こすと、そっと布団を抜け出し、足音を殺して武夫のあとを尾けた。

武夫は便所に向かっていた。便所は寮内になく、離れの掘っ建て小屋にある。サンダルをつっかけ、武夫が寮の外に出る。そのまま便所に入っていくのを見届けると、大樹は隠していた木製バットを手にとり、三つ数えてから自分も便所に入った。

気配を消し、武夫の背後に忍び寄る。武夫は眠そうに目をこすり、小便器に向かって放尿していた。大樹は今一度バットを強く握りしめると、振りかぶり、武夫の右太股の裏側を思い切り叩いた。

「ぐっ！」

武夫が右足から崩れ、小便を撒き散らしたまま引っくり返った。突然痛みに襲われ、何が何だかわかっていない武夫も、バットを振る大樹を見て状況を察したようだった。

「お、お前——」

武夫が何か言いかけたが、そこからさきはしゃべらせるつもりはなかった。大樹はあらかじめ用意していたタオルを腰から引っ張り出すと、武夫の口に突っ込んだ。

「いくら離れだからって、騒がれたら困るからね」

そう言ってから、続いて武夫の左足をバットで叩く。脛の骨を直撃し、鈍い音が便所内に響く。

タオル越しにくぐもった声を上げる武夫に、大樹は冷たく言い放った。

「黙ってると思って、いつまでも調子に乗ってるからこうなるんだ」

さらに右腕へバットを振り下ろす。激痛に武夫が涙を浮かべる。

「顔は狙うつもりはないよ。先生たちにバレちゃうし、告げ口されても困るからね。ま、告げ口なんかできないとは思うけど」

中途半端に痛めつけるから、告げ口をされてしまうのだ。ならば、そうさせないほどの圧倒的な恐怖を与えればいい。

「だけど、武夫くんが告げ口をするなら次はないよ」

残る左腕にバットを叩きつける。身をよじる武夫の四肢は、もはや完全に抵抗できない状態になっていた。

大樹は武夫を見下ろすと、最後にこう告げた。

「昼間はよくも泥棒扱いしてくれたね。盗まれて困る物があるなら、いっそ二四時間、監視してればいい。怠けデブネズミの武夫くんにはお似合いだ」

武夫が体をがたがたと震わす。大樹は構わずに便所をあとにした――。

ハンドルを握りながら、大樹は自分の原点を振り返っていた。施設にいた時の記憶——その一件が、力による成功体験を大樹に教えたのだ。現に、それから武夫が絡んでくることはなくなり、職員に告げ口をされることもなかった。

車を路肩に寄せて停める。大樹は濡れた路面に降り立つと、寂れたアーケード街に足を踏み入れた。

この一角で竜介と待ち合わせをしていた。大樹自身はがやがやと騒がしいこの街の雰囲気が好きになれなかったが、竜介に押し切られる形だった。奴はどうも庶民的過ぎる。雑多な匂いが大樹の鼻を刺激する。細長い通路を歩き、目当ての場所を探していると、一番奥まった場所でこじんまりと灯る赤い看板を見つけた。

引き戸を開けて暖簾をくぐると、案の定、中は狭かった。畳の上で、片手をあげた竜介が手招きをしている。

「もう少し、ましなところはなかったのか」

店主にもお構いなしに言うと、竜介は苦笑を浮かべた。

「そう言うなよ。町の居酒屋もたまにはいいだろ。逆に新鮮なんじゃないか」

そう口にして大樹のぶんのビールを注文する。

出会ってからまだ日も浅いというのに、竜介は何十年も付き合っているかのような話し方をしてくる。だが、不思議と腹は立たなかった。これまでに出会ってきた人種とは明らかに違う。金や力の匂いに誘われてついてくる奴らとは、根本的に何かが異なっていた。

「大樹は結婚はしないのか」

唐突に話題を持ち出されて、一瞬、面くらった。こいつはいったい何を考えているのか。

「そんなガラじゃねぇよ」

「何だよ、それ」さもおかしそうに竜介が笑う。

「俺にはそんなもんいらねえってことだよ。愛だとか家族なんてものは必要ねえ。信じられるものは、目の前にある形のあるもんだけだ。お前のほうこそ結婚しねえのかよ」

「俺は……まだするつもりはないよ。おふくろはしろってうるさいけどな。この年だから当然だとは思うけど、人生でそう何度もない晴れ舞台だろ。その姿を兄貴にも見せてあげたいからね」

「だったら今すぐにでも見せてやればいいじゃねえか」

「そうできたら苦労はしないんだけどな」

「はあ？　何言ってんだ、お前――」

「中にいるんだ」大樹の声を遮って竜介は言った。「俺の兄貴は、刑務所にいるんだよ」

大樹は言葉を失っていた。

「……それ、本当の話か」

「本当だ。兄貴は左翼活動家でね、三件の爆破事件を起こし、被害者をひとり傷つけてしまって、今は無期刑に服している。逮捕されてもう二一年だ。〝蠍〟って知らないか」

耳に覚えがあった。二〇代のとき、そんな名前を聞いたことがある。

「……そんなお前が、どうしてうちのグループに？」

「別に、俺自身に思想的な何かはない。俺にあるのは兄貴を助けたいという気持ちだけだ。だから密井の誘いに乗って、グループに入れてもらったんだよ。たとえ非合法であろうと、兄貴を助けられるだけの金が入るなら、俺は何だってする」

大樹は口をあんぐりと開けていた。兄貴のためなら、自分の身も厭わない――そんな奴がこの世に存在するのか。家族の愛情を知らない大樹にとっては、まるで理解できなかった。

だから、壊したくなった。詰って、その面の皮を剝がしてやろうと思った。

「お前、兄貴、兄貴って言うけど、どうやって兄貴を出すつもりなんだよ」

「それは――」竜介が口ごもった。「これから考えるつもりだ」

大樹は鼻で笑った。所詮はただの絵空事なのだ。

「無期の、それもテロリストを出所させるなんてことが、本当にできると思ってんのか。甘い、甘すぎるぜ。この世界のことを何も知らない大学出のお前は、所詮その程度でしかないんだよ」

けなされて腹でも立てるかと思ったら違った。それどころか、竜介はテーブルに付かんばかりの勢いで頭を下げてきた。

「その通りだよ。だから協力してほしいんだ。兄貴を早く出すための知恵を貸してほしい。

今日、大樹を呼び出したのも、その話がしたかったからなんだ」

　予期せぬ展開に、大樹は言葉を返せないでいた。

　黙る大樹に、竜介は顔を上げて続けた。

「俺もそんな簡単なことじゃないことはわかってる。だけど、この世でたったひとりの兄貴だよ。この世でたったひとり、血を分けた兄弟なんだよ。その兄が苦境に立たされているのに、何もしないなんてことはできない。兄貴のためなら、お前にだっていくらでも頭を下げる。俺は本気なんだ！」

　これは育った環境のせいなのか。自分と竜介とは、見えている世界――いや、何もかもが違っていた。

　心の底から、何か不思議な感情が湧いてくる。それは、生まれてはじめて体験するものだった。

　気づけば、大樹は声を上げて笑っていた。

　いいだろう、暇潰しにはちょうど良い。果たして竜介がどこまで本気なのか、この目でしっかりと見届けてやる。

10

　ドアをノックする音で目が覚めた。ホテルの一室、ベッドのサイドテーブルに備えつけられた時計に視線をやる。午後一〇時を少しまわったところだった。竜介は膝にかかった布団をはねのけると、タバコを取り出して火を点けた。

今日は安田と会い、ビジネスの進捗状況と問題点の報告をさせることになっていた。込み入った話や裏話に関しては、直接会って話をすると決めている。

竜介はドアの前で立ち止まると、内側からノックをした。すると、即座に三回のノックが返ってきた。

竜介はドアを開けて安田を迎え入れた。

「あれ、兄さん寝てました？」

オーダーの濃紺スーツにセカンドバッグを小脇に抱えた安田が、濡れた髪をかき上げる。

「少し休むつもりが、いつの間にかうとうとしてた。外は雨でも降ってるのか」

「通り雨ですかね。さっきまで晴れてたのに、急に降ってきたんで参りましたよ。でも、髪の毛が濡れたときの安田さんってセクシーですねって、よく女の子に言われます」

「どうせ、飲み屋の女にでも言われたんだろう」

竜介が冷やかしても、安田はいっこうに意に介さなかった。

「飲み屋は飲み屋ですけど、ユリちゃんは純粋ですからね。今度、兄さんにも紹介しますよ。本当に良い子ですから」

そう言いながら、安田がソファに腰を下ろす。竜介も対面に座ると、安田は忠実な部下がするように、途端に口調を改めた。

「銀行の不良債権の処理は、遅々として進んでいません。その中において、消費者金融の勢いはとどまるところを知らず、どんどん力をつけています。ただ、日本の地価や株が永遠に上がり続けると錯覚してバブルが弾けたように、消費者金融バブルも必ずどこかで臨界点に達するでしょう。そうなれば、借りたくても借りられない客が、間違いなく闇金に流れてきます。その受け皿となるべく自分たちが今やるべきことは、全国にその種を播いておくことです」

「リスク管理は大丈夫なんだろうな」

「そのへんも抜かりはありません。最近は羽振りのいい若い人間やグループが尾けられて、集団強盗に襲われるような事件も相次いでいますから、そのへんも気をつけさせてます。密井さんとなじみの生安の刑事も抱き込んで、情報収集してますから」

竜介は立ち上がると、小型の冷蔵庫から缶コーヒーを二つ取り出して安田に手渡した。

「ところで、レッドバロンの件はどうなってる」

「今から見に行きますか。モニターですけど」

うなずいて、外出の仕度をする。部屋を出てカウンターにキーを預けると、車寄せに止まっていたタクシーに乗り込んだ。レッドバロンが入る雑居ビルまでの行き先を運転手に告げる。

そのビルは六本木交差点の近くにあった。黒を基調とした七階建てだが、一般人が出入りできるのは一階から六階のみ。レッドバロンはそこの七階にある。

タクシーから降りると、ビルの外で待機していた黒服の若い男が安田に頭を下げた。

「お疲れ様です」

「今日はどうだ」

安田が顎を引くと、若い男が竜介たちをエレベーターホールまで誘った。インカムを入れ、二、三言、何かを交わす。これでエレベーターが七階に停まるようになる。警察はもちろんのこと、一見客も受け付けないセキュリティシステムだ。

エレベーターで七階に上がる。二つあるうちの扉のひとつを安田が開けると、そこは一五帖ほどの部屋になっていた。デスクとソファ、キャビネットのほかに、監視用のモニターが四つ並んでいる。

モニターを監視していた坊主頭の男が立ち上がった。

「オーナー、ご苦労様です」

安田は鷹揚に手を挙げると、扉の外を指差した。

「席を外してくれ」

坊主頭の男が出ていくと、竜介と安田はソファに座ってモニターをながめた。そこには、ディーラーが配るトランプの一枚に一喜一憂する客たちが映し出されている。バカラ、ブラックジャック――つまりはカジノだ。

レッドバロンは、安田がオーナーとしてすべてを仕切っている闇カジノだった。店の運営は、安田の片腕がまわしている。

「どうです、店の雰囲気は」

安田に訊かれ、竜介はうなずいた。

「いい感じだな。売上はどうなってる」

「初月の売上で六千万です。ヤクザは出禁にしてますから、上客ばかりですよ」

初期費用はたいぶかかったが、それを補っても余りが出る。新たにカジノ業へ参入してよかった。これからますます店舗を増やし、より資金力をつけていける。

そして、その資金をバネにもっと稼いでいく。すべては兄を助けるために。

竜介は安田に言った。

「いまだ日本経済は立ち直ることができないでいる。だが、景気は必ず浮き沈みを繰り返すものだ。そこで、俺はあえて不動産市場に参入する。お前たちにも苦労をかけるが、宜しく頼む」

竜介が安田に右手を差し出すと、安田は「もちろんです」とその手を強く握り返してきた。

＊　＊　＊

数日後、竜介は密井や木村とともに、青山通り沿いにあるフランス料理店で夕食をとっていた。

「こういう場所に来るのはひさしぶりだよ」

竜介が笑って言うと、密井も苦笑して続いた。

「俺も柄じゃねえが、木村がよ……」

「俺のせいにすんじゃねえよ」木村が毒づいて鼻を鳴らす。

有名コックの料理と年代物のワインに舌鼓を打ち、しばらく三人で談笑していると、突然、竜介の内ポケットの携帯が震えた。

ディスプレイには、〝井上〟と表示されている。安田のことだ。

――今、大丈夫ですか。

冷静ではあるが、いつもとは声のトーンが違った。

「どうした。何かあったのか」

――たった今、信二から連絡がありまして、レッドバロンの客の中にクラブのママがいるんですが、その連れにどうやら筋者がいてゴタついているようなんです。この店を面倒見ている奴をつれて来いとの一点張りで、収拾がつかないらしくて……。

加藤信二は白川グループの人間で、レッドバロンの店長を任せていた。

「わかった。二分後にかけ直す」

竜介は電話を切り、ふたりに経緯を伝えた。

「もう少しゆっくりしたかったがな」密井がいまいましげに舌打ちをする。

「仕方ねえだろ。また来ればいいだけだ」

即座に立ち上がる木村に続き、竜介と密井も店を出る。

目の前にあるパーキングに向かいながら安田に電話をすると、一コールで安田が出た。

「三〇分でそっちに着く。輩（やから）を別室のモニター室に入れておいてくれ」

――わかりました。

電話を切り、木村のベンツに乗り込む。竜介はステアリングを握ると、エンジンをかけて急発信させた。

間もなくして、レッドバロンの入るビルが見えてきた。建物の一〇メートル手前で車を停めると、三人は颯爽と車外へ降りた。

「相手が不良なら俺が話すからな」密井の顔つきが極道モードに切り替わる。

表にいた黒服に先導され、先日訪れたモニター室に入ると、安田がソファから立ち上がった。対面には、クラブのママ――美里（みさと）と、スキンヘッドにダークスーツを着たガタイのいい男が座っていた。

安田と入れ替わるようにして、三人ソファに腰を下ろす。前屈みになるなり、密井がさきに切り出した。

「何かうちの対応に問題でもありましたか」

「何かありましたか、じゃねえだろうよ」スキンヘッドが低い声で凄んだ。「何で俺だけ中に入れねえんだよ」

「申し訳ないですがね、うちはその筋の人の出入りは遠慮してもらっているんですよ。ほかのお客さんが恐がるんでね」

「そんなくだらない建前を訊いてるんじゃねえんだよ。俺がおとなしくしてりゃそれでいいじゃねえか」

スキンヘッドがにらみを利かすが、密井はにべもなく返した。

「できませんね。ほかの客に示しがつきませんから」

密井の口調とその態度に火が点いたのか、スキンヘッドが上体を起こして口を開いた。

「お前、どこの人間だ」

だが、密井も一歩も退くつもりはないようだった。

「人に訊く前に、自分から名乗るのが筋でしょう。それに、お前呼ばわりされる筋合いもない」

「何だと?」

スキンヘッドと密井の視線が火花を立ててぶつかる。しばらくしたのち、スキンヘッドは息を吐き出して言った。

「俺は佐藤会の田沼だ」

「私は極田会の密井です」

「船橋じゃねえか。千葉の人間が東京に賭場開いて、東京の人間を締め出すんか」

「どうぞ、お引き取り下さい」

それでも密井が左手を入口のほうへ差し出すと、田沼はいまいましげに立ち上がり、何も言わずに部屋を出て行った。美里ママも、安田に〝ゴメンネ〟と手を合わせてあとを追っていく。

「このまま終わりますかね」

安田が心配そうにつぶやくと、密井は大きく伸びをして答えた。

「ま、大丈夫だろ」

竜介は安堵の息を吐いた。事態は非常に緊迫していたが、何とか事無きを得たようだ。

「これからどうする」

竜介が言うと、木村と密井が「さっきのレストランにでも戻るか」と口を揃えた。

＊　＊　＊

竜介は自宅のベッドの上で、天井をじっとながめていた。

闇金やカジノにはじまるシノギ。三日前には、レッドバロンで佐藤会のヤクザとひと悶着あった。まるで気の休まる暇もない。

それでも、どんなときだってこれだけは忘れない。

義正は今頃、何をしているんだろう。

兄貴を早く出すためなら何だってする——口ではそう言ったが、何をどうしていいのかわからなかった。しかし、何もしないことは不安でしかなかった。何かしらでも行動を開始しなければならない。

そのために、顧問の橋口弁護士に相談したところ、まずは被害者から示談書と嘆願書をもらうように勧められた。義正が起こした事件によって、ひとりの被害者が爆破に巻き込まれ、重傷を負っている。その人の赦しを得て、仙台刑務所長と更生保護委員会宛にそれら書面を送るのだ。

また、こないだは木村に頭を下げ、義正の件に関して協力をとりつけた。木村は元検事総長のヤメ検弁護士、桐谷(きりたに)を紹介してくれるという。法務省などに通じていることにより、情報が得られないか期待してのことだ。来週の火曜日に会う約束で、その日は橋口弁護士も同席することになっている。

そのとき、ガラステーブルの上にあった携帯が鳴った。木村からだった。

電話に出るなり、木村は言った。

——密井がやられた。

11

車を飛ばし、墨田区錦糸町の自宅から船橋本町にある徳心病院に駆け込むと、木村が救急病棟の入口で待っていた。

「密井はっ」

「ICUだ。脳内出血、眼底骨折、鼻骨骨折に全身打撲——早い話が重傷だ。意識はあるようだが、絶対安静で、面会も謝絶になってる」

そこで、ふと視線を感じた。人の気配のない真夜中の待合ソファに、いかつい背広姿の男がふたり座っていた。

「あれは――」

「マル暴の刑事だ」木村がふたりのほうを一瞥した。「うちの連中も大勢詰めかけたが、あいつらに全員帰された。残ってるのは俺だけだ」

「詳しい話をもう一度教えてくれないか」

竜介が訊くと、木村はうなずいた。

「密井は船橋の自宅前で、ひとりのところを狙われたらしい。マル暴の奴らが言うには、相手は三人、目撃者がそれを見てた。やった奴はまだわかってないが、佐藤会の田沼と見て間違いない。こないだのレッドバロンの輩だ。美里ってママにかまし入れたら、田沼が息巻いて密井を尾け狙ってたと謳った」

竜介は血が滾るのを感じていた。それは木村も同じようだった。

「俺は奴らを絶対に許さねえ。これから密井の組の親分と会って、一部始終を話すことになってる。お前も行くか」

「もちろんだ」

竜介と木村はそれぞれの車に分乗すると、京葉道路沿いにある組事務所に向かった。三階建てのビル――そこが森田組の事務所だという。

森田組は、関東最大組織である誠神会の二次団体、極田会の直参だ。組長の森田は極田会理事長を務めており、密井は森田組の幹部になっている。

インターホンを押し、玄関真上の監視カメラに向かって頭を下げると、ドアの施錠が解かれた。建物の二階に上がる。中に入ると、そこが応接スペースになっていた。

「夜分遅くに申し訳ありません」

木村が低頭するのに合わせ、竜介も腰を折る。すると、奥の執務机から返事がかえってきた。

「こっちこそ呼び出して悪かったな」

座っていても長身とわかる、還暦近い銀髪――この男が森田のようだった。

森田が手前にあるソファのほうへ顎をしゃくった。

「三沢に説明しろ。うちの若頭だ」

ソファには、五〇代前後と思われるオールバックの男が座っていた。

直立不動のまま、木村がレッドバロンの一件を説明する。すべてを聞き終えると、三沢は森田に言った。

「オヤジ、佐藤会の岩田に連絡入れましょうか。あれが渉外委員長ですから」

「そうしろ」

三沢が固定電話の受話器をとった。いくつか言葉を交わし、その岩田とやらを呼び出す。しばらくして繋がった。三沢が眉根を寄せて話しはじめた。

「森田組の三沢ですがね、さっきうちの若い衆がひとり、おたくのところの人間にイワされかけたんですわ。今もＩＣＵです。この落とし前、どうしましょうか」

三沢が野太い声で言う。何か言い訳でもされたのか、そのトーンがいっそう低くなった。

「つまらん冗談はやめましょうよ、こっちは証人も押さえてるんですから。……ああ、それなら明けて八時、船橋ららぽーと横のグランドホテルのラウンジでどうですか。……わかりました」

三沢が電話を切って森田に報告した。

「明けた朝八時、グランドホテルに来るそうです」

森田が葉巻をくわえながら命じた。

「四、五〇人集めとけ」

竜介は木村とともに事務所を出ると、朝になるまで時間を潰し、それからグランドホテルに向かった。

ホテルの正面が見える位置に車を停め、三沢たちが来る前にラウンジの様子を確かめる。密井から誕生日にプレゼントされたロレックスが光る。その密井のために、これから何かがはじまろうとしている。

ふたりでホテル内に入り、ロビーから入口の見える位置に座っていると、パーキングに次々と黒塗りの高級車が列をなして入ってきた。全部で一二台だ。

来たな、と言う木村の横で、竜介は息を呑んでいた。

ぞろぞろといかつい男たちがロビーに入ってくる。三沢を見つけて、木村が頭を下げた。

三沢が手招きをした。

「岩田はまだ来てねえのか。なめたおっさんだな。お前らも隣のテーブルで聞いてろ」

間もなくして、パーキングに黒塗りのベンツが現れた。降りてきたのは、アイパー頭に縁無し眼鏡をかけた小柄な男だった。その男を警護するように、ピンストライプスーツの若い男がふたり、横に控えている。

その三人はロビーに入ってくると、真っすぐに三沢のもとへ近づいてきた。

「道に迷いましてね」

小柄な男が言った。この男が岩田のようだった。

「その眼鏡、度が合ってないいんじゃないですか」

三沢が皮肉で返すと、岩田は甲高い声で笑った。それから、「ところで」とあたりに視線を走らせた。

「ずいぶん大仰な出迎えですね。圧力でもかけてるんですか」

「圧力だったらよかったでしょうがね、やられたうちの若い衆はたいそう人気があるようで、勝手にこれだけの人数が集まってしまったんですよ。何をするか保証はできませんので、悪しからず」

岩田は舌打ちすると、三沢の向かいのソファへ派手に腰を下ろした。その後ろに岩田のガードが並んで立つ。

「そちらの親分さんは？」

「これから来ますよ」三沢が外を見やる。

それ以上は互いにひと言も喋べらない。枕詞は必要ないということだろう。

五分ほどすると、一台のロールス・ロイスが車寄せに停まった。

待機していた若い衆が、後部座席に回ってドアを開ける。すると、ダークスーツにハットを被った、まるでイタリアマフィアの映画に出てきそうな格好をした森田が、リムジンから悠然と降りてきた。

若い衆を従え、森田がエントランスを潜る。こちらに近づいてくると、森田は岩田の対面に座るなり口を開いた。

「やった本人はどこにいるんです?」

「謹慎に入らせてましてね、私が一家の渉外委員長として全権を任されてるんですわ」

森田の声色が一段と冷えた。

「身柄はないということですか。それじゃ、あんたに尻拭いてもらうしかないようだな」

岩田が一瞬怯んだような表情を見せた。しかし、すぐに切り返した。

「ま、今回の件に関して言えば、うちに非があることは認めましょう。それなりの見舞金も持って来てます」

岩田は後ろを振り返ると、ガードの若い衆から紙袋を受け取り、テーブルの上に置いた。

「五百万、これで文句はないでしょう」

だが、森田は顔色ひとつ変えずにつっぱねた。

「勘違いしてもらったら困りますよ。銭の問題じゃない、子分の仇をとれないで何が親ですか。やった人間の処分、指、見舞金、この三つはあたり前だ。それが呑めないんだったら、うちはいつでも戦争しますよ」

森田が背もたれに寄りかかって鷹揚に構える。

「そんなっ」事態を軽く考えていたのか、岩田が顔を攣らせた。「喧嘩するたびに若い者を処分してたら、うちには誰も残りませんよ」

「それなら話は終わりだ、続きはうちの三沢とやってください」

森田はそう言い残すと、圧倒的な格の違いを見せつけ、ホテルの外へ出ていった。

森田のあとを、三沢が引き継いだ。

「オヤジがそう言ってますから、出直してください。大義はうちにあるんでね」

岩田がこれ以上退かなければ、そのまま抗争に突入してしまう。岩田のとる道はひとつしか残されていなかった。

三沢やほかの若い衆たちもロビーを出ていく。

竜介は茫然とそのやりとりをながめていた。自分の生きてきた世界とはあまりにも違いすぎる。泥沼にはまったかのように体が動かなかった。

俺は何をやってるんだ。いくら裏の仕事に手を携えようと、こんな世界に染まるつもりは毛頭ない。俺は俺のやり方で目的を達するのだ。

目的——義正を救うために。

竜介は改めて気を引き締め直した。

＊　＊　＊

密井の件から一週間後の火曜日、竜介は木村や橋口弁護士とともに、元検事総長のヤメ検弁護士、桐谷のもとへ向かっていた。約束は午後から、桐谷邸で会うことになっている。

桐谷邸は、ＪＲ南流山駅からタクシーで一〇分ほどの場所にあった。豪邸を想像していたが、思った以上に質素な家だった。

橋口がインターホンを押して来訪を告げると、夫人が出迎えてくれた。

中に入る。応接室に通されると、麻の和服姿の老人が新聞を読んでいた。

牛乳瓶の底のようなレンズの眼鏡を鼻先に乗せ、老人が顔を上げる。上目遣いでこちらを見ると、新聞を閉じてソファに座るよう促した。

腰を下ろしながら、木村が頭を下げた。

「桐谷先生、今日はお時間いただきありがとうございます」

老人――桐谷が手を振った。

「別に構わんがね」

そう言って、夫人にコーヒーを持ってくるように命じる。それから、竜介の顔をまじまじと見て口を開いた。

「で、仙台刑務所にいるっていうのは、君のお兄さんのことかな」

桐谷の表情は穏やかでありながら、どこか厳しさも合わせ持っていた。竜介は臆さぬように居住まいを正すと、「はい」と返事をした。

「兄が逮捕されてから、二二年の時が経とうとしています。確かに、兄のしたことは社会を震駭（しんがい）させた大きな事件です、無期で服役している以上、仮に出獄が許されたとしても、最低三〇年はかかってしまうでしょう。ただ、家族としては、何とか助けたいのが正直なところです。幸い、兄の被害者は死亡していません。そこで、桐谷先生がその世界でご活躍されていた方だと聞いたものですから、少しでも兄の出所を早めるための助言をいただけないものかと思い、不躾ながらこうしてお願いにあがらせていただいた次第です」

途中、夫人がコーヒーカップを置くのを待ち、桐谷は再開した。

「堅苦しい挨拶は抜きにして、何か行動は起こしてるのかな？」

「橋口先生に相談したところ、まずは被害者との示談交渉を進めることになりました」

「結果は？」

「事件から二〇年近くが経過しているということもあり、日常生活にも支障がないということで、示談書や嘆願書を認（したた）めることに前向きな返事をいただいたところです」

竜介が資金集めに精を出している間、橋口がそこまで話をまとめてくれていた。

「それならよかった。日本の刑事政策では、被害者感情が重要な項目のひとつとされているからね。欧米だと、被害者問題は社会福祉政策と位置付けられているが、日本では避けて通れぬ問題だ。だから、君のやっている方向性は間違っていないはずだよ」

その横から、木村が口出しした。

「先生、法務省の幹部に親しい人はいないんですか。仮釈放について、一般の人間が知り得ないような情報を訊き出せたら助かるんですが」

木村の問いに、桐谷はかぶりを振った。

「残念ながら、同期の者は皆、退職したし、今は法務省にも検察庁にも親しい人間はいないからね」

桐谷がコーヒーをすする。そのあとで、「ただ」と続けた。

「示談書と嘆願書については、弁護士が関係機関に送りつけて下から上げるよりも、上の要人から刑務所長や更生保護委員会へ口添えして出したほうがいいことは確かだろうね。下から書類を提出しても、見てくれるまでには時間がかかる」

桐谷はさらに、仮釈放の申請について説明してくれた。ふた通りの方法があり、刑務所長から更生保護委員会へ申請する場合と、委員会が職権で決定する場合とがあるという。刑務所長からの申請は受刑期間が三〇年経たないとまず行なわれることがないそうだが、対する委員会の職権決定は、本省事案——つまり鶴のひと声で仮釈放が決まるらしい。

この更生保護委員会は法務省の下に組織され、仮釈放の許可や取消から、不定期刑の終了、保護観察所の事務監督も所管している。同じ省内組織の検察やそのＯＢ、有力政治家との癒着が絶対にないとは言えない——断言まではしなかったが、桐谷は暗にそう仄めかした。

その後、竜介たちの動きに進展があれば報告するように言いつけると、桐谷は別口のアポがあるからと席を立った。

桐谷に礼を述べ、その場を辞する。新宿駅まで戻り、橋口と別れると、竜介と木村は近くの喫茶店に入った。

飲み物を頼み、ボックス席に向き合って座る。すると、唐突に木村が言った。

「でもよ、ここまで動く必要あるのか」

「何がだ」

「お前の兄貴のことだよ。人間ってのはそもそも欲の塊だ。世間では家族同士で殺し合うこともある。反対に、お前の兄貴は人間の本質——欲を無視して、ただ理想を語っていた。この国に理想の社会なんてあるはずもないのに、そんな非現実主義者のために骨を折って何になる」

義正のことを言われ、身がかっと熱くなった。それを懸命にこらえて竜介は返した。

「兄貴が逮捕された頃にはもう、学生運動は衰退していたようだが、まだあの頃は、若者の中にこの国をどうにかしたいという熱いエネルギーが充満していたんだ。それを今の時代の価値観で否定することはできないだろ」

「昔はどうだか知らないが、今の時代の話をしろよ。世界は資本主義の雲で覆われてんだ。政治家、官僚、財界、例外はない。金は力であり、信用だ。金、女、儲け話の情報も、すべて金のある人間のところに集まってくる。その価値観にそぐわない奴を助ける意味があるとは思えない」

「金が大事なのは否定しないが……もうこの話はやめよう」

木村は時として、このようなことを口にすることがあった。仕事の面や桐谷の件では協力もしてもらっているし、ごく身近な人間には思いやりを見せることもあるが、基本的に自分の配下にいる人間は自らの所有物とみなし、その気持ちを慮（おもんぱか）ることがない。

ただ、ふとしたときに陰のような表情を見せることもある。そこに木村の言動の鍵となるものがあるような気がしていた。

そのとき、木村の携帯が鳴った。電話に出ると、木村の表情が固くなった。

「何かあったのか」

通話が終わったのちに竜介が訊くと、木村は長い息を吐いた。

「密井がやられた件は手打ちになったらしい」

広域指定暴力団大成会の三次団体である佐藤会会長、佐藤重政（さとうしげまさ）から、極田会会長の藤原（ふじわら）のもとに直接電話があり、一千万の見舞金と田沼本人の指を条件に提示してきたらしい。

当初、森田たちがつきつけた破門処分は見送りになっている。森田が藤原の言うことに背くはずがなく、手打ちになったということだった。

だが、木村の中では何も解決していなかった。

「処分されないなんてそんなぬるい話があるか。ヤクザの世界で話が終わっても、うちのグループでは誰も納得していない。このままじゃ終わらせねえ」

12

『つばくろの　鳴きつつ低く　飛び交へる　土手の緑に　夕つ日の照る』

『人の世に　自分の居場所は　あるのかと　この身重ねし　明け方の空』

受刑者たちが、自分で作ってきた短歌を次々と詠みあげていく。

金森は、仙台刑務所敷地内にある職員の事務棟――処遇棟にいた。そこの一室で行なわれている短歌会に出席している。

刑務所では、短歌会のほか、俳句会や川柳会など、教育的な行事を定期的に実施している。所定の『願箋』をもらって出席したい旨の理由を書けば、基本的に自由に参加できる。金森自身は短歌などまるで興味がなかったが、同囚の者に勧められ出席してみるうちに、歌を作る面白さにすっかり魅了されていた。

出席者は全部で六人、それに外部講師が指導をしてくれる。八月になったこの夏の盛り、処遇棟は空調が効いているため、涼をとる目的で出席を願い出る邪まな同囚もいるが、大半は真面目に受講している。

そして、その中には白川もいた。

「では、金森さんの歌を詠んでみましょう」

講師に促され、金森は席を立った。

『父として　背中見せれぬ　思いあり　子に見せたしと　我を律する』

口にしながら、遠き日のことを思い出す。

対立組織の人間をホテルのラウンジで射殺した日の前日、生まれたばかりの我が子を抱き抱えた時はさすがに心が揺れた。明日、殺人者の息子になる――そう考えただけでいたたまれなくなった。それからこの一二年、一度も息子には会っていない。定期的に面会に訪れる女房の千里と話し合った末のことだ。

出所する日、どんな顔をして息子と会えばいいのか、どう息子と接すればいいのか、まったく想像がつかない。だが、息子から見て恥ずかしくないよう、己を律して生きてきたつもりだ。あと三年、もうすぐその日がやってくる。

講師の批評を聞き流しながらそんなことを考えていると、白川の作った歌が詠みあげられた。

『天も泣け　乱れ乱れし　現し世に　孟子心を　身を殺しても』

講師が「ほう、ほう」とうなずいた。

「哲学的でなかなか難しいですが、良い歌ですね。ただ、このように修正してみたらもっとわかりやすいと思います。『天も泣け　乱れ乱れし　現し世を　孟子心に　世直しをせん』でどうでしょうか」

世直し――白川の連続爆破事件やその背景を連想する。金森自身、白川と直接会話をしたことはほとんどなかったため、白川が何を考え、どんな目的で武力闘争に身を投じたのか、知る由もなかった。こういうとき、白川の内奥の一端が垣間見える気がする。

一二時三〇分からはじまった短歌会は一時間弱で終わった。金森は処遇棟を出ると、連行職員に伴われ、白川とともに工場に戻った。こういった行事は作業中に行なわれるため、残り時間は再び就業しなければならない。

間もなくして工場前に着くと、何やら工場内が騒がしいことに気づいた。

連行職員も異変を察知したらしく、慌てて扉を開く。すると、工場の同囚たち全員が食堂に集められ、黙想させられていた。処遇の第一統括が食堂のほうで何やら叫び、警備隊職員も何人か待機している。

入口近くの担当台の前にいた青木が警備隊長と話をしていたが、金森と白川に気がついて近寄ってきた。食堂の自席に着くよう指示してくる。

「何があったんです」

金森が問うと、青木は腹立たしそうに口にした。

「目打ちが二本無くなったんだ。一本はグラウンド側の窓近くの草むらに、無造作に捨ててあった」

この刑務所では、作業時に使用する工具類が紛失することがよくある。どれだけ探しても見つからない場合は、たいてい故意による物隠しだ。受刑者の中で、工場担当や作業技官に対してよく思わない者が、工具類を隠しては作業をストップさせる――このような事犯が続けば工場担当は担当を外されることを、受刑者は知っているからである。

「お前ら、出す物出さないと毎日黙想させるからな。その間は作業も無しだ。わかってんのか！」

第一統括が食堂の入口で怒鳴り声をまき散らす。

まるで労働組合のストライキだと金森は思った。そういえば、半年前にも他工場で、担当台の電話線を切断する事犯があった。噂によると、受刑者が書いた発信のための手紙を、工場担当がシュレッダーにかけて廃棄したということだった。

ずいぶん、長いこと座っていただろうか。第一統括の「自席に戻れ」という命令に従い、懲役がぞろぞろと食堂を出る。担当台の真上に備えつけられた時計を見ると、午後四時を回っていた。作業の終了時間だ。

部屋に帰って点検を終えると、北川がいらついた口調で「面倒くせえことしやがって」と吐き捨てた。

「誰がやったんですかね」川村が食器の角皿をテーブルの上に並べながら言う。

「知るか、このくそったれ。目打ちが出てこねえと明日も黙想だ。一日座ってると、体の節々が痛くなってしょうがねえ」

「金森さん、どうしますか」伊勢谷がコップを五人分並べて訊いてきた。

「どうするとは」

「このままの状態じゃ、ほかの懲役たちからも苦情が出てくるでしょう」

金森は少し考えてから答えた。

「まあ、明日になったら出てくるかもしれないし、誰がやったかなんて名乗り出る奴はいないだろ。少し様子を見るしかないだろうな」

翌朝、金森たちが工場に出役すると、青木が担当台に上がって訓示した。

「お前らの中のほんの一部の人間が勝手なことをしたせいで、他の者たち皆に迷惑がかかってる。こんなことしても何も変わらないぞ。いいか、受刑者仲間の足を引っ張るようなことはするな。今日は通常通り、作業を再開するが、心当たりのある者は工具をもとに戻せ。以上」

青木は必死で平静を装っていたが、内心は忸怩たる思いなのだろう。その顔は引き攣っていた。

受刑者の何人かが、ほっとした様子で顔を見合わせる。この印刷工場はほかの工場と比べて生産性が高く、刑務所全体の売上の比率も高い。多くの民間などの仕事を受注している以上、作業をストップさせることはできないと上層部が判断したのだろう。

作業を開始して間もなく、急に腹の具合が悪くなった。便所に目を向けると、白川が『大便』と書かれた札を持って便所に入るところだった。

工場内の大便用の便器はふたつあるが、原則ひとりずつしか使用できないことになっている。少し我慢してから行こうと思ったが、どうにも堪えられず、金森は便所の中を覗いて、白川の様子を確かめた。

すると、白川は用を足すこともなく、なぜか窓の外を見ていた。担当台からは死角になっている。何をしているのかはわからない。

ややしてから、白川が便所から出てきた。金森は青木に許可を得ると、白川と入れ替わりに便所内に入った。すれ違った白川に、特に変わったところはなかった。

手前の便器のボックスに座り、息を吐く。

ところで、白川は何をしていたのだろう。

13

八月のある日の午後、大樹は流山付近を車で走っていた。ちょっとした用事があり、桐谷邸に寄っていたのだ。

その帰り道のことだった。大樹の走らせるベンツの前に、幼い子供がふたり飛び出してきた。

急ブレーキを踏む。危ねえな——そう怒鳴ろうとしたとき、子供たちの後ろから年増の女が駆けてきた。

「勝手に走ったら危ないでしょ！」

その女がこちらに向かって頭を下げようとする。目が合った直後、女が「あ」と口を開いた。

「大樹くん——」

大樹も知っている顔だった。大樹がいた児童養護施設『のぞみ学園』の保母だ。それも当然のことで、のぞみ学園は南流山のこの近くにあった。

無視して走り去ろうとしたが、年増の保母は車の前からどかなかった。それどころか運転席に近づき、開いた窓から顔を突っ込んできた。

「こっちに来てるのなら、せっかくだからうちに寄ってきなよ」

露骨に嫌な顔をしてみせたが、保母に怯むところはなかった。「いいから、いいから」と誘ってくる。あまりにも鬱陶しいので、大樹は仕方なく同意した。

まあ、いい。だったらひさしぶりに、あいつの様子でも見てみるか。

坂の上にある施設敷地内に入ると、大樹は事務棟の脇に車を停めた。そこからプールとグラウンドの間の道を抜け、うづき寮の前に立つ。

ここも変わらねえな――。

汚い平屋の寮がふたつに、畑と入浴場。ただ、夏休みで一時帰宅しているのか、子供たちの姿がいつもより少ない。親が健在な子供たちは、長い休みになると一時的に引き取られていく。残るのは完全な捨て子か、虐待で親元に帰せない子供だけだ。

大樹が寮の前で佇んでいると、園長がやってきた。

「おお、よく来たね」

この園長は、大樹が入園していた当時は保父をやっていた。もう還暦近いはずだ。この園長になってから、ずいぶんと施設内の雰囲気が良くなったと聞いている。確かに、当時から暑苦しい保父だった。

「夏休み中だからね、静かなもんだよ」

目尻に皺を作る園長に、大樹は訊いた。

「邦彦(くにひこ)は？」

「邦彦は今、バイトに行ってるよ。新しい参考書が欲しいみたいでね」

長谷川(はせがわ)邦彦。交通事故で両親と妹を亡くし、九歳の時からのぞみ学園で暮らしている。今はもう高校生だ。

「参考書？」

大樹が眉根を寄せると、園長は大きく顎を引いた。

「大学に行きたいみたいでね。案内書のほかに、机の上には国家公務員試験の教本なんかもあった。ただ、迷いもあるらしい」

「迷いって？」

「自分が進学することで、君に迷惑がかかるんじゃないかって。それに、社会に出て起業したほうが、うちの子供たちの受け皿になるからって考えてもいる」

あのバカ——大樹は奥歯を嚙みしめた。

邦彦は頭の良い子供だった。標準レベルをひとつもふたつも超えている。大樹はそこに目をつけ、将来的には自分のグループで上手く使おうと、学費を援助していた。

大樹は強い口調で園長に迫った。

「バイトなんかしてる暇があるなら勉強しろって言っといてくれ。金のことは気にしなくていい、参考書代も大学費用も全部俺が出す」

そう言って、立ち去ろうとする。それを園長が呼び止めてきた。

「もう帰るのかい」

「あいつがいないから」

足を二歩、三歩と踏み出す。大樹のその背に向けて園長が最後に言った。

「邦彦が、邦彦がいつも感謝してるよ。君には、本当にありがたいって」

邦彦のあの純粋な瞳を思い出す。言い換えれば、世間知らずなあの目を。

心が変にざわついた。大樹はその言葉を無視すると、車まで歩き出した。

14

竜介は自宅前の路上に出ると、蔵前橋通りを渡り、大型百貨店の真横を歩いた。そのまま錦糸公園の中に足を踏み入れる。散歩道の途中にあるテニスコートや広場に人影はなかった。

秋風が背の高い木々を吹き抜けていく。買い物袋を提げた初老の男が、自転手をひきながらこちらに歩いて来るのが見えた。足でも悪いのか、時折顔を歪ませながら立ち止まっている。

錦糸町駅に着くと、切符売場の横に一列に並んでいた公衆電話のひとつを選び、神田の事務所に電話を入れた。

——お電話ありがとうございます、川嶋ファイナンスでございます。

三神（みかみ）が慇懃な態度で電話口に出る。

一九九九年九月の終わり、個人向けの小口金融から中小企業相手の街金まではじめて、一年と九ヵ月が経った。神田を中心に首都圏内で十店舗を展開し、今では都心でもかなり名が知れ渡っている。それもこれも、片腕の安田や統括部長の藤次郎をはじめとする若手の手腕に加え、密井と木村が力を貸してくれたおかげだ。失敗もあったが、それすらも教訓としてやっている。

「森川だが社長はいるか？　部長でもいい」

——ご苦労様です。社長は不在ですが、部長ならおります。

「それじゃあ、部長を出してくれ」

竜介が言うと、即座に「はい！」とどでかい返事がかえってきた。藤次郎だ。

——お疲れ様です。どうしました？

「今日の夜、いつもの場所でミーティングをやる。メンバーにはお前から声をかけてくれ」

——何時に集合しますか。

「七時ならどうだ」

——大丈夫だと思います。社長に確認入れますか。

「そうしてくれ」

——了解です。五分後にこちらからかけ直します。携帯でいいですか。

「いや、五分後にまたかけ直す」

そう口にすると、竜介は電話を切った。

街金と言っても、トサンやトゴと呼ばれる違法金利の貸付けだ。リスク管理上、事務所に電話を入れるときは偽名を名乗ることにしていた。携帯も使っていない。子供騙しだが、手帳類や自分名義の口座もいっさい持たないようにしていた。目的を達成するまでは、何としても尻尾をつかませるわけにはいかない。

五分経ち、公衆電話でまた同じ番号を押す。呼び出し音が途切れると同時に、竜介は再び口を開いた。

「俺だ」

——信二を除いて、中枢メンバーには全員連絡がつきました。社長も含めて必ず行くとのことです。信二にはまた連絡を入れてみます。

「わかった。大事な話がある、信二にもそう伝えてくれ」

——了解です。

「業務に変わりはないか」

——今日の期日は神田で四件です。午前に決済一件、ジャンプ一件と、午後に新規の二件で、特に問題はありません。

「そうか。お前らの頑張りは社長も褒めてたぞ」

——本当ですか！

嬉しそうな藤次郎に「またあとでな」と告げると、竜介は電話を切り、切符を買って改札口を通った。

総武線で秋葉原まで行き、山手線に乗り換え、神田に向かう。

ときどき、サラリーマンだった頃が懐かしく感じることがある。あのまま会社勤めをしていたらどうなっていただろうと思う反面、たいしたことはできなかっただろうという思いもある。

そんなことを考えていると、電車は速度を落としてゆっくりと停まった。神田に着いたようだ。竜介はホームに降り立つと、人をかき分けて改札口に向かった。

時計に目をやる。七時までにまだ時間があった。

竜介は改札口を出ると、公衆電話ボックスに入り、実家に電話を掛けた。

——白川でございます。

古稀を迎えたばかりの母親が出た。

「おふくろ、俺だよ。元気？」

母の声が弾んだ。

——あら、竜介？

「何か声が遠くないか」

——ちょっと風邪気味でね。竜介は大丈夫？

「俺は大丈夫だよ。それより、おふくろも若くないんだから無理しないでくれよ」

そう言う竜介に、「はい、はい」と笑って答える母は楽しそうだった。

――義正のところへは行ってるの？

「最近は忙しくて毎月とはいかないけど、二ヵ月に一度は会いに行ってる。仕事が落ち着けば、また月に一度は行くようにするつもりだよ」

――兄弟なんだから仲良くしないとダメよ。

母親の孝江は岡山県玉野市出身で、姉、兄、弟の四人兄弟だった。だが、弟は生まれてすぐに病気で亡くなり、孝江が四歳のときには父親が姉と兄を連れて消息を絶った。

自分のような寂しい思いはさせたくない、家族がばらばらになることだけはさせたくない――それが口癖の母は、だからか余計に自分と義正の兄弟仲を心配する。

ちなみに、母は祖母に女手ひとつで育てられ、ろくに甘えることもできなかった。どういう経緯で東京に出てきたのかは聞いたことがなかったが、一七歳のときに上京し、ケーキ屋の住み込みで働いていたときに父と出会ったと、口にしていたことがある。

「兄貴からは手紙とかきてる？」

――たまにね。私にはくれるんだけど……。

母はそう言うと、口を噤(つぐ)んでしまった。

兄と父はあの事件以来、一度も会っていない。連絡も取り合っていなかった。母は誰よりもそのことを気にかけている。

竜介が黙っていると、小さく咳払いをしてから母はしゃべりはじめた。

――お父さん……実はガンなんだって。黙ってろって言われたんだけど。

「えっ」

言葉に詰まった。しばらく心の動揺の振り子がおさまらなかった。

「……それで、どれくらい悪いの？」

――初期の尿管ガンだって。

あの親父がガン？　嘘だろ……。

初期なら助かる人間も多くいるはずだが、このまま進行したらどれだけもつんだ？　兄貴の出所には間に合うのか？

全身から気力が抜け、宙に浮いているような感じがした。やっとの思いで「近いうちに一度帰るよ」と絞り出すと、竜介は電話を切った。

長い間、公衆電話ボックスのガラスに寄りかかっていた。どれくらい経ったのだろうか、ガラスを叩く音で我にかえった。振り返ると、そこには髪を茶色に染めた女子高生が立っていた。無言でこちらを睨みつけている。周囲のボックスを見るとすべて埋まっていた。

竜介は女子高生を無視して扉を開くと、背を向けて歩きはじめた。後ろから舌打ちの音が聞こえたが、振り向きもしなかった。

神田で集まるいつもの料理屋に向かう道すがら、竜介は考えていた。

義正に言うべきか。しかし、言ったところで何か事態が好転するわけではない。昔みたいに家族四人で食卓を囲むという希望は叶わなくなるのだろうか。

漠然とした不安が竜介の脳裏を過ぎる。急がなければ……。

気づくと、料理屋の入ってるビルの前に着いていた。

腕時計に目を落とす。六時三〇分を回っていた。

気持ちの整理もつかないまま二階に上がり、『きくや』と書かれたプレートのドアを開ける。事前に予約しておいた個室の座敷に通されると、「もう少しで来るから」と告げて給仕を追い払った。

ひとりになりたかった。だが、これからグループの中枢メンバーが来る。呼吸を繰り返し、私的な感情を振り払うことに集中した。

ほどなくして、給仕に案内された仲間たちが個室の引き戸を開けて入ってきた。

「もう来てたんですか」先頭に立つ安田が頓狂な声を上げて、驚いたように竜介を見た。

「ああ、近くまで来てたんでな」

安田を先頭に、藤次郎、信二、直樹、勝利、勇気、直昌、嘉宏が、各々の席に座る。注文を済ませると、竜介は八人を見渡しながら、ゆっくりと噛んで含めるように話しはじめた。

「経済環境が悪くなりはじめてすでに長い時間が経つが、回復の兆しはいっこうに見えてこない。経済が悪ければ街金、闇金の需要も高まるが、それだけ質の悪い客も増えてくる。また、グループが大きくなればそれだけ問題も増えるし、隙や油断からミスも多くなる。

しかし、悪いことばかりじゃない。需要増に伴って増える競合相手を吸収することができる。手はじめに少数規模のグループを切り崩し、呑み込んでいくんだ。他組織への工作、アメとムチ、それにトラップ――あらゆる手段で抱き込み、一年でそれらを完成させる」

その言葉を聞いて、全員が息を呑んでいた。

「一年ですか」安田も眉間に皺を寄せている。

「そうだ。今、足を止めれば、組織は衰退していく。止まって考えるんじゃない、走りながら考えてくれ。うちのグループの将来は皆の覚悟と力量にかかってる。まずはあらゆる情報収集に努めてくれ。それと信二！」

竜介の声に、入口側に座っていた信二が即座に「はい！」と反応した。いつにも増して、その全身からは緊張感が漂っている。

「カジノも全国の主要都市に増やしていく。そのつもりでいてくれ」

「わかりました」

信二が深くうなずく。それを見てから、竜介は皆に続けた。

「他グループにはそれぞれケツ持ちがついているのは知っていると思う。他社の幹部連中を取り込むつもりだが、いざとなれば喧嘩になることもあるかも知れん。そのすべてのケツは俺が持つ。ここが正念場だ。それを一年で達成させたら、東京を拠点に全国へ打って出る」そして膝に手をつき、頭を下げた。「皆、よろしく頼む」

誰も異を唱える者はいなかった。一応、同意してくれたようだった。

無謀なことは自分でもわかっている。けれど、止まってはいけない。階段を二段も三段も飛ばして駆け上がっていかなくてはならない。

ここでいっきに資金力をつける。義正を助けるためだ。

給仕が料理を運んでくる。立ち去るのを待ち、「ところで」と嘉宏が竜介に訊いてきた。

「そういえば、佐藤会の田沼が破門になったと聞いたんですが、それって前に密井さんがやられた件と関係あるんですか」

竜介が田沼の破門を知ったのは、半月前、密井や木村と食事をしたときだった。田沼が破門になった、と木村は笑っていた。

――下の連中にケジメをつけさせたんだ。

木村は片腕の笠岡（かさおか）に命じて、グループ内の手荒な仕事を引き受ける部隊を動かすと、田沼を拉致させて暴行を加えた。その後は裸にし、手足をガムテープで拘束して、尻の穴に薔薇を突っ込んだ写真を撮ったらしい。

また、田沼は若い連中を使って組織的な詐欺を繰り返していたことも調べがついており、その貯め込んだ金――一億も奪いとった。田沼は相当に渋ったみたいだが、さすがに命に代えることはできなかったのだろう。

最終的に田沼は、裸の情けない姿のまま東京駅に捨てられた。そのうえ、撮られた写真を佐藤会の本部と傘下組織に送りつけられ、田沼は結果的に、組の看板に泥を塗ったということで破門になったという。

密井がやられたのは去年の話で、密井自身は今ではすっかり回復している。それでも、木村たちは田沼に仕返しする機会をずっと待ってたのだ。処分もされずに済んだ田沼のことを、命をとる代わりに、自分の手で破門させたのである。

竜介は嘉宏に視線を返すと、黙って首を縦に振った。深くは説明しなかったが、全員それで悟ったようだった。

ひとつ置いてから、竜介は最後にこう言った。

「田沼の件はともかく、今は俺たちグループがどうなっていくかが大事だ。皆、気を引きしめてくれ」

はい、と全員が声を揃えて返事した。

15

鈴虫が鳴く秋の夜、義正はテレビを観ていた。刑務所では、夜間の七時から九時までテレビ視聴が許可されている。

番組は国営放送の「サムライ精神の伝承」というドキュメンタリーだった。それを観ているうちに、自然と脳裏には彼女のことが浮かんでいた。藤堂房子のことだ。

房子は〝サムライ・ローザ〟と呼ばれていた。

由来が、かつてドイツで共産党を作った〝ローザ・ルクセンブルク〟という女性の名からきているとしったのは、彼女と出会ってすぐの頃だった。頭にサムライとついているのは、彼女が幼少期、県警幹部の厳格な父親の指導のもとで剣道を習い、高校生の頃には、インターハイで優勝するほどの腕前を持っていたからだ。

――幼稚園の頃から剣道をやりはじめたんだけど、父は子供用の竹刀なんて使わせてくれなかったの。大人が使う竹刀を持たされて、父からの罵声を背に必死で竹刀を振りまわしたのを、今でも鮮明に覚えてる。竹刀を振りまわしているのか、竹刀に振りまわされているのか分からなかったけどね。

屈託なく笑う彼女の表情が印象的だった。

その彼女と出会ったのは、世界中で叫ばれたベトナム反戦運動がきっかけだった。戦争で使用される米軍のジェット燃料の運搬を阻止する為に『新宿騒乱事件』が起きたとき、ゲバ棒を持ってデモを主導し、機動隊と衝突を繰り返して逮捕されそうになっていた彼女を、義正が助けたのだ。

房子と付き合いはじめたのは、それからすぐのことだった。

一冊の本を持ち出しては何時間も語り合い、考察を深めるふたりだけの時間は、義正にとってかけがえのないものになっていった。

芯が強く、当時二〇歳とは思えない世界観をすでに確立しており、反面、少しばかり夢想家の傾向はあったが、義正がそれを指摘すると、「あなたの方が夢想家よ。あなたのは夢想家というより妄想ね」と揶揄してくることもあった。結局は互いに似た者同士だったのかも知れない。

そんな彼女が忽然と姿を消したのは、まさに青天の霹靂（へきれき）だった。

あれから今日まで、一度も彼女と会っていない。その生死さえも杳として知れなかった。消息を断った当時は、あらゆる手段を使って探し出そうとした。彼女の家族とも連絡を取り合い、四方八方へ手を尽くしたが駄目だった。彼女には両親のほかに、警察官になったばかりの実兄とまだ高校生だった妹がいたが、血縁にさえいっさいの連絡がなかったのだ。

彼女がいなくなって七年後、今回の事件で逮捕された義正は、司法行政と闘争を繰り広げていた。その頃だ。房子の家族が彼女の死を意識し、受け入れはじめているということを人伝に聞かされたのは――。

義正は目頭を指で揉んだ。

彼女は今、一体何を見ているのだろう。

＊　＊　＊

翌日の午前中、作業をしていると、工場担当の青木に大声で「白川！」と呼ばれた。

おもむろに顔を上げて担当台のほうに目をやると、青木が顔の前で広げた右手を上下に動かしていた。面会を伝えるジェスチャーだ。

義正は丸椅子から腰を上げると、ゆっくりとした足取りで担当台に向かった。そこには、面会担当の職員が黒いファイルを持って待っていた。

入口の扉を抜け、通路に出る。頭上の空は青々としていた。

五分ほど歩き、面会所に着いた。促されて中に入る。右側には鏡と洗面台、その両脇にはロッカーとトイレがある。左側には面会室に通じた通路が伸びていた。

面会室に通されると、竜介が微笑みながら待っていた。

竜介がいつものように拳を突き出してくる。義正も微笑を浮かべると、それに応えるようにして手のひらをアクリル版に重ねた。

「ひさしぶりだね。ここのところ何かと忙しくて来れなかったよ」

竜介が弁解するように頭をかいた。前回来たときよりも、肉づきがよくなっているような気がする。

「少し太ったんじゃないか」義正は対面に座った。

「取引先の接待や付き合いがあってね。ところで、生活に変わりはなかった？」

「何もないよ。毎日、ゆったりと川が流れるように落ち着いた時間を過ごしてる」

義正は嘘をついた。所内では、日々いろいろなことが起こる。だが、それを外の人間に話をしたところで無意味だろう。話すほどのことでもない。

「兄貴は今、どんな本を読んでる？　最近俺も、本を買って読むようにしてるんだけど、何かおすすめ本とかないかな」

「俺はジャンルを問わずに何でも読むけど、人それぞれ面白いと思う本は違うからな。竜介はどんな本を読むんだ？」

竜介とは、幼少期から興味の対象や嗜好、考え方や価値観がまるで違っていた。けれど、それでもお互いを尊重し合ってきた。ふたりで実家の屋根裏に登って寝そべっては、時間を忘れて語り合ったこともあった。それに気づいた母親によく叱られたものだ。

「今は組織のマネジメントとか、実務的な本ばかりかな。でも、これからはいろいろな分野の本を読みたいと思ってるよ。時間の許す限りね」

「それなら、戦略系の本を何冊か見繕ってそっちに送るよ」

「ありがとう、助かるよ」

「それより、おふくろは元気か？」

「えっ……あっ、おふくろ？　この前実家に電話したら、少し風邪気味だったけど元気そうだったよ」

竜介の表情に、一瞬、影が差したような気がした。何かあったのだろうか。

「そうか。元気ならいいんだが……」

「そういえば、昔、家族で撮った写真を持ってきたんだ。差し入れしておくよ。ほら、スペイン旅行に行ったときのさ。あのとき、兄貴がいきなり流暢にスペイン語をしゃべるから、びっくりしたのを覚えてるよ。スペイン語を勉強していたなんて知らなかったから」

「少しだけだよ。ネイティブが聞いたら笑われる」

そうだ、と竜介が手を叩いた。

「大事な話をするのを忘れてた。うちの会社の顧問弁護士が、兄貴の被害者の代理人弁護士と何度か会って、相手方が示談と嘆願書の作成に応じてくれたんだ。書面についても何人かの弁護士に見せたけど、今後、兄貴にとっても良い影響が出てくるんじゃないかって言ってたよ」

内心、複雑だった。前の面会でも言ったことがあったが、竜介には自分の人生を送ってほしかった。自分が弟の重荷にはなりたくなかった。

なのに、竜介はその後もこうして面会に来て、さらには示談などでも動いてくれている。そこには当然、苦労もあっただろう。それを思うと心が痛むし、素直に喜ぶこともできなくなる。

「……竜介、俺のことであまり無理はしないでくれ。何より世間を震撼させた事件だ、どう動こうが現実的に仮釈放は厳しいだろう」

「……わかってる。俺だって、そんなんですぐに出られるとは思ってない。それでも動き続けてないと落ち着かないんだ。親父やおふくろだっていつまでも生きてるわけじゃないしね」

「ふたりに何かあったのか」

義正はステンレスの台に両手を載せると、竜介を見据えた。

「いや、たとえばの話だよ」竜介が慌てたように首を横に振る。

しばらくの間、ふたりは無言だった。立会の職員が「五分前です」と告げる。三〇分の面会はあっという間だった。

竜介がはっとしたように顔を上げた。

「時間が経つのは早いね」そう言ってから竜介は続けた。「辛いこともたくさんあるだろうけど、頑張って」

「わかったよ、竜介も頑張れ。それと、早くおふくろに孫の顔を見せてやってくれ」

「ああ、そのうちね」

竜介は「また来るよ」と口にすると、席を立った。

別れ際、義正から右の拳を突き出した。それを見て嬉しそうに竜介が拳を合わせる。ふたりの拳に挟まれたアクリル版が、小さく音を立てて震えた。

16

秋の暮れ、竜介が錦糸公園のふれあい広場横の通りを歩いていると、見慣れない一団が縦列を作って並んでいた。午後六時を少しまわっている。あたりは夕闇に包まれていて、何をやっているかはよく見えない。

気になって近づいていくと、突然後ろから声を掛けられた。

「あんたもエサにありつきに来たのか？」

驚いて振り向くと、よれよれのコートを着た年配の男が、竜介をじっと見つめていた。

その手には、白い器と割り箸が握られている。どうやら炊き出しのようだ。この男はホームレスなのだろう。

「いや、そういうわけじゃない」と言いながら、竜介は自分の身なりを確かめた。

「だよな。見たところ、俺たちとは違う人種だ」

男は歯抜けの口を大きく開けて豪快に笑うと、そばにあったベンチに腰を下ろした。

「ここでは定期的に炊き出しをやってるのか？」竜介も男の隣に座る。

「そうだ。この時期は週に二回、すいとんや豚汁、握り飯を配給してる。正月はワンカップも出るぞ」豚汁をすすりながら男が答える。

「このへんにはあんたみたいな人は多いのか」

「ああ、多いよ。いろんな奴らがドロップアウトしてこのへんに住みつくが、ひと癖ふた癖あっても、気のいい奴ばかりなんだ」

何だか、この人種に興味が湧いてきた。

「寝床はどこにある？」

「すぐそこだよ、俺の別荘は。来るか？　広いとは言えないけどな」

「いや、今日は遠慮しとくよ。人の家に行くのに手ぶらじゃ悪いだろ」

「そんなことねえよ。あんたみたいな人間なら歓迎するぜ」

「あんたみたいな？」

「ああ、俺のような身なりを見りゃ、たいていの人間は鼻をつまむようにして避けて通りやがる。だが、あんたにそういうところはなかった。俺だってそれなりに人生経験を積んでんだ、人間の本質を見抜く目くらいは持ってるさ」

「買いかぶりだよ。俺はそんなたいそうな人間じゃない」

竜介はタバコを二本取り出すと、一本を男に差し出した。「ありがたいな」と受け取る男に火を点けてやる。

「ところであんた、名前はなんて言うんだ？」

少し迷ったが、本名を名乗るのはやめた。

「森川……森川竜一だ」

「そうか、いい名前だな。俺は竹内明夫（たけうちあきお）っていうんだ。あんたとは仲良くなれそうだ」

竹内が、すり切れた茶色のズボンにこすりつけた右手を差し出してきた。アル中なのか、その手は震えている。

竜介が竹内の手を握ると、竹内は嬉しそうに笑った。

それから竹内は、話し相手に飢えていたのか自らの身の上を語りはじめた。それによると、竹内は千葉市出身で、地元の高校を卒業したあと、大学へは行かずにありとあらゆる業種の仕事を転々として金を貯め、自ら飲食店を開業し、一時は店舗数を増やして手広くやっていたそうだ。

ところが、バブルの崩壊とともに竹内の会社は失速し、その頃から家庭の雰囲気がぎくしゃくしはじめた。竹内は何とか会社を立て直そうと奔走したが、一億円の負債を抱えたまま不渡りを出して倒産。気づいたときには女房が子供をつれていなくなっていたという。

「何のために、会社なんてやってたんだろうな……」

竹内はそうつぶやくと、体を小さくした。竜介はその声に、何を言うこともできなかった。

「そろそろ別荘に戻るよ」竹内が立ち上がった。

「また、ここに来れば会えるか？」

竜介が訊くと、竹内は口のまわりに覆われた無精髭をうごめかして笑った。

「そこの体育館の裏側に俺の別荘がある。あんたならいつでも大歓迎だ」

それから数日後の真夜中、仕事から帰ってきた竜介は、ふと思いたち、竹内のもとを訪ねることにした。前回は寄れなかった寝床に邪魔しようと思ったのだ。

竜介はコンビニに寄ると、缶ビール半ダースとタバコをツーカートン、それから酒のつまみになりそうなものを見繕って、錦糸公園に向かった。

ガードレールを跨いで公園の敷地に入る。体育館の周囲を歩き、裏手側にまわり込むと、テントやダンボールハウスが並ぶ一角があった。ただ、どれが竹内の住み処かはわからない。手前からひとつひとつ見てまわるが、表札がかかっているわけでもないのだ。

二、三分あたりをうろついていると、正面から白髪を肩まで伸ばした老人がビニール袋を提げて歩いて来るのが見えた。

竜介の様子を見て、その老人が声をかけてきた。

「見慣れない顔だが、何か御用かな？」

「友人の家を探してるんだ」

「友人？」老人が訝しむように眉間に皺を寄せる。

「そう、友人。竹内さんだ。体育館の裏手に住んでると言っていた」

「ああ、タケさんか。ついさっきまで起きてたよ。ほら、そこ」

老人はそう言うと、一番端っこにあるダンボールハウスを指さした。並んでいる家の中では一番大きい。竹内はここの住人のリーダー的存在なのかも知れない。

竜介は老人に礼を言うと、竹内の家の玄関前に立った。ダンボールに青いビニールがかけられている。中はどうなっているのだろう。

肩の高さくらいの扉をノックすると、ややしてから竹内が顔を出した。

竹内が満面の笑みを浮かべた。

「本当に来たんだな。びっくりしたよ」

「急にあんたのことを思い出したんだ」

竜介がビニール袋を掲げると、竹内は抜けた歯を見せて嬉しそうに破顔した。

「まあ、入りなよ」

縦横一メートルくらいの入口から腰を屈めて中に入ると、そこには竹内のプライベートな空間が広がっていた。コンロ、毛布、コンビニ弁当が三食分に、五〇〇ミリリットルのペットボトル。平積みにされた数十冊の週刊誌や月刊誌。小説が五冊あり、そのうちの一冊はうつぶせになって机の上に置かれていた。竹内は読書家らしい。

竜介は胡座をかくと、あたりを見まわした。

「意外と広いんだな」

「本なんかで散らかってるけどな」

「これだけの雑誌をどうするんだ？」

「駅の構内とかあちこちまわって拾ってきたものを、一冊一〇円で売ってるんだ」

「一日いくらになる？」

「千円になればいいほうかな。その日によってまちまちだ。あとはときどき、土木の日雇い労働をしたり、仲間たちと協力しながらうまくやってるよ」

竹内が差入れの缶ビールを軽く持ち上げた。竜介も乾杯の真似をする。

「定職に就こうとは思わないのか？」

まだ還暦前後だろう。体力的にも精神的にも、やってやれない歳ではない。

竹内は少し考えてから口にした。

「ここの住人が社会的にどう思われているのかは知らないが、俺は案外この生活が気に入ってる。人間にとって最大の尊厳は自由だろう？　もともと自分で会社を起こしたのも、人や組織にコントロールされたくなかったからだ。管理社会の歯車になるのは御免だよ」

「あんたの世界にだってそれなりの掟はあるんじゃないか」

「確かに、この世界にも縄張りがある。見知らぬ人間がこの周辺に勝手に住みつくことは許されないし、弁当や総菜をあちこちで漁ることも認めない。それを許せば、先住民の生存さえ脅かされる事態にもなりかねないからな。だが、そういうことを抜きにしたら誰にも縛られることはない。自由に勝るものはないよ。それに、住人同士で必要以上に詮索し合うこともないしな」

竹内はそう言うと、美味そうにビールを飲んだ。

「なるほど」竜介もビールをあおる。

「そうだ、これからはあんたのことを森ちゃんと呼んでいいか。俺のことはタケでもなんでもいい。友人同士が互いにあんた呼ばわりじゃおかしいだろう」

竹内が笑った。好感の持てる笑みだった。

「それもそうだな」

タバコに火を点けて、竜介も笑顔を返した。

ところで、と竹内が問いかけてきた。

「詮索しないと言ったさっきの話と矛盾するようだが、森ちゃんはどんな仕事をしてるんだ？　そっちの世界に未練はないが、森ちゃん個人には興味がある」

「仕事か……」

竜介は片肘を膝に突き、人差し指をこめかみにあてて考えた。

果たして俺のやっていることが仕事と言えるのだろうか。いや、仕事には違いない。しかし、自分が本当にやりたかった仕事かどうかはわからなかった。

「まあ、金融関係だよ。別に隠すようなことじゃないが、そのへんによくある仕事だ」

竜介が言い淀む様子をどう感じとったのか、竹内はそれ以上のことを訊いてはこなかった。

まあ、と竹内が言った。

「俺にできることがあったらいつでも言ってくれ。見ての通り、金はないけどな」

17

年の瀬も迫ってきた一二月の午後、大樹は竜介とともに南流山へ向かっていた。

「急に呼び出して、頼みたいことって何なんだ?」

助手席の竜介が怪訝な表情を見せる。大樹はベンツのハンドルを握ったまま、適当に答えた。

「着いたらわかる」

「うるせえな」大樹は耳をほじるような真似をした。「んなことより、シノギのほうはどうなんだ」

「そっちはおかげで上手くいってる。グループは大きくなっていってるし、宅建業の免許をとって不動産会社もはじめた」

「飛ばしすぎて足元すくわれるなよ」

「わかってる」そんなことより、と竜介も返してきた。「大樹の故郷にはいつ連れていってくれるんだ」

　大樹は露骨に顔をしかめた。こいつはこないだから、やたらそう言ってくる。故郷は、家族は、俺だって兄貴のことを教えたんだから――と口にするのだ。竜介なりの親しみの証なのだろうが、それがうざったくて仕方ない。

　まあ、いい。だったらついでにそれも片づけてやるまでだ。

　無視をしたままベンツを走らせる。やがて辿り着いたのは、大樹が育ったのぞみ学園だった。

　坂をのぼり、事務棟の脇に車を停める。大樹は車外に出ると、まだ降りてこない竜介に向かって言った。

「何やってんだ、さっさと降りてこい」

「降りろって――」

「ここがお前の来たがってた俺の故郷だ」

　竜介が目を三回瞬いた。

「じゃあ、家族は――」

「んなもんいたら、こんなところに入るわけねえだろ。ババアから虐待を受けて引き取られたんだ。そのババアは自殺した。養親だってもう死んでる。どこにでもある話だろうが」

　いいからさっさと来い、と歩き出す。面くらった様子のまま、竜介があとをついてくる。

　コートに手を突っ込んで敷地内を行く。うづき寮の玄関を開けると、子供たちが奇声を発して騒いでいた。

大樹は竜介のほうを振り返った。

「靴は手に持っておけ。ガキたちに盗まれる。それと、スリッパは脱ぐな。ここは床が汚れに汚れているからな」

靴を手に持ち、来客用のスリッパを引っ張り出して玄関を上がる。寮内を進み、図書室に入ると、奴は約束通り待っていた。

「あ、木村のおじさん」

長テーブルで勉強していた邦彦が顔を上げた。大樹はただうなずいて返した。

「彼は――」

後ろから訊いてくる竜介に、大樹は答えた。

「長谷川邦彦、ここの子供だ。こいつのことでお前を呼んだ」

「何でまた、俺を――」

「こいつはこれでペテンがきく。来年には大学受験で、俺としては東大に行かせたい。そのための援助もすでにしてる。ただ、こいつに勉強を教えようにも、大学がどんなところかも、何を学ぶべきかも、学歴のない俺には答えられない。そこでお前だ。俺たちのまわりで大学出といえば、お前くらいしかいないからな」

「そ、そんな、俺に人へ教えられるようなことは何もないぞ」

「おじさん」ふたりのあいだに割って入るように邦彦が声をあげた。「僕、やっぱ働きます。それに、僕なんかが東大になんか行けるわけないし――」

「お前は黙ってろ」大樹は邦彦を一喝すると、改めて竜介に言った。「そういうことだから頼むぞ」

あとは知らん顔で椅子に掛け、本棚にある小説を手にとる。竜介はそんな大樹を前に頭をかくと、仕方なさそうに邦彦のほうを向いた。

「白川竜介です。俺なんかが力になれるかはわからないけど――」

「とんでもありません」邦彦が顔の前で手を振った。「僕のためにわざわざありがとうございます」

そのあとで、小声でこうも付け加える。「木村のおじさん、強引だから」

大樹は咳払いをした。

「聞えてるぞ、こら」

だが、そのひと言で竜介と邦彦も打ち解けたようだった。自然と会話が交わされていく。

「邦彦くんは一日何時間くらい勉強してるのかな」

「一〇時間はやるようにしてますけど、それでも時間は足りませんね」

「すごいな、俺なんか学生時代にそこまで机に向かったことはないよ。そんな俺に、何か教えられることがあるかな」竜介が苦笑いする。

「あの、白川さんは、大学時代はどんなことを学んでいたんですか？　実際に進学したあと、どういう学生生活を送ればいいのか、いまいち描けなくて――」

「うーん。俺個人としては、ひとつの学問に傾倒するってことはなかったかな。ひとつのことだけを学ぶことに固執して視野が狭くなるよりかは、幅広く横断的に何でも学んで、物事を俯瞰（ふかん）できるようになりたいという思いがあったからね。まあ、物事の本質を見極められるようになるといいんじゃないかな。そのためには歴史を学ぶといいよ。あとは哲学かな。すべての学問は哲学のＤＮＡが源流となっているから」

「勉強になります」邦彦が今の話をメモする。

「学部とかの希望はあるの？」

「学部は——」

大樹はそこで口を挟んだ。

「こいつは法学部に行かす」

「法学部？」竜介と邦彦の声が重なる。

大樹は顎を引くと、邦彦に目をやった。

「邦彦、お前は官僚になれ」

「官僚に？」初めて聞く話に、邦彦が目を丸くしている。

「実質的にこの国を動かしているのは官僚だ。園長がいつか、お前は英語と韓国語が得意で、国際政治にも興味があるようだと言っていた。それに、国家公務員の参考書を持っていたことも聞いてる。だったら外交官になれ。内政の失敗は一内閣が倒れれば足りるが、外交の失敗は一国が滅びる。バカじゃ務まらない」

「そんなこと言われても、僕でなれるかどうかはわからないし――」

「わからないじゃない、なるんだ」

そして、諸外国さえ巻き込んだ政治の世界で、俺の手足となれ――心の中でそうつぶやく。

大樹の発言に、竜介が舌を巻いた。

「それはまた、大きな夢だな」

それから竜介は、邦彦の参考書を開くと、小難しい公式を邦彦に教えていた。そこからは何を言っているのかわからなかったため、大樹は完全に口をつぐんだ。

二時間ほどして、家庭教師は終わった。大樹は椅子から立ち上がると、早々に出口へと向かって歩き出した。

その背に、邦彦が声をかけてきた。

「木村のおじさん」

「何だ」首だけで振り向く。

「いつも本当にありがとうございます。感謝しています」

「ふん」大樹は息を鳴らした。「礼を言うなら、官僚になってからにしろ」

はい、と邦彦が返事をした。利用されているだけなのに、その目は大樹をすっかり信じきっていた。

くそったれが。調子が狂って仕方ない。

竜介を助手席に乗せると、大樹はまた道を引き返し、都心に戻っていた。

その道すがら、竜介が訊いてきた。

「その、あそこには菓子か何か差入れとかしてるのか」

「菓子？　何のために？」

「小さい子供たちが、空の菓子袋をぺろぺろ舐めてたんだ。ああいう施設ってのは、やっぱり寄付がないとやっていけないんだろ」

「だからって、それと俺に何の関係があるんだ」

「何の関係って、大樹の故郷だろ。だったらあそこの子供たちは皆、大樹の家族と同じじゃないか。邦彦くんだってそうだ。それなら菓子のひとつくらい、毎月差入れしてやったほうがいい」

大樹は鼻に皺を寄せた。

「面倒臭えな。そんなことしてられるかよ」

「じゃあ、俺がお前の代わりに差入れするよ」

竜介の青臭い衝動がまたはじまった。いったんこう言い出すと、しつこくてたまらない。

大樹は顔をしかめて適当に返事をした。

「わかった、わかった。差入れすればいいんだろ」

こいつに任せて善人だと思われても困る。ならば、自分でやったほうがよほどいい。

満足したのか、横目で窺える竜介は口元をゆるめていた。そのあとで、大樹に言った。

「ありがとう」

「何がだよ」

「故郷に――家族に会わせてくれて」

何言ってんだ、こいつは。それで礼を述べる意味がわからない。

邦彦といい、竜介といい、俺の周りにはわけのわからない奴が多すぎる。

まったく、調子が狂って仕方ない。

18

改札を出て、タクシーに乗る。五日後にやってくるクリスマスの準備のためか、通りにはイルミネーションが飾られている。

住宅街の一角でタクシーが停まった。竜介は車外に降りると、その家――桐谷邸のインターホンを押した。

アタッシュケースを右手に持ち替えて、腕時計を確認する。午後六時三〇分前には間に合った。前回と同じく夫人に出迎えられ、応接室に通されると、桐谷はノートパソコンに視線を落としていた。テーブルの上には、書類や専門書などが堆く積まれている。

桐谷が静かに顔を上げた。

「ああ、もう約束の時間か」

「お忙しいところ申し訳ありません」

「ちょうどひと段落ついたところだ。座ってくれ」

竜介はアタッシュケースを右脇に置いて対面のソファに座ると、スーツの内ポケットから封筒を取り出し、桐谷の眼前に置いた。

「これは、先日、電話でお話しさせていただいた、示談書と嘆願書のコピーです」

桐谷は小さくうなずくと、書面に目を通した。

「うん。内容はいいんじゃないか。ただ、お兄さんの事件が事件なだけに、世論の反応が気になる。お兄さんや被害者だけの個人的な問題ではない、政治的なことがどれだけお兄さんの仮釈放に影響を与えるのかということもあるだろう」

夫人がコーヒーをテーブルに置き、また立ち去っていく。竜介はそこで居住まいを正すと、アタッシュケースをテーブルに乗せて桐谷に差し出した。

「ここに一億の金があります。桐谷先生の御力で、何とか兄を救い出していただくことはできないでしょうか。もちろん、先生にご迷惑をおかけするようなことはいたしません。この通りです」

さらにソファから立ち上がり、ひざまずいて額を床に擦りつける。竜介は桐谷の肯定の言葉をもらうまで、頭を上げるつもりはなかった。

その様子に、桐谷がそっと口を開いた。

「以前に君たちがここに来た時も言ったと思うが、私はただの弁護士だ。元検事総長という肩書きはあるが、今はそれほど検察関係者や政治家などと付き合いをしているわけではないんだよ。買い被りすぎだ」

だが、竜介はその言葉を真に受けてはいなかった。以前行なわれた国政選挙でも、桐谷は候補者の公職選挙法違反事件に絡んで逮捕された広域指定暴力団会長の主任弁護士を引き受け、今でもあらゆる方面から声がかかり、頼りとされる有力ヤメ検弁護士である。そのような弁護士なら、検察幹部や法務省幹部にひとりやふたり、近しい人物がいてもおかしくはない。

膠着状態が続く。すると、やがて根負けしたのか、桐谷は「わかった」と返事をした。

「君のお兄さんへの気持ちを汲んで、もう少しだけ踏み込んでみよう」

「本当ですか！」竜介は頭を上げた。

「そのお金を受けとることはできないけどね」

桐谷はそう口にすると、デスクの引き出しからアドレス帳をとり出し、携帯でどこかに電話をかけはじめた。

「もしもし、私だ。……元気でやっているか。……君に会ってもらいたい人間がいるんだが。……そうか、それならいつもの店でどうかな」

来週の土曜日だね、と確認すると、桐谷は電話を切った。

「来週の土曜日、夜の九時以降なら会えるそうだ。大学の後輩でね。布施（ふせ）という。検察から法務省へ出向したあとは、赤れんが組と呼ばれる法務官僚として刑事局長をやっている、優秀で信頼のおける男だ」

竜介は革張りのソファに座り直すと、もう一度深々と頭を下げた。

「感謝の言葉もありません」

「結果的なことについては保証はできないが、君のお兄さんの仮釈放の可能性や、どのような課題を解決すればそれが実現できるのか、具体的なことは何か見えてくるかもしれない。私ができるのはそこまでだよ」

十分だった。これでまた、ひとつ階段を上がることができる。

兄貴、待っててくれよ――竜介は心の中でつぶやいた。

19

老朽化の著しいうす汚れたその建物は、昭和三十四年に建てられたというだけあって、黄ばんだ壁にところどころひびが入っていた。窓枠には小指が一本入るほどの大きな隙間が空いている。

年の瀬も迫った仙台刑務所の雑居房にて、金森は布団にくるまっていた。日中ももちろん寒いが、夜になるとより冷える。暖房もないのだから、寝具で暖をとるしかない。

一二月一二日に毎年恒例の部屋替えがあり、舎房のメンバーが入れ替わった。とはいえ、誰かしらとは再び一緒になる。伊勢谷なんかはまた同じ部屋だ。

テレビまでの時間を、くだらない雑談で潰す。

「金森さん」伊勢谷が布団から顔を出して話しかけてきた。「青木のオヤジも来年三月には替わるようですけど、次は誰が来るんですかね？」

「どうだろうな。あんまり締めつけの厳しい担当も困るが、ゆるすぎる担当じゃ逆に締まらないし、工場も荒れるだろう。それも良し悪しだな」

「石崎じゃなきゃいいですね」

「ああ、アイツだけは勘弁願いたいな」

石崎という担当は、懲役間では非常に悪名高かった。

「前にいた工場で使われましたけど、あれは最悪ですよ」伊勢谷が顔を紅潮させた。「普通に刑務官として厳しいならこっちも我慢できますが、石崎は自分の気に入らない受刑者にひっついて離れませんし、工場内に波風立てることを生き甲斐にしているような奴ですからね。自分もずいぶんやられました」

「まあ、そうかっかするな。もう少しで正月だ、菓子でも食って頭にくることは忘れろ」

「子供騙しの菓子ですけどね」

伊勢谷と一緒に金森も笑う。

何にせよ、もう少しで今年も終わる。年が明けて二〇〇〇年、そこから残り二年も務めれば満期だ。娑婆に出られるのは嬉しいが、ひとつだけ胸に引っかかるものがある。息子、海斗のことだ。息子と、どんな顔をして会えばいいのだろう。

逮捕されてから今日まで、女房の千里からは定期的に息子の写真が送られてきた。その成長過程を見るたび、確実に時を刻んでいく現実を感じて胸が締めつけられた。出所が近くなるたびに、息子との関係性について考えを巡らせる日が増えている。

こんな父親でも、息子が道を踏み外すようなことはなかった。それもこれも、女房のおかげだ。一六年間、海斗を素直で真っ直ぐな人間に育ててくれた千里には、心の底から感謝している。

対立組織の人間を射殺する前日に、息子は生まれた。それでも組織への義理を通し、金森は事件を起こした。そんな自分に対して女房が口にした言葉を、金森は今でも覚えている。

——海斗とともに、あなたの帰りを待っています。子供のことは心配しないでください。

正直、金森は涙した。千里がヤクザをやめてほしいと言ってきたことは一度もない。金森自身もヤクザをやめようなどと思ったことはなかった。だが、暴力団に対する締めつけは年々厳しくなり、今後もその動きは加速していくだろう。

もしかしたら、いずれヤクザをやめる日がくるかもしれない。根拠はないが、なぜかそんな気がする。

息子や家族のためにヤクザをやめる——そこまで考えたところで、金森は首を振った。いや、それはない。だいいち、今さらヤクザをやめてどうやって飯を食わしていくんだ。

金森は悶々とした気持ちを振りきるように思考を中断すると、布団の中に潜り込んだ。

「一班、手伝い移動と金森さんと交談願います」

伊勢谷が手を挙げて担当の許可を求めた。三班から軍手をつけてやって来る。今日は午前中から作業を手伝ってもらうことになっていた。

「おう。今はまだ準備中だから、紙を捌いて乗せてくれ」

「これ、ローラーを回転させてますけど、何してるんですか？

そう訊いてくる伊勢谷に、金森は印刷機をまわしながら答えた。

「冬場はインクが固くなるから、柔らかくなるまで高速でまわしてるんだ」

「機械工って大変なんですね」

「そういえば、最近、白川に変わった様子はないか？」

「白川さんですか？　特には……」伊勢谷が軽く首を傾げて、眉間に皺を寄せた。「白川さんがどうかしましたか？」

「いや、特になければいいんだ」

伊勢谷は少し考え込むようにしてから、視線を上げた。

「あ、強いて言えば、ここ二、三日は昼食後の休憩時も本を読まずに考えごとをしているような感じではありましたね。目線はテレビのほうを見ているんですが、何か、ぼーっとしているような感じで……。呼びかけても返事がなかったときもありましたから」

「そうか。わかった、ありがとな」

金森は軍手をつけると、機械の供給部のほうへまわった。

20

錦糸町からタクシーに乗って銀座駅に着くまでに、それほどの時間はかからなかった。

竜介は外堀通りをゆっくり歩きながら、威容な姿の高層ビルを見上げた。日々発展する東京の街のなかでも、銀座だけは異色を放っている。社会人になってはじめてこの街を訪れたときは、場違いな自分を恥ずかしく思ったものだ。何をするにも落ち着かず、華やいだ街並みに圧倒されて、己の小ささを肌で感じないわけにはいかなかった。

周囲を見渡せば、精一杯にめかしこんだ男女が我が物顔で通りを行き交っている。だが、その実は人それぞれだろう。この街に通い続けるにはそれなりの財力がいる。

ビルのあいだを通り抜けてコリドー通りに出ると、森田ビルの二階に上がった。『ルドリ』と刻印された真鍮プレート――ここが待ち合わせのエスニック料理店だった。黒一色で統一された内装に、カウンターが八席とテーブルが一〇席、奥に個室が三つ。入口の受付スタッフに名前を告げると、「布施様がお待ちしております」と恭しく頭を下げられ、奥の個室に案内してくれた。

調理された料理と香辛料の匂いが鼻腔をくすぐる。

個室の中に入ると、中央テーブルの右側に老年の男が座っていた。約束の九時よりも三〇分早い。

「遅くなり、申し訳ありません」

竜介が非礼を詫びると、男は白髪混じりの頭を左右に振った。

「私も今着いたばかりですから」そのあとで、逆に訊いてくる。「あなたが白川さんで？」

「はい、私が白川です。本日はこのような席を設けていただき、ありがとうございます」

「布施です。まあ、座ってください」そう言ってから布施は続けた。「桐谷先生から会ってもらいたい人間がいると聞いたときは、政界か役人、はたまたメディアの関係者を想像していたが……どうやら全然違う人種のようだ。桐谷先生の紹介という話だから引き受けたが、率直に、表立って会うことは憚らなければならないでしょう」

つまり、〝白川竜介〟の素性を事前に調べたということだ。抜け目はないらしい。だから、布施はさっさと話を進めてきた。

「さっそくだが、本題に入ってくれないか。ただその前に、ひとつ言っておきたいことがある。私は桐谷先生を尊敬しているが、弁護士と法務官僚とでは立場が違うんだ。聞ける話と聞けない話がある」

竜介は手強い相手に気後れしそうになる心を押さえ込むと、意を決してしゃべりはじめた。

「私には、ただひとりの兄がいます。その兄は現在仙台刑務所で服役していて、逮捕されてから二三年近い月日が流れました。その事件というのは、一九六〇年代後半からはじまった、大学改革とベトナム反戦運動の渦中に起きた連続企業爆破に関連する事件で、〝蠍〟というグループのリーダーでした。兄がしたことは決して許されることではありません。無期懲役という判決も、当時の社会情勢を考えれば当然のことだったのでしょう。でも、家族として、実の弟として、兄の人生を諦めたくはないんです。だからこうして、相談させていただきました」

目の前に座る布施は、話を遮ることなく、ただ黙って聞いていた。その能面のような表情からは内面を窺い知ることはできなかった。

布施は何かを考える素振りを見せてから、口を開いた。

「あの時代のことは今でも覚えているよ。君のお兄さんが起こした事件やその時代背景もある程度理解しているつもりだ。私がまだ三〇歳くらいのときだったが……まあ、私のことはいい」で、と反対に訊いてきた。「具体的に、君の要望は何かね」

「布施さんの同期に、法務省の矯正局長を経験された方がいると、お聞きしました。受刑者の仮釈放の制度など、その方面のことについて精通している方ということで、それに関するお話をいろいろと聞かせていただければと思ったんです。また、現役の法務官僚の幹部として、個々の仮釈釈の許可や取消に権限を持つ地方更生保護委員会へ何か伝手があるのではないかと――」

「それは私が自分の立場を利用して、君のお兄さんのために裏から手をまわし、便宜を働きかけろと、そういうことかね?」

「端的に言えばそうなります」

竜介が言うと、布施は溜め息を吐いた。

「私はこの世の中のすべてを白か黒かで判断できると思うほど、幼稚な考えを持ってはいないし、善悪二元論的な考え方にも賛成はしない。むしろ、世の中はグレーな雲に覆われているのが現実だ。だが、法務官僚としての正義や本分というものは弁えているつもりだ。確かに委員会と検察、そのＯＢや有力政治家との癒着はあるだろう。しかし、今は昔とは違うんだよ」

そのとき、布施の注文していた料理とワインが運ばれてきた。ふたりのあいだに沈黙の時が流れる。

布施は店員が出ていくのを待って続けた。

「だいたい君は、そんなことで私を説得できるとでも思っていたのかね。私はこれでも本省幹部だ、安く見てもらったら困る」

竜介は黙って思案していた。この男は自尊心が高いだけに、金で取り込むことも難しいだろう。

竜介はひとつ深呼吸すると、布施の目を捉えてゆっくりと口を開いた。

「そういえば最近、ある新聞の社会面に面白い記事が出ていたんですが、見られましたか？」

「何の記事だね？」

平静を装ってはいるが、何か心当たりがあるのか、布施の表情は微かに強張っているように見えた。

　竜介は表情を変えず、さらに言った。

「政治家や官僚、教師、県議会議員、それに警察官や現役の検察官の、児童買春の摘発が相次いでいるみたいなんですよ。皆、社会的に地位のある人たちばかりです」

　布施は、それまでの威勢が嘘のように言葉を失っていた。

「下半身に人格はないと言いますからね。でも、需要があるからこそ、そこには供給が生まれる。これはなかなか治るものじゃない」

　布施が竜介のことを調べていたように、実は竜介も事前に布施のことを調べ、その弱みを探っていた。請け負ってくれたのはなじみの探偵事務所で、時間に制約があったこともあり、最初はなかなか使えるネタが見つからなかったが、やっとの末にこの情報を手に入れたのだ。

　ただ、この件に関してはもうひとつ驚かされることがあった。錦糸公園を根城にしているあのホームレス、竹内のことだ。

　今回、時間がないことについて保険をかけるため、竹内にも話を振っていた。あの手の人種には暇があると思ったからだ。事情を説明すると、竹内は快く引き受けてくれた。結果的には所長が布施のウィークポイントを見つけたのだが、竹内からの報告も所長と遜色のないものだった。その働きに、この男は使える、と竜介は内心そう思っていた。

　布施の目は、泳ぎに泳いでいた。

「さ、さっきから、いったい何のことを言っているのかさっぱりわからない」

「それじゃあ、率直に言わせてもらいます。あなたはつい先日、中学生の女の子を買いましたね？」

「な、何を、そんなことあるわけないだろ！　人を侮辱するのもいい加減にしろ！」

「とぼけるならそれでも結構です。ただ、その事実が公になれば、メディアは面白いように飛びつくでしょうね」

「……証拠なんかないじゃないか」

「布施さん、あなたは法務官僚ですよ。それに、私は何の根拠もない話をしているわけではありません。証拠を見せろとおっしゃるならその通りにしますが、そこまでしなければ納得していただけませんか。これは布施さん自身の将来だけじゃない、奥さんやお子さんの未来を左右する問題ですよ」

証拠ならある。布施が少女とホテルに入るところを、写真できっちり押さえてある。

竜介はテーブルに身を乗り出した。

「私は今回のことで、桐谷先生には大変な恩義を感じているんです。できれば桐谷先生の顔に砂をかけるようなことはしたくありません。それに布施さん、私はあなたのことをどうこうしたいわけではないのです。あなたが力を貸してくださるのなら、局長の立場が脅かされるようなことはいたしませんし、こちらの目的が達成された折りには謝礼もお支払いさせていただきます」

「しかし――」

「まず一億円、ご用意させていただきます。事の進展次第ではさらなる追加資金も厭いません。もちろん、成功報酬は別途お支払いさせていただきます」

竜介がそう言うと、布施は下を向き、小さく絞り出した。

「私は知らない……」

「証拠は、布施さんのご家族に送りつけてもいい」

竜介が打って変わって冷淡な声音で突きつけると、布施はぶるっと体を震わせた。

おもむろに顔を上げた布施は、ようやく自分の置かれた現状を認識したのか、ごくりと唾を飲み込んだ。

「……大罪を犯した人間の早期釈放を実現させることなど、私にはできない。そんな力は持っていない」

「そのための工作資金を用意すると言っているんです」

布施は肩を縮ませて、口を閉ざしている。いまだに踏ん切りがつかないようだ。

「資金の受け渡しは後日、ホテルの一室ということでよろしいですね」

竜介の駄目押しの声に、布施はようやく弱々しくうなずいた。

21

錆ついた窓枠の擦れる開閉音が、義正の意識を現実に引き戻した。いつもの独居房、鉄格子の嵌まった食器口の前で、長身の若い男がひとり立っている。二五、六歳に見えるその看守は、脇に回覧用の新聞を数紙抱えていた。

「悪いな。窓枠がずいぶん錆びついているみたいだ」

その看守は口端だけで笑った。義正は読みかけの小説をテーブルに置くと、立ち上がって新聞を受けとった。

「いえ、本を読んでいただだけですから」

そう答えて、相手の目を真っすぐ見つめる。その看守は、義正の持つ新聞に向かって指を差している。

義正は何も言わずにうなずくと、刑務官も同じようにうなずき返し、その場から立ち去った。

刑務所の中では、新聞を購入できない者でも、官紙と呼ばれる一般紙をひとり一五分間ほど読むことが出来る。社会の動きからなるべく取り残されることがないようにという配慮からだろう。

ただ、通常と違うのは、その新聞の紙面と紙面との間に一通の茶封筒が挟まれているということだった。これで四度目だ。

はじめてその密書を受け取ったのは、今から二年ほど前だった。

その日も今日と同じように、午後六時三〇分に布団を敷き、いかにも囚人が着るような縦縞のパジャマに着替えて、スウェーデン作家が書いた文学小説を読んでいた。すると、食器口を叩く音がした。頭上を見上げると、さきほどの長身の男が新聞を抱えて突っ立っていた。

新聞を義正に渡しても、その看守はそこから立ち去ろうとしなかった。それどころか、何も言わずに折り畳んだ新聞を開くようジェスチャーで促した。その顔からは周囲を気にしている様子が窺えた。

異様な看守の動作に、訝しがりながらも新聞を開くと、足元に二通の封筒が転がった。その様子を確認した看守は、何も言わずにそそくさと担当台のほうに戻っていった。

思わぬ密書に驚かされた義正は、その封筒を敷布団の下に滑り込ませた。それから新聞を読もうとしたが、尻の下のものが気になって内容が頭に入ってこなかった。しばらくしてさっきの看守が新聞を回収しに来ると、周囲の舎房に聞こえないほどの声で「気をつけてくれ」と言われた。

義正は目だけでうなずくと、食器口の窓を閉めて掛け布団に潜り込んだ。うつ伏せになって二通の封筒を取り出す。さきに封のしていない封筒の中身から目を通した。そこには、『私はある人物から依頼され、あなたとその人物との架け橋となることになりました。その人物から手紙を預りましたので、お渡しします。なお、読み終わったものについては、すべて便器に流し、破棄するようお願い致します』と書いてあった。

おそらく、さっきの看守が記したものだった。便せんの最後のほうにはほかにも、手紙の受け渡し方法や時間帯が書かれていたが、それ以上のことは何も書かれていなかった。

いったい、誰がこんな方法で密書を送ってきたのだろうか。確かに、親族以外との文書のやりとりは原則禁止となっている。それにしても、思い当たる人物がひとりも浮かんでこない。

仰向けになってもうひとつの封書を開くと、中には見覚えのある記号が並んでいた。これは、元中核派のメンバー間だけで共有されていた秘密の暗号だ。第三者が見ても、どのような内容なのかはわからない。たとえそれが公安だとしても、解読するまでには時間がかかり、一時の猶予は稼げるはずだった。

歴史上、最もシンプルな暗号化は、古代ローマの軍事指導者、ジュリアス・シーザーが用いたと言われている。シーザー暗号では、アルファベットを決まった数だけ巡回的にずらすことによって暗号化し、例えば五文字右にずらすなら、AはF、KはP、YはDとなる。

ただ、このやり方はわずかに二五通りしかないため、すぐに解読されてしまう単純なものだった。シーザー自身も軍事目的ではなく、私信の通信に利用していたようだ。とはいえ、シーザー暗号は組み合わせが少なすぎるが、アルファベットをランダムに対応づけて単換字暗号を応用すれば、その解読は極めて困難になる。義正たちもそのようにして使用していた。

しかし、誰が何の目的で手紙を送り続けてくるのか。その封書を持ってくる看守に訊ねたことがあったが、直接相手と接触したことはないという。郵便私書箱へ封書が届き、相手の素性も知らないということだった。

それなら、どういう経緯で密書をせっせと送り届ける役目を引き受けたのか——だが、相手の素性がわからないなら、それ以上の詮索をしても仕方のないことだった。

これまでの手紙の内容では、中核派や革マル派の残党の活動状況、その他の左翼勢力の動き、一般メディアでは知り得ない政治的な動きや社会情勢、警視庁公安部や警察庁公安部の内部事情、果てはニュースに対する所見まで、多岐に亘って示されていた。

義正はさっそく、今までと同じように暗号の解読をはじめた。しかし、その解読作業が終わりに近づいていくにつれて、義正は衝撃を受けていた。何らかの手段を用いて白川義正を出所させるという、驚愕の内容が書かれていたからだ。ただ、それをいつどのような方法で実行するか、具体的なことは何ひとつ書かれていなかった。

誰だ。誰なんだ。もしや、かつての同志たちなのか——。

頭の中でいろんな思いが去来し、義正は次第に体が熱くなっていくのを感じていた。

22

エレベーターが上昇し、眼下の人波が小さくなっていく。竜介は昨夜のことを思い出していた。布施から連絡を受けたのは、夜も更けた頃だった。進展状況を報告したい——その口調は淡々としていた。

いつも通り赤坂にあるホテルを指定すると、竜介は約束の時間よりも早く着くように事務所を出た。

エレベーターを降り、一〇一三室の部屋の前に立つ。カードキーを差し込んで中に入ると、モダンな和テイストの空間が広がっていた。照明の光に照らされて、あらゆる調度類が幻想的に映り、ところどころに洋の世界がちりばめられてはいたが、不思議とアンバランスさは感じさせない。

白の革張りソファにゆっくりと身を沈める。竜介は深く息を吸い込んで、まぶたを閉じた。

時をおかずにドアをノックする音が聞こえてきた。腕時計に目を落とす。約束の午後八時までまだ二〇分以上もあった。

竜介はやおら上体を起こして部屋の周囲を一瞥すると、ドアの前まで行って様子を窺った。物音ひとつしない。布施の携帯に電話をかけると、ドア越しに着信音が聞こえた。

フックボタンを押して、ドアを開ける。すると、病人のような青白い顔をした布施が立っていた。

「早かったですね」竜介は皮肉を口にした。「肝心な本題のほうも、これだけ早くやってくれるといいんですが」

「仕方ないだろ」布施が顔をしかめた。「事が事だ、時間はかかる」

二〇〇一年、年の明けた一月。初めて布施と会ってから、もう一年の月日が経っていた。この間、竜介はこうして定期的に布施と会い、義正を出所させるための工作活動について報告を受けていた。

ただ、進捗は思わしくなかった。布施が今も言ったように、何かと手こずることが多いという。

布施を招き入れ、ソファに向かい合って座る。布施はひとつ息を吐くと、さっそく本題に入った。

「まず、君のお兄さんについては、東北地方更生保護委員会のほうから地検に対して、求意見書は送付されていない。そのような話も今のところはまだないようだ」

「求意見書？」竜介は訊き返した。

「更生保護法三九条の規定で仮釈放の決定を決める機関――委員会のことだが、その委員会は逮捕・起訴した地検に対して、仮釈放についての求意見書を送付する。要は検察としての意見を訊くということだ。しかし、それはすべての受刑者がその対象になるというわけではない。私の後輩が以前、地方の地検で次席検事をやっていたとき、無期懲役の判決を受けて服役していた受刑者の求意見書が送付されてきた経験がある。お兄さんは刑が確定してから実質一二年だったな。時期が早過ぎるということだろう。そのうえ、検事が仮釈はだめだと反対すれば、委員会としては従わざるをえないという事情もある」

「もう少し詳しく教えてもらえませんか」

「これはあくまで一般的にということだが、委員会の幹部連中から見た検事というのは、かつての上司だったり、今後、上司になるかも知れない相手だ。簡単に言えば、同じ法務省内の人間だからその意見を無下にはできない。もちろん、仮釈放の決定権は委員会にあるわけだが、それを執行できるか否かは、実質的に検察が握っているということだ」

「それは逆に言えば、しかるべき検察関係者に働きかければ、委員会の判断に影響を与えることも不可能ではないということですね」

「それはそうだが、検察という組織は体面を第一に考える。それを理解していないと、物事を成就させることはできないだろう」

「体面——」

「ただ、君のお兄さんは一二年も刑を務めている。ならばこんなことをしなくても、あと一〇年もすれば対象になってくるんじゃないか？」

それでは遅すぎる。ガンになった父親の体がもつかどうかわからない。

「布施さん、そんな悠長なことは言ってられないんですよ。社会情勢を考えればメディアの影響などもあり、市民の体感治安は悪化しています。今後、法律だってどう変わっていくかわからない。日本は世界でも有数の治安が良い国だというが、新聞の社会面を開けば、毎日のように殺人事件を報道している。厳罰化の流れの中で、また、国民の声に押されて、兄がより不利になることだってあるかもしれないじゃないですか」

布施の物言いに腹が立っていた。心の動きを悟らせないよう、感情を抑制しようとするが、言葉の端々から竜介の心情は読まれているだろう。

布施に気づかれないよう呼吸を整えてから、竜介は再びゆっくりと口を開いた。

「それで、工作は進んでいるんでしょうね」

「あ、ああ、もちろん……」

布施の返事が一瞬遅れた。竜介はふつふつと疑念が湧いてくるのを感じていた。

「もし失敗したときは、誰に工作したのかを明らかにしてください」

「知ってどうするつもりだ」布施の喉仏が波を打つ。

「布施さんがそれを知る必要はありませんよ」

「工作が上手くいった場合は、私たちの関係を清算してくれるんだろうな」

「もちろんですよ。私はヤクザではない。骨の髄までしゃぶり尽くすようなことはしませんよ。これはビジネスです。ただ、契約違反は許しませんけどね」

布施はそれを聞いて、いくらか安堵したようだった。それから少し逡巡した様子を見せ、おもむろに口を開いた。

「これは確かではないが、君のお兄さんの場合、検察や委員会だけではなく、公安も絡んでくるかも知れない」

「公安？」

「私の元部下が警視庁の公安部に在籍しているんだが、公安の動きで気にかかることがあるんだ。口では上手く説明できないが」

「公安が仮釈放にストップをかけているのですか？」

「いや、それはわからん。ただ、元過激派の高齢化に伴って衰退したかに見えた活動家たちが、一部の若者たちから支持を受け、行動を活発化させているという報告もある。それも、信頼できる筋からの情報だ。そのような情勢の中で、公安が反対していてもおかしくはないだろう」

「公安に工作をすることは可能ですか」

「公安とひと口に言っても、内閣府の外局である国家公安委員会や都道府県の公安委員会、それに法務省外局の公安調査庁や警視庁公安部など、組織の指揮系統は多岐に亘る。それぞれの既得権益がある縦割り行政なんだ。必要以上に情報を共有することはない。そんななかで工作をかけるのは難しい。それに、公安の動きを封じようとすれば藪蛇になる可能性がある」

「金は出す。あとは布施さん次第でしょう」

竜介は布施の目を見据えた。布施は奥歯を噛みしめるようにして数秒間、沈黙すると、「やれることはやる」と言ったきり、口をつぐんだ。

＊　＊　＊

竜介は事務所の応接ソファに座って足を組むと、正面に立つ安田に視線を向けた。

「今日の予定は？」

「午後二時から東武信用銀行の赤坂支店長と会談のあと、三時から税理士の大谷(おおたに)先生、八時から松浦(まつうら)総裁と会食になっています」

ビジネスのほうは順調に運んでいた。グループ、事業ともに規模はより大きくなり、不動産業も軌道に乗っている。

ところが、布施のほうはさっぱりだった。あれから一ヵ月が経つが、いまだ動きがない。

その思いが顔に出ていたのか、安田に訊かれた。

「兄さん、何かありましたか。顔色が優れませんけど」

「いや、何もない」

だが、安田はまだこちらをじっと見つめている。

「何年の付き合いだと思ってるんですか。今まで兄さんの口から語られることがなかったので、自分も黙っていましたが、何か大きな問題を抱えているんじゃないですか。それも、何年も」

義正の件で動いていることは、安田には話していなかった。隠すつもりはなかったが、巻き込んだら悪いと思ったからだ。ただ、やはりこの右腕には敵わなかった。

竜介は観念して言った。

「……実は、兄貴のことでいろいろ動いていてな」

これまでの経緯を聞かせると、安田はにっと笑った。

「やっと言ってくれましたね」

「やっと？」

「自分のほうこそ、実は事情を知ってましたから」

「お前――」

「あー、よかった。これで心おきなく兄さんの手伝いができる。兄さんも水臭いですね」

胸が熱くなった。自分はつくづく人に恵まれている。

竜介は下を向いて口にした。

「何かのときはよろしくな」

「もちろんですとも」

カウンター中央で、モイーズ・キスリングの名画が竜介を見下ろしていた。

顔馴染みの店長が、柔和な微笑を浮かべて小さく会釈をする。三年前、ここ銀座にオープンしたばかりのこの店を竜介は気に入り、その日の夜も訪れていた。

「いつものでで」

八席あるカウンターの奥に先客がいないのを認めて、腰をかけた。レイ・チャールズの名曲が、心地良く竜介の脳を弛緩させる。しかし、いつもよりも心は重たい。

ほどなくして、「寒くなりましたね」と店長が竜介の前にラスティネイルを置いた。

ラスティネイルを口に含み、一昨日の布施の言葉を思い出す。

――本面接が近いうちにかかるはずだ。

布施は確かにそう言った。無期刑の場合、仮釈放を決定する本面接は、三人の委員の総意で決まる。その三人との面接が、近日中に実施されるという。

ただ、布施はその後、何かを言いかけて躊躇した。公安の気配を感じているとすれば無理もないが、結局、真意はわからず、竜介は電話を切った。

やっと一年、長かった。興奮する気持ちはあった。だが、手離しではまだ喜べない。布施に対する疑念がある。何より一年もかかったのだ。

だから竜介は、錦糸公園を根城にしている竹内を筆頭に、情報収集、分析部隊を作らせ、その後も布施を継続調査させていた。

いつ、誰と、どこで、どんな会話をしていたのか、さらにはその現場写真まで、可能な限り把握に務めていたのだが、布施から連絡があった直後、竹内がこんな報告をしてきた。

いつも通り、竹内たちが布施の乗り込む車のあとを追走していると、紺色のセダンが布施の乗用車を尾行しているのがわかった。はじめは気のせいかと思ったが、注意して観察していると、その車は世田谷の愛人宅マンションに入っていく布施の姿を、徐行しながらじっと見ていたという。もちろん、すぐにその車を尾けたが、途中で撒かれてしまい、正体はわからずじまいに終わったとのことだった。

いったい、誰が布施を尾行するというのか。嫌な予感がした竜介は、すぐに布施の携帯へ連絡を入れた。けれど、何度かけてみてもつながらない。仕方なく法務省の事務局に問い合わせると、今度は「布施は在籍しておりません」という信じられない返答がかえって来た。つまり布施は、竜介に連絡してきた直後、何らかの理由で法務省の刑事局長を退任し、辞職したのだ。

布施に何があったというのか。受け入れ難い事実を突きつけられて、竜介はしばらくの間、悶々としていたが、即座に安田へ連絡すると、布施を探し出すように通達を出した。布施を見つけ次第、自らが出向いて問い詰めるつもりだった。

翌日の夕方、竜介が会社を出ようとすると、ちょうど携帯が鳴った。安田からだった。

「どうした？」

――布施が見つかりました。どうしますか？

竜介は心拍が速まっていくのを感じた。いったん落ち着くために、浅く乱れる呼吸を整える。

「今から来れるか」

――わかりました、すぐにそちらへ向かいます。二〇分以内には着くと思いますので、用意しておいてください。

電話を切ると、それから二〇分きっかりに、安田はオフィスの前に現れた。

竜介は安田のベンツの助手席に乗り込んだ。

「オンボロの車に乗ってたお前が嘘のようだな」

「兄さんのおかげですよ」

「俺は関係ない。お前の才覚だ」竜介は足を組むと、ところで、と訊いた。「奴はどこに？」

「世田谷の愛人宅にいるようです。今から一時間ほど前に、布施と思われる人物が姿を現したとの報告を受けました。ほぼ、間違いないそうです。きちんと確認させてからにしようかどうか迷ったんですが——」

「いや、それでいい。これから奴にすべてを語らせる」

「では、世田谷へ向かいます」安田がアクセルを踏み込む。

車は桜田通りを北上し、大使館が密集した三叉路を外苑東通りから玉川通りへ突き進んだ。一時間もしないうちに世田谷区内に入ると、間もなくして愛人宅のある用賀に着いた。

「この辺のようです」安田はそう言うと、電話をかけはじめた。「俺だ。様子はどうだ。……ああ、俺も近くにいる。小学校の前だ。……わかった」

安田が電話を切るなり、どこからかいかにもホームレスというようなみすぼらしい恰好に扮した若者が近づいてきた。

わずかに窓を開けた安田に、その若者は報告した。

「その路地を入った青い外観のマンションです」

「ご苦労さん。あとはこっちでやるからもういいぞ」

安田が返すと、若者は何も言わずにその場を離れた。

「今日、奴は出てくると思うか?」

「わかりませんが、張り込む必要はあるでしょうね。路地を入ったところにコンビニがあるそうですから、そこで見張りますか」

「そこから様子は窺えるのか」

「立ち読みをしているふりをしていれば、ガラス越しにマンションのエントランスが見えるそうです」

「まるで素人だな」竜介は苦い顔を作った。

「そうは言っても、向かいに空き部屋はありませんし、見張れるとしたらそこくらいしかないですよ」

「ああ、わかった、わかった。とりあえず交代で見張ろう。ひとりが車をそのへんの駐車場に停めて、ひとりがコンビニで待機する。動きがあり次第、連絡を取り合う。長時間コンビニにいれば店長も怪しむだろうしな」

「コンビニと言っても、婆さんがやってる小さな個人商店ですから、そのへんの心配はないと思いますよ」

「はあ？　個人商店？　それをコンビニとは言わねぇだろ。それをさきに言えよ。さきに……」

その後も文句を言う竜介に、「コンビニも個人商店も同じようなものでしょう」と安田が言い返す。ふたり以外の人間がいるときにはさすがの安田もこういうことは言わないが、ふたりきりのときには兄弟同然の口調になる。

「俺は仮眠をとるから、さきにお前が見張れよ。一時間でいい」

「それは構いませんが、ちゃんと携帯の電源を入れておいてくださいね」

そう念押しすると、安田は車を降り、路地の中に入っていった。

竜介は、駐車場を探し当てるのにひと区画の路面を行ったり来たりしながら、二〇分の時間をかけてようやく空きスペースに車を滑り込ませた。

仮眠をとって少しすると、携帯の電子音で起こされた。

「どうした？」

——一時間経ちましたよ。

「動きはないのか」

——今のところはないですね。

「腹減ったな」

——腹減りましたね。

「今日は寒いな」

——ええ……。

「ああ、小便したい」

——………。

「あれ、電波おかしいのか……」

——いや、通じてますよ。約束ですから早く交代してください。

竜介は渋々車を走らせると、さっきまでいた通りに出た。直後、通話中の状態にしていた電話から、悲鳴に似た声が聞こえてきて、慌てて携帯を耳に押し当てた。

——出てきました！　布施と女です！

竜介は即座にアクセルを踏み込み、路地に車を乗り入れた。徐行しながらコンビニの前まで行くと、すかさず安田が乗り込んできた。

「布施で間違いないか」

「写真で確認した人間と同一人物でした。間違いありません」

自信ありげな表情を浮かべた安田が、竜介の目を見据えて強くうなずいた。

前方のふたりが通りを右に折れると、竜介は急発進させてあとを追った。二〇メートル先で男女が立体駐車場に入っていくのを認めて、運転を安田と交代した。

ほどなくして、布施の所有するクラウンが舗道に出てきた。クラウンは環八通りに出ると、南に向かった。竜介たちは車を三台挟み、慎重に追跡を開始した。

「どこに行くつもりですかね」

「わからん。女とだから慰安旅行だろ。いいご身分だよ」

クラウンが環八から東名高速道路を西へ向かう。途中、海老名サービスエリアで休憩し、小田原厚木道路をさらに南下して箱根口あたりに入ったときには空に雲が覆いはじめ、箱根湯本温泉と言われる一帯に到着した頃には、霧雨がフロントガラスを濡らしていた。

クラウンはやがて、『大黒湯の華』という旅館に停まった。

『大黒湯の華』は、敷地の手前がフロントのある本館で、奥が別館となっていた。竜介は布施に顔を知られているため、安田にフロントの様子を確認させた。

「客室は本館と別館含めて二五室あるそうです。風呂は別館です。おそらく布施は、二、三日はここに滞在するでしょう。自分たち用に空きがあるか訊いたんですが、全室予約で埋まっているそうです」

「そりゃそうだろ。このへんで客が埋まらない旅館は死に体だ」

「それなら、温泉だけでも入りましょうよ」

竜介は目を点にした。

「お前、何しに来たんだ？　風呂なら帰ってから入れ。入浴剤を湯船に入れればどこで入っても一緒だろ」

「兄さん、温泉には雰囲気ってもんがあるでしょう」

「温泉なんて、また別の日に来ればいいだろうが。それより、布施がここに滞在するならこのまま張り込む。この車じゃ目立つから、レンタカーを借りるぞ」

「どういう段取りで事を進めるんですか」

「まず、奴の泊まる客室の配置を確認して、奴がひとりになった機会を見計らってさらう」

「それなら、中の様子は知っておいたほうがいいですよ。やっぱり一般客を装って温泉に入ります」

「勝手にしろ。その代わり、報告を忘れるな。俺はレンタカーを借りてくる」

竜介はそう言うと、安田を降ろして車を出そうとした。だが、そこで思い直し、自らも車から降りた。

「どうしたんですか」安田が怪訝な顔をしている。

「免許証を忘れてきた」

「はい？」

「だから、レンタカー借りるのには免許証が必要だろうが」

「だって、さっき海老名でメロンパン買ったとき、財布に免許証入ってたじゃないですか」

「あれは、美容院のポイントカードだ」

「ポイントカードに顔写真なんかついてないでしょう。絶対、面倒臭いだけですよね」

「いいからお前が借りてこい」

　安田はしばらく不満気な表情をしていたが、能面のような顔つきになると「わかりました」とつぶやいた。

「ついでに甘酒も買ってきてくれ」

　竜介が言うと、安田は静かに目を閉じ、これみよがしに大きな溜め息を吐いた。

　何やってんだあいつ、遅えな――竜介は木陰に立って放尿すると、ぶるっと体を震わせた。

　タバコを吸いながら気をまぎらわしていると、黒のステップワゴンが近づいてきた。すでに三〇分が経っていた。

　身を縮めるようにして助手席に乗り込む。竜介は安田の差し出す甘酒をひったくると、いっきに喉へ流し込んだ。

「ああ、寒い。まともじゃねえな、この寒さは」

「まあ、冬ですからね」安田はにべもなくそう言うと、ビニール袋からサンドイッチとおにぎりを取り出した。「食べます？」

「いい。それより、俺は車ん中で待機してるから、宿泊客を装って布施の部屋の場所と様子を探ってきてくれ。くれぐれも怪しまれんようにな」

雲が悠々と流れて霧雨もあがり、空に星が見えるようになった頃、玄関口から安田が小走りで出てきた。

「温泉、最高でしたよ」助手席に乗り込むなりそう口にする安田の顔は、上気していた。

「何だ、それ」

安田は右手に茶色の紙袋を持っていた。竜介がその袋に視線を向けると、安田は中から浴衣を取り出した。二人分ある。

「浴衣ですよ」

「そんなもん、見ればわかる」

「一般客は旅館の浴衣を借りられないんですよ。布施のいる客室を探すにしても、私服じゃ怪しまれますからね。それで脱ぎ捨てられている浴衣を拝借してきたんです」

「どこにいるかわかったのか」

「ええ。愛人が部屋から出てくるところとでくわしましたから。別館三階の一番奥にある『イタリの間』という部屋に布施はいるはずです」

「三階……。布施がひとりになるチャンスがあるとすれば、入浴場か、女がひとりで部屋から出てくるタイミングを狙うしかないな」

「一応、二人分の浴衣は持ってきましたけど」

「温泉の中で待つか」

「そうしましょうよ。ただ、運営スタッフに訊いたところによると、『イタリの間』には、客室の中に箱根外輪山とイタリ池を一望できる露天風呂がついているようなんです。部屋から出てきますかね？」安田が首を傾げる。

「この山ん中くんだりまで来たんだから、いろんな湯を楽しむのが自然だろ。必ず現れるはずだ。とにかく、行動しなきゃはじまらない」

　竜介は車外に出た。安田もあとに続く。

　本館の受付で安田が料金を支払っている間、竜介は周囲に視線を走らせた。ロビーの高い天井を支えているのはイチイやイタヤカエデの頑丈な大木で、床、テーブル、階段など、すべてが木製の造りになっている。

　本館と別館の渡し廊下の途中を右に曲がり、広葉樹の茂る中庭を通ると、脱衣所に通じる暖簾をくぐって中に入った。笑い声に目を向けると、そこには三〇代の若い男と小学生くらいの子供が鏡の前に並んで突っ立っていた。息子は父親の真似をしているのか、左手を腰にあて、昔ながらの瓶づめ牛乳を美味そうに飲んでいる。

　竜介と安田は服を脱ぐと、浴衣入りの茶袋と一緒に木枠のロッカーへ押し込み、腰にバスタオルを巻いた。浴場内に足を踏み入れ、濛々（もうもう）と立ちのぼる湯気に目を凝らす。中では、頬を火照らせた訪問客らが湯の中でくつろいでいた。

タオルを頭の上に乗せて温泉に浸かり、くつろいだ様子を安田が見せる。

あいつ、本来の目的を忘れてやがる——内心そう思ったが口には出さず、安田の隣に身を沈める。目を細める安田を尻目に、脱衣所が見える位置に移動すると、竜介は岩陰に身を潜めた。それに気づいた安田が近づいてくる。

「どんなに延ばしても、せいぜい一時間が限界だな。のぼせちまう」

「脱衣所にマッサージ機がありますから、そこで布施を待ちましょう」

「ああ、それでも現われる様子がなければ、誘き寄せるしかないな」

「どうやってです?」安田が岩肌に頭をもたせかけ、考えを巡らす素振りを見せる。

「お前が布施の友人を装って、受付に電話を入れる。何とかして旅館の外に誘い出すんだ」

「何とかって言っても……」

安田はひとり言のようにつぶやくと、目を閉じた。

「そこはお前の得意分野だろ」

二時間近く粘って温泉から這い出ると、マッサージ機に体を横たえた。顔にタオルを乗せて思考を巡らせているうちに、いつの間にか眠っていたようだ。

肩を揺すられ、やおら起き上がろうとする竜介を、安田が慌てたように押しとどめてきた。

耳元で聞こえる「奴です」という安田の声に、弛緩しきっていた竜介の全身が瞬時に強張った。

「間違いないか」

「間違いありません。ひとりです」

「奴はどこにいる？」

「今、温泉に浸かったところです」

その返答を確認してタオルを払い除けると、竜介は体勢を変えずに目だけを動かして、言われた方を見た。布施の白髪の後頭部が見える。辺りに人の気配はなかった。

安田に入口を見張らせると、竜介はおもむろに立ち上がり、木桶をつかんで布施に近づいた。

ゆっくりと布施の真後ろに立ち、「布施さん」と声をかける。反射的に驚いた様子で振り向く布施の火照った顔を確認すると、竜介は右手を大きく振りかざして、力の限りに殴りつけた。

布施がみっともなく横倒しにたおれる。水面に側頭部を打ちつける布施の首を摑むと、竜介は湿った岩蔭につれていった。

「おひさしぶりです」

布施の額からは血が吹き出ていた。竜介の声に、返事もなく虚ろな目をしている。

「のぼせちゃいました？」

そう口にする竜介の顔を見つめていた布施が目を剝いた。その顔は恐怖で歪んでいた。

「ちょ、ちょっと待ってくれ、何か誤解している」布施の唇が震える。

「何が誤解なんです？　工作資金はどうしました？」

「失敗した……。話はまとまったと思っていた、それは本当だ。だが、警視庁か検察の上層部から邪魔が入った。この件には公安が絡んでいる」

「布施さんが急に辞職したのもそれが理由ですか」

「そ、そうだ」

布施が二度咳き込んだ。どうやら、首を摑む竜介の指に力が入っていたらしい。竜介は鋭い視線を向けると、首から手を離した。

「何で公安が動いてる？」

「これは、公安にいる後輩が耳打ちしてくれた情報だが、君のお兄さんの早期釈放の申請やその動きに疑念を持った警視庁公安部が、なぜこのような話が持ち上がったのかを調べはじめたらしい。これはあくまで私の推測だが、私があらゆる人物に工作を仕掛けていた事実も、ある人物から依頼されて動いていたこともすべて知っているはずだ」

「ある人物とは俺のことだな」

そう訊く竜介に、布施が小さくうなずいた。

くそっ、俺は公安にマークされている――。

「だったら、なぜ俺を逮捕しない？」

「現時点では難しいラインなんだろう。仮に別件で逮捕するにしても、法務省の幹部、それも刑事局長をやっている現役が、あるネタで強請られて、仮釈放実現のために工作していたとメディアにリークでもされたら、大変なことになる。君は間違いなくマークされているが、新聞社などに接触する素振りを見せない限り、おそらく逮捕されることはないだろう。すべては検察内部の都合の問題だ」

自分のことを棚に上げて組織批判を展開する布施の傷口からは、血が流れ続けていた。

「仮にそうだとしても、マスコミは俺の言うことをまともには受けとらないだろう？」

「いや、刑事局長が突然やめた事実と関連づけて騒ぎ立てる可能性もなくはない」布施はそのあとでこうも続けた。「それと、公安内部には、白川義正を早期に出所させるため、かつてのお兄さんの仲間たちが君を使って、裏で工作させているんじゃないかと疑っている者もいるらしい。だが、警察、検察の公安内部でも、その見方は分かれているように思える」

竜介はしばらく考えてから、脱衣所に視線を向けて口を開いた。

「誰に工作したんだ？」

「それは――」

布施が口籠もる。その様子に、竜介は気色ばんだ。

「ふざけんなよ」

「これ以上は勘弁してくれ……」布施が怯えた目を竜介に向ける。

「ネタは上がってんだ、俺が何も調べていないとでも思っていたのか？」

そこまでの情報はなかったが、カマをかけて揺さぶる。しかし、それでも布施は口を開こうとはしなかった。

竜介は立ち上がった。過剰に反応した布施が後ずさる。

「政治家の秘書と会ってただろう」

その言葉に、布施の表情が歪んだ。明らかに狼狽していた。

「もうやめたほうがいい。これ以上、これ以上の一線を越えたら、あんたの人生は終わりだぞ。ここで手を引かないと、あんただけじゃない、お兄さんも一生、刑務所の中だ。検察も法務省も、保身のためなら何だってやる。獣道だって通る奴らだ」

「獣道だと？」

「必要とあらば、法務、検察は、時の政権とさえ手を組み、政敵を追い落とす奴らだ。手を引いたほうがいい、ほかの方法を探すしかない。それに――ある週刊誌の記者が、私が突然辞職した理由を嗅ぎまわってる」

「どこの週刊誌だ？」

「週刊時報の斉藤(さいとう)という記者だ……」

そのとき、脱衣所のほうから笑い声が聞こえてきた。竜介は何も言わずに踵を返すと、温泉から上がって服に着替えた。

笑い声のほうに目をやる。二人組の男だった。笑い声に反して、その目は冷めているように感じた。

安田とともに自然体を装うようにして旅館を出ると、外ではまた雨が降りはじめていた。

23

とうとうこの日がやってきた。優しい春のそよ風が、開け放たれた工場の窓から静かに入り込んでくる。

桜の花びらが舞うグラウンドをぼんやり金森が眺めていると、一〇分間の休憩時間が終わった。満期出所四日前、おそらく明日の朝、満期釈放あがりとなる。

工場に出役するのも、今日で最後となるのだろう。金森は工場担当から許可をとり、指導札をつかむと、工場の同囚たちへ順番に挨拶まわりをした。ひとりひとりから激励の言葉をもらい、握手を交わす。今日ばかりは担当の青木も見て見ぬ振りをしていた。

次の班に移動すると、白川がバインダーで印刷物の製本作業をしていた。金森が真横に立っても、顔を上げることや目を動かすこともなかった。仙台刑務所に入所してから一度も連行されたことがない、というのもうなずける話だ。白川は誰が見ても模範囚のひとりだった。

「白川さん」

金森が呼びかけると、やおら顔をあげた白川が機械を止めた。

「白川さん、作業中にすみません。おそらく今日で最後の出役だと思いますんで、挨拶まわりさせてもらってます。まだ先はあると思いますが、健康に気をつけて頑張ってくださいね」

白川は腰に手を当てて背中を反らせると、「ああ、そうですか。今日で終わりですか。お疲れ様でした」と言って、丁寧に頭を下げた。

製本された印刷物を手にしながら、金森は訊ねた。

「ところで最近、短歌はどうですか？」

「そうですね。今でも一ヵ月に二作品はつくるようにしています。金森さんは？」

「私は出所が間近なので、今はやっていませんが……」

そこで白川が、手をひとつ叩いた。

「金森さん、歌がひとつできましたよ」そう言う白川の目の奥が、きらりと光ったように見えた。「常識が　そうでなくなる　今世紀　変わる私と　変わらぬ私」

どうですか、と金森の反応を観察している。

それを聞いて、ぴんとくるものがあった。何年か前に工場であった、目打ち紛失の一件。あれは白川だったのではないか。いくら刑務所で矯正教育を施されようと、人間の本質は変えられない――それを暗喩しているのだろう。反体制派の気質は変わらないということだ。

変わる私と変わらぬ私、か。その言葉や白川の胸中の裏側には、いったいどんな想いが秘められているのだろう。社会制度が悪いのか、それとも、それが人間というものなのか、金森にはわからなかった。

白川と別れ、さらに挨拶まわりをし、もとの班に戻ってくると、青木が近寄ってきた。

「長いあいだ、お疲れさん。少なからずいろいろ不安もあると思うが、もう二度と刑務所に来ることのないようにな。己を律して、ここでの生活を糧に頑張れよ」

「俺みたいな人間が無事故で生活できたのも、オヤジのおかげですよ」

頭を下げる金森に、青木は満足そうにうなずきかけると、担当台に戻った。

それから部屋に帰って、同房の者たちと別れを惜しみ、いつも通り床に入る。伊勢谷は泣いていた。再会を約束する伊勢谷と就寝時間ぎりぎりまで語り合った。午後九時の就寝時間が訪れると、同房の仲間は五分もしないうちに寝息をたてていた。

金森もまぶたを閉じて布団に潜ったが、カフェインを多量に摂取したときのように頭が覚醒しきっていた。

金森にとっての一六年は長いようで短く、短くて長いような不思議な感覚だった。刑務所生活では、別段、波風を立てることはなく、懲罰を受けることもなかった。

一六年という月日は決して短くはない。昔よく言われた十年ひと昔という時代はとうに終わっている。社会復帰後の不安はあるが、今回逮捕されたことで、時間に対する観念ががらりと変わった。閉鎖的な環境の中で年を経るにつれて、自ずと死へ向かっていくことを意識するようになり、無為に過ごすことはやめようと思った。そういう意味では、この懲役生活も実になったのかもしれない。

何より、息子に誇れる自分になりたいと思うが――一六年間、その存在さえ知らされていなかった息子が、果たして受け入れてくれるだろうか。

――様子を見て話してみる。

先月、面会に来た女房はそう言った。息子にはいまだ、自分の存在のことは告げていなかった。

――海斗は真面目だから、逆に恐くて。本当の話を聞かされた海斗の胸中を思うと、夜も眠れないの。

伏し目がちに話す女房の黒髪が揺れていた。そのときの光景が頭から離れなかった。

予鈴の音楽に目を覚まして、掛け布団から顔を出した金森は、無機質な鉄格子の嵌められた窓の外を見た。あたりを照らす柔らかな陽光が、静かに降り注いでいた。

寝不足で疲れのとれない重い体を起こす。金森の心中とは正反対に、晴ればれとした空だった。

いつものように朝食を済ませて歯を磨き、用便を終えたところで、担当の青木から声がかかった。

「残房だ。荷物を整理しておけ」

その声は明るかった。祝福してくれているように感じた金森は、「お世話になりました」と頭を下げ、同房の親しかった者と握手を交わした。

その後、処遇棟で領置物の確認を終えた金森は、入所時に過ごした西側区画に位置する収容棟の独居房に入れられた。満期釈放三日前ということもあり、看守が巡回してくる回数も少なく、テレビも一日中見ることができる。

出所したらやらなければならないことを雑記ノートに書き記していると、夕食後に来信があった。差出人を見て、金森の体は震えた。堪え切れない感情に息をするのも忘れていたが、次第に全身から力が抜けていくような感覚を覚えた。

予想もしていなかった出来事に、思わず天井を見上げた。薄汚れた壁に背を預けて座り込む。息子の几帳面な文字を、金森は食い入るように見つめていた。

机上に置かれたノートと筆記用具を払い除けて、封筒の中から便せんを取り出す。

微かに呼吸が震える。鼻から大きく息を吸い込むと、はじめて見る息子の文字に目を落とした。

『前略

母さんからあなたの話を聞きました。

正直なところ、あなたにどんな言葉を書けばいいのか、いまだにわかりません。僕にとっての家族は母だけで、それがこの一六年間のすべてです。いくら血のつながりがあろうと、僕とあなたが他人であることには変わりありません。

だって、そうでしょう？　この一六年間、あなたは僕に何をしてくれましたか。父親がいないことで思い悩んだこともあった、そんな僕の気持ちがあなたにはわかりますか。

挙げ句、ようやく語られた父親の正体が、ヤクザで、殺人者で、しかも刑務所にいて、もうすぐ出所だなんて。母は必死にあなたを擁護するけれど、僕からしたら受け入れられません。

ただ、母はこの一六年間、僕を女手ひとつで一生懸命に育ててくれました。その母が、僕に父親という存在を知ってほしいと、その温かさを知ってほしいと、お父さんなら必ずそれを教えてくれると、切に訴えてくるのです。

もし母の言うことが本当なら――これからの人生に少しは期待してもいいのかなと、僕なりに思います。そして僕は、母の言うことを誰よりも信用しています。

今まで生きてきた一六年間より、これからの人生のほうが長い。これまでのことをすべて水に流すことはできませんが、あなたの誠意を見せてください。今はただそれだけです。

金森　海斗』

息子からの手紙を、金森は一字一句逃がさないようにして読んだ。そして、もう一度はじめから読み返そうとした。

だが、視界がにじんで何も見えなかった。

24

竜介が木村からの電話を受けたのは、オフィスで顧問弁護士の橋口と打ち合わせをしている最中の、午前九時をまわった頃だった。明日、時間を空けてくれ。話がある――そう言う木村に、「わかった」と返事をしたものの、改めて呼び出されるような何かがあったかどうか、竜介に思い当たる節はなかった。

何より、今はそれどころではない。思い通りにいかない現実が、焦燥感となってつきまとっている。

布施を旅館で問い詰めてから、さらに一年が経った二〇〇二年四月。結局、あれから何の動きもないままだった。義正の仮釈放に関する面接だって行なわれていない。布施の言う通り、圧力がかかっているのは明らかだった。

そのうえ、竜介自身が公安にマークされているという。今のところ目立った動きはないが、それがかえって不気味さを感じさせた。かといって警戒を怠るわけにもいかず、神経をすり減らす大きな要因にもなっている。

布施の工作もまともに働かなかった。わかったのは、布施を尾けていたのが公安であり、自分も公安に嗅ぎまわられているという事実だけ。さらには布施の辞職を巡り、週刊誌の記者がなおも周辺を探っているらしい。こんな状況で木村と会えば、木村にまで迷惑をかけてしまうのではと、ためらいさえ覚えさせる。

その前に、義正だ。まだ兄を助けられないでいる自分が、あまりにも情けなさすぎる。

橋口に教えてもらったところによると、公安の主な仕事は情報収集と分析だそうだ。特に、国家の転覆を図ろうとする者を対象に、暴力・思想集団の組織情報を得るため、諜報や工作活動を行なっている。組織内部、またはその関係者、支援者という対象者を取り込み、生育歴、家族構成、思想、趣味、生活状況、接触する者の身上まであらん限りを調べ尽くす――そのためなら盗聴や盗撮は当たり前だと言っていた。脛に傷を持つ身としては、別件で逮捕される可能性さえある。

昼になり、錦糸町の自宅を出ると、できるだけ不自然に見えないよう周囲に視線を巡らせた。竜介のアンテナにひっかかるものはない。

道路を渡り、錦糸公園とビジネスホテルのあいだの通りを抜ける。信号手前には警視庁の分室がある。さりげなく尾行がないかを確認すると、信号を右に曲がった。

その瞬間に、竜介は全速力で走り出した。錦糸公園前の信号まで来たところで後ろを振り返る。五〇メートル先あたりでスーツを着た男が急に立ち止まり、携帯を取り出して耳に当てている姿が見えた。坊主頭の若い男だが、人相はわからなかった。

気のせいだろうか。ほかに、スーツ姿の女と作業員風の男がふたり、乗用車から降りるところだった。勘繰りすぎて、わけがわからなくなってくる。

息を整えながら駅まで歩くと、定期券を使い、改札口を通過した。ホームに人はそれほど多くなかった。連れの親子や老人がところどころのベンチに座っている。

自分が上がってきた階段に目をやる。いかがわしいと思う人物は見当たらない。ちょうど一本のタバコを吸い終えたところで、線路の向こうから電車がやってきた。

竜介がベンチから腰を上げた、そのときだった。

さっきの若い男が、ホームに姿を現した。全身に緊張が走り、心臓から送られる血流が激しさを増した。

竜介はベンチに座り直すと、横目で男の行動を観察した。黒のストライプスーツに臙脂のネクタイ、手には書類が収納できるような鞄を提げている。中肉中背の、どこにでもいそうなその男は、時刻表と腕時計を交互に確認していた。

竜介は目の前に止まった電車のドアがスライドして開く様子を見つめながら、手の中で弄んでいたライターをポケットにしまった。ドアが閉まる直前で走り出すと、車内に駆け込んだ。スライドして閉まるドアに半身が挟まったが、何とか間に合った。

額に脂汗がにじんだ。すぐに視線を男のほうに向ける。ホームに男の姿はなかった。いるとすれば、二車両隣か。

竜介は動き出した電車に足をとられながら隣の車両に移動すると、連結部分の窓から様子を窺った。

いた。奴だ！

とうとう動きがあった。間違いない、俺は尾けられてる――だが、その男は自分を完全に追いきれずにいた。どうやら、鞄か何か紐のようなものがドアに挟まり、身動きがとれなくなっているらしい。近くにいた三〇代くらいの若い男が歩み寄り、奴に手を貸していた。

竜介は踵を返すと、もとの車両に戻り、長椅子に座って思考を巡らせた。木村との約束がある津田沼にまで、奴を連れていくわけにはいかない。

考えた末、竜介は亀戸駅でいったん下車すると、改札口を出てタクシーに乗り込んだ。後ろを振り返ると、階段を降りてくる奴の姿が見えた。

国道一四号に出て、タクシーでそのまま船橋方面に向かう。船橋インターチェンジで海神町から千葉街道へ入り、湊町二丁目の信号手前でタクシーを降りた。

船橋駅まで全力で走る。時々、振り返っては奴の姿を探すが、竜介を尾けてくる者はいなかった。安堵の吐息とともに、強張っていた体が徐々に弛緩していくのがわかった。

やっとのことで津田沼駅に着いたときには、午後三時をまわっていた。駅のロータリーの左手側にある木村所有の自社ビル、そのビルの二階にグループの者が経営するバーがある。そこが待ち合わせの場所だった。

開店前の店に入ると、薄暗い店内で夜間の営業に備えて立ち働く店長を見つけた。顔見知りの男だ。店長は竜介に気づくと、すぐさま手を止めて近づいてきた。

「お疲れ様です。何か飲みますか?」

「水をくれ。喉が渇いてるんだ」

「かしこまりました」

店長は業務用の冷蔵庫からペットボトルの水を取り出すと、竜介に手渡した。

五〇〇ミリリットルの水を貪るように飲み干す。ひと息吐いてから、竜介はおもむろに口を開いた。

「木村を呼んでくれ」

そう言って、テーブル席の椅子に腰を下ろす。

木村を待っている間、カウンター上に置かれた朝刊に目が留まり、今朝の新聞を読んでいなかったことに気づいた。手に取り、政治面と社会面に視線を走らせる。すると、その記事のひとつに目が釘付けになった。

『昨夜未明、東京都足立区舎人の路上にて、男性の刺殺体が発見された。警視庁の発表によると、男性は同区に住む斉藤正さん（四二）で、斉藤さんは週刊誌の記者をしていたことから、何らかの事件に巻き込まれた可能性もあるとみて捜査をしている。』

その名前には覚えがあった。布施が口にしていた週刊誌記者だ。

ついに公安が動き出しただけでなく、このタイミングで例の記者まで殺された。しかし、いったい誰が殺すというのか。布施の辞職と殺害のあいだに、何か因果があるのだろうか。いくら考えても、その答えは見つからない。

木村が姿を現したのは、それから二〇分経過したときだった。密井も一緒だった。

ふたりが竜介の対面に座る。「ひさしぶりだな」と密井が癖のある微笑を浮かべた。

「将則、また少し太ったんじゃないか？」

竜介が軽口を飛ばすと、密井はひとつ咳払いをして腹をさすった。

「ああ、最近忙しくてジムにも行ってない」

「俺も最近運動不足なんだ。今度一緒に行かないか」

順調か？」

「そりゃいい」密井は伸びをすると、ところで、と訊いてきた。「仕事のほうはどうだ？

「安田たちがよくやってくれている。不動産の事業も面白くなってきたところだ。ライバル会社にはスパイも送り込んでる」竜介は逆に訊ねた。「将則のほうはどうなんだ」

「俺か？　俺も今じゃ縄張り持ちだから、何かと苦労はあるがのらりくらりやってるよ」

密井の親分が千葉を拠点にする名門一家を継承し、上部団体の直参に名を連ねることになった。その波に乗り、密井自身も縄張りを与えられたのだ。密井は着実に出世していた。

竜介は続いて、木村に目をやった。

「そういえば、邦彦くんはどうしてる？」

「もう三年生だからな」木村は淡々と答えた。

「国家公務員試験に向けて、あれこれ準備してる。卒業後は官僚だ」

以前、木村が会わしてくれた施設の子が邦彦だった。邦彦はあれから、無事に東大に合格し、着々とキャリアへの道を歩んでいた。

「たいしたもんだな。ぜひまた会いたい。邦彦くんにもそう伝えてくれ」そう言ったあとで、竜介は本題に入った。「それにしても、何で俺を呼んだんだ？」

「安田が心配して、俺のところに相談に来たんだ」

木村はゆっくりと上体を起こすと、少しの沈黙のあとで、前屈みになって話しはじめた。

「安田？」竜介は眉をひそめた。

「お前の兄貴のことだよ。二億も工作資金をばらまいて派手にやってるみたいだが、誰を相手にしてるかわかってんのか。おまけに、公安にまでにらまれてるんだぞ？」

「ああ、そのことか」ひょうひょうとして言うと、竜介はまぶたを閉じた。

「国家権力だぞ。相手は」堪りかねたように密井も口を開く。

木村や安田のほかに、密井にも、竜介は以前に折を見て、義正に関する事情を打ち明けていた。

「わかってる……」竜介はそれだけ言うと、また押し黙った。

「わかってる顔はしてねえな」木村の棘のある口調に竜介は目を開けた。「法務・検察は公訴権を持った絶対権力者集団だぞ。奴らは保身の為なら何でもやる。二億は諦めろ」

「金じゃない」

「たとえ金じゃなくてもだ。最近、検察の現役だった幹部が裏金問題を告発しようとして、直前に逮捕されただろう。理想に邁進するのは新人の頃だけだ。その組織の論理に染まれば、人間はその環境に抗えなくなる。法務大臣が『裏金という事実は一切ない』と公言し、組織を優先させたのがそのいい例だ」

「わかってる。わかってるが――」

「それに、お前の兄貴だって、出所は絶望的になる」

その言葉を聞いて、竜介は、はっとしたように顔を上げた。

無言でいる竜介に、木村が再び口を開いた。

「先日、俺のもとに、ある人物を介して訪ねてきた人間がいる。右翼団体の代表だ。朝鮮総連について調べてほしいとの依頼があった。最初は、何で俺が、と思った。だが、よくよく考えてみれば、在日朝鮮人とも太いパイプを持つ俺に、何らかの助力を期待したんだろう。だが、いまいちその目的がわからず、それを問いかけても奴は答えなかった。だから、奴の自宅と事務所に盗聴を仕掛けさせた。そしたら、ずいぶんと面白い話が聞けてな」

「それがどうしたんだ?」

「そのネタを竜介にくれてやる。それを工作の足しにしろ。たぶん、何かの役に立つ。代わりに、法務・検察を突っつくのはもうやめとけ。兄貴の出所の方法も別のアプローチを考えろ」

「だったら、そのネタを早く教えてくれ」

竜介がさきを促すと、木村は背もたれに深く座り直して、大きく息を吸い込んだ。それから、その肺にたまった酸素を吐き出すようにしてゆっくりと言った。

「実はな——」

25

三〇畳弱の食堂には、長方形の机とパイプ椅子が整然と並べられていた。入口から入って左側には、予定表などが貼られた掲示版と本棚があり、その真横にはベージュ色の個人用ロッカーが備え付けられている。

右側手前には流し台があり、磨りガラスから太陽の光が入ってくる。そこに鉄格子が嵌めこまれていなければ、ここが刑務所だとは誰も思わないだろう。

義正の座る場所は、入口から一番奥まった位置にある三卓だった。月に一回指定席が移動することになっている。ロッカー上のテレビに映る政治ニュースをちらりと見やり、味気ない食事を流し込むようにして食べると、同じ食卓に座る伊勢谷が待ってましたと言わんばかりに話しかけてきた。

「大検受かりましたよ」

伊勢谷が飯粒を頬につけたまま嬉しそうに笑う。義正は微笑すると、飯粒のついた場所を指で差しながら、「それはよかったですね」と答えた。普段はあまり同囚と関わらない義正だったが、この若者と話すのは嫌いではなかった。

伊勢谷が照れたように米粒を指で挟んで、口に入れた。

「実は、次に小説を書こうと思ってるんです」

「小説ですか？」

伊勢谷の意外な言葉に、義正は少し興味を持った。

「ええ。自分もまだ残刑がありますし、獄中から出版したりする人もたまにいるじゃないですか。だから挑戦してみようかなって」そう言ってから、伊勢谷は慌てたように付け足した。「いや、出版っていうのは、できたらいいなっていうくらいのもので、趣味のレベルですよ」

「出版、いいじゃないですか。何でもやってみることに意味があるはずです。実は私も、拘置所にいた頃に二冊の本を出版しているんです。もう絶版になってしまっているとは思いますが――」

「えっ、そうなんですか？　何て本です？」

「『反日武装革命史』と『塀の中からのラブレター』という本です。まあ、拙い文章ではありますが……」

伊勢谷は「んん」とうなると、「やっぱり白川さんはすごいですね」と感情の込もった声を出した。

「それで、どんなものを題材にするかは決まっているんでしょうか？」

いえ、と伊勢谷は言葉を濁したあと、「できれば、白川さんをモデルにした小説を書きたいなと思いまして……」と言って、白川の表情を窺った。

「私ですか？」一瞬、面くらったが、義正はすぐに顎を沈めた。「構いませんよ」

「本当ですか！　それじゃ、これから自分の中で構想をまとめながら、いろいろと白川さんを取材させてもらいますね」伊勢谷が嬉しそうに破顔する。

「ええ、いいですよ。フィクションですよね？」

「そうです、あくまでもフィクションです」

目を細めて笑う伊勢谷の顔は、犯罪者のそれには見えなかった。

そのとき、隣の卓にいた三〇代の受刑者が、手刀を切り割って入ってきた。

「話し中ちょっとすみません」

伊勢谷と親しくしている人間だった。伊勢谷は義正に断りを入れると、その受刑者へ顔を向けた。

「どうかしたか？」

「千葉の金森さん、堅気になったらしいよ。そんな情報が入ってきたらしい」

それを聞いた伊勢谷が、食堂中に響きわたるような驚きの声をあげた。

「それで、今何やってんの？」

「姐さんと子供の三人でケーキ屋をやってるって」

ケーキ屋、と聞いた伊勢谷は言葉を失っていた。

「嘘だろ、あの人が……」

だが、突然笑い出すと、「あの人がケーキ屋かあ」と感慨深げに何度もうなずいていた。


義正は三畳一間の無機質で殺風景な独居房に戻ってくると、部屋の中央に腰を下ろし、室内を見渡した。おそらくはこの刑務所が自分の終の住み処となるのだろう。十代、二十代に経験した政治闘争の頃のような、血湧き肉躍る日々はもう二度とやってはこないのかと思うと、無念さと寂しさがないまぜになって押し寄せてくる。

仮に人生を生き直すことができたとしたら、どうするだろうか――ふとそんなことが頭をよぎる。

マルクスやレーニン思想に基づく社会主義や共産主義体制は、上手くはいかなかった。しかし、現在残された資本主義体制が良い政治体制だとは決して言えない。

資本主義社会では、日雇いの労働者は完全に使い捨ての消耗品である。安価で使い捨て可能な百円ライターのように、彼らはいつでも大企業の都合のいいように用いられ、奴隷のように働かされ、犠牲の上にピンハネを強いられている。そんな社会で本当にいいのか。日本を含む先進国と呼ばれる国々の資本家たちは、次々と新たな獲物を見つけては他国にまで手を伸ばし、私欲の限りを尽くすハゲタカだ。

資本主義のシステムが確立したこの日本帝国で、このようなことを話せば、今の若者はきょとんとするだろう。現代社会において、多くの国民の生活水準は確かに上がった。そのような事情もあり、革命の主体的人物の絶対数が減少している。

けれど、経済成長から取り残され、疎外された窮民たちはまだまだ多く存在するはずだ。そういう者たちの声が政治に反映されることはない。ルンペン・プロレタリアートと呼ばれる『窮民』こそが革命の主体になりえると思い、行動を開始したのが我々『東アジア反日革命戦線』だった。

権力者と呼ばれる、政、官、財、大手のバンカーたちがこの世の中のルールを作り、富裕層や権力者以外の層から、税金、利息、年金、あらゆる徴収の仕組みを構築し奪い取っている。それを考えると、日本や米国は資本主義ではないのかもしれない。ひとたび経済危機が起きれば、政府が市場に介入し、大量の税金を使って大企業の救済をする。富裕層のための社会主義国だ。

少なくとも、マルクス主義や共産主義はすべての人々のためになるという理念に基づいていた。これらの体制は上手く機能しなかったとはいえ、貧しい人々への再配分を唱えていた。税金という形で貧困層から奪い取り、富裕層に差し出す、このような政治体制は根本から作り直さねばならない。

義正は私物棚にある便せんと封筒を取り出すと、竜介に宛ててペンを走らせた。月に一度は竜介に手紙を書いている。入所当初こそ政治的な心情を吐露することが多かったが、ここ最近はそのような内容に触れないようにしていた。竜介自身、そのような話に関心がないようにも思えたし、竜介からの手紙には、ただ家族のこれからのことや希望が記されていたからだ。

何より、義正自身の心境がこれまでとは違う。竜介のことを考えていると、思想を超える何かを感じるのだ。だからか、そういった内容からも自然と手が遠のいている。

思想を超えるもの。それはやはり、家族の、兄弟の絆なのだろうか。

忘れかけていた希望の光が、義正を明るく照らし出す。五月の爽やかな風に心地良さを感じた義正は、静かにまぶたを閉じた。

26

「晴れてよかったですね」

梅雨の半ば、昨夜の大雨が嘘のように晴れわたった上空をながめながら、安田が言う。澄んだ空気を深く吸い込んでから、竜介はゆっくり周囲を見まわした。観光客やハイキングをする若者らがガイドブックを片手に談笑している。

渋谷にある安田のオフィスで、「寺院巡りをしましょうよ」と突然誘われたときには、即座に拒否していた。だが、「お兄さんの早期出所を願掛けするためですよ」と言われたら断れない。実際、いくつか寺を巡るうちに日頃の苦悩が霧散していくことに、竜介は少し驚いていた。安田流の心遣いなのだろう。

京都に到着したのは、午前九時だった。真言宗御室派総本山、大内山仁和寺(にんなじ)を皮切りに、真言宗大覚寺派大本山、嵯峨山大覚寺。まわりまわって、浄土宗総本山知恩院(ちおんいん)の山門に来たのは、夕焼け雲が頭上に現れはじめた頃だった。京都随一の繁華街、祇園にほど近いこの場所に建立された巨刹からは、厳然とした重々しさを感じる。代々、浄土宗を信仰していた徳川家の庇護を受けた知恩院は、その寺域を拡大して現在の規模となったようだった。

二代徳川秀忠の寄進とされる三門の石段下に立った安田が、ガイドブックを見ながらぶつぶつとつぶやいていた。

「さっきから何ひとりでつぶやいてんだ?」ここ六ヵ月でさらに体重が増し、でっぷりと太った巨体の安田に竜介が訊く。

「ここは冬の京都名物で、一七人の僧侶が撞(つ)く除夜の鐘があるんですけど、知ってました?」石段につまずいてバランスを崩した安田が、照れながら顔を上げる。

「お前、少しはダイエットしたらどうだ？」

「過度なダイエットは体に悪いんですよ」安田がのっそりと起き上がり、手の平についた砂を払い落とす。

「過度って、何もしてねえだろ？」竜介は石段の天辺までのぼると、安田を見下した。

「そんなことないですよ。こうして運動もしてるんですから」高さ二四メートルの石段を必死の形相でのぼりきった安田が、額の汗を拭ってうそぶく。

安田の言葉を無視して三門をくぐり、石段を上がると、入母屋造の建物があった。敵の侵入を知らせるためにつくられたという、鶯張りの廊下を歩く。大広間の中に入ると、厳かな内部の様子がひしひしと伝わってきた。参拝者が僧侶の講話に耳を傾けている。二〇人以上はいるだろうか。

竜介と安田は右端の後方に腰を下ろした。物珍しい小動物でも見るように、安田が僧侶を凝視している。

竜介は胡座の格好で目を閉じると、己の不確かな未来について考えを巡らせた。

布施、公安、殺された記者、義正、家族との未来――様々な事柄が頭の中を駆けまわる。五分ほど経ったときだった。入口に気配を感じて目を開けると、安田もそれに気づいたのか、「カップルですね」と竜介に耳打ちしてきた。

その男女は、全体を見渡してから左端に座り、観光案内に目を落としていた。ふたりとも二〇代だろうか。

自宅を出てから今日一日、誰かに尾けられているという感覚はなかった。公安にマークされているという意識を常に持つようにしている竜介は、その後はグループとの連絡を避け、様子を見るために細心の注意を払っていた。

しばらくして僧侶の講話も終わり、観光客や参拝者が立ち上がったのを見て、竜介も腰を浮かせようとした直後のことだった。

「観光ですか?」

突然の声に驚いて後ろを振り返ると、五〇代とおぼしきごま塩頭の男が立っていた。

「ええ、まあ」困惑した竜介は曖昧にうなずいた。

「実は私も観光で京都巡りをしているんですが、なんせこの年になってはじめての一人旅なもので、とまどうことが多くて……」その男は首をひねると、周囲をそっと窺った。

「へえ、そうなんですか」安田が割って入ってきた。その目は鋭かった。「ところで、どこから来られたんです?」

「東京の荒川区に町屋というところがあるんですが、そこに住んでます。まあ、労働者の住む街ですよ」ごま塩頭の男はそう言うと、頭をかいて笑った。

「そうですか。私も墨田区ですから近いですよ」竜介は淡々と返した。

「本当ですか、奇遇ですね」

白髪混じりの頭をぐいっと後ろに反らせると、その男は目を大きく見開いた。どこからどう見ても警察のようには思えなかった。だが、竜介は警戒心を解くことなく、その男を観察していた。

男がそこで、もじもじしながら切り出した。

「もしよろしければ、夕食をご一緒させてはいただけませんか？　一人旅を楽しむはずが、どうも心細くて……」

その申し出を、竜介はいまいち読みきることができなかった。この男はただの観光客なのか、それとも公安警察なのか。

ただ、仮に公安だとしたら、ある意味ではチャンスでもあった。騙されたふりをして懐に入ることで、何かわかることがあるかもしれない。そうでなくとも、正体を確かめるだけの価値はあるだろう。

安田は竜介の言葉を待っているようだった。黙ってその男を見つめている。

竜介は腕時計に目線を落とすと、口を開いた。

「いいですよ」

そう答える竜介に、男が安堵した表情を浮かべた。

午後六時をまわって駅前の寿司屋に入ると、そこは案外空いていた。奥の席から、竜介、その男、安田という順に席につく。その男は田丸（たまる）と名乗った。

安田が外した腕時計をカウンターに置き、唐突に訊ねた。

「田丸さんはどちらのご出身ですか」

店に入る直前、竜介は「田丸との会話はお前に任せた」と安田に耳打ちしていた。

「私は北海道の生まれです。東京の大学を受験して、それから上京したんです」田丸はそう言うと、美味そうに茶をすすった。「北海道は良いところですが、何せ田舎ですから。早く東京に出たくて仕方なかった。今となってはこんな状態ですが、十代、二十代の頃は、それなりに希望や夢もありました。まあ、挫折の連続でしたけど」

そう口にして笑う田丸の額には、太い皺が刻まれている。竜介はふたりの会話を訊きながら、黙って茶を飲んでいた。

「そうですか。失礼ですが大学はどちらに？」安田が若干、田丸に体を向ける。

「都立大学です。有名な大学ではないですから、人に言うのは恥ずかしいんですが……」

「都立大学？」思わず竜介は声をあげていた。

「ご存じですか」田丸が竜介のほうに顔を向ける。

「田丸さん、歳はいくつです？」竜介の胸に疑念が湧く。

「五二です」竜介の視線に気圧されたように田丸が小声になる。

この男の言うことが本当だとしたら、義正と同級生ということになる。ますます疑念を深めた竜介だったが、それを悟らせないように表情を取り繕うと、「そうですか」と軽くうなずいた。

その様子を見ていた田丸が、我慢できないとでも言うようにおずおずと口を開いた。

「白川さんって、もしかしてお兄さんとかいらっしゃいますか？」

必死で愛想笑いを作ろうとしているようだが、その顔は引き攣っていた。

「ええ。白川義正といいます」

竜介は平然と言うと、ちょうど出された旬のネタだという握り寿司を口に放り込んだ。

田丸は一瞬、絶句したあと、「本当ですか！」とひときわ高い声をあげた。

「お兄さんの義正くんとは、同期で同じサークルに入ってたんです。あの頃はよく、政治や経済、哲学や人類学と、幅広いテーマについて議論を闘わせたものです」

信じられないとばかりに、田丸が首を振る。

偶然にしてはできすぎていた。それとも本当に奇遇というやつなのか。まるで判別がつかない。田丸は興奮した様子でさらに続けた。

「あの頃の義正くんは本当に物静かで、ひとつのテーマについてディベートしても黙って話を聞いているだけなんです。だけど、私が精一杯準備をして、理論武装して誇らしげな表情をつくって見せても、義正くんは表情ひとつ変えなかった。そして、私がすべてを話し終わったあと、理論の欠点を的確に指摘してくるんです。こちらが思ってもみなかった切り口でね。静かな物言いではあったけど、彼の信念にはゆるぎないものを感じたし、何よりも人を説得させる力があった。当時はよく、『金のある人間は高度な教育を受けられるが、そうじゃない者はいつまで経っても貧困から抜け出せない』と負の連鎖を嘆いていましたよ」

田丸はそれから、思い直したように慌てて眼前で手を振った。「いや、それは昔の話で、今は政治とは無縁の世界で生きていますし、私なんかは義正くんと違って、時代に流されて生きてきた人間ですから……」

田丸はそう言うと、寿司を頬張った。

しばらく黙って寿司を食べていた田丸が、「義正くんは元気にしてますか？」と訊いてきた。

「元気ですよ」

「風の噂で仙台にいるというのは聞いていましたけど、出所時期の見込みとかは――」

当時、社会を震撼させた大事件だけに、かつての同級生が無期判決を受けたことくらいは知っているのだろう。

竜介が無言でいると、「申し訳ありません。出過ぎたことを訊いてしまって……」と田丸は慌てて頭を下げた。その様子に、竜介が抱いた疑いの色は消えかかっていた。

「いえ、いいんです。兄の出所の目処は立っていません」竜介が返答したことで、田丸の固かった表情が幾分和らいだ。

「やはり思想犯ということで、そういうものが抜け切るまでは帰れないのでしょうか」

「兄の思想的なことについてはよくわかりません。刑務所に入所した当初は、そういう政治的なことについて話もしていましたが、ここ数年間は、手紙でもそういった類のことはいっさい書いてこなくなりましたね」

それを聞いて、田丸は腕を組み、鼻から大きく息を吐き出した。何かを考えているようだった。

「義正くんは、本心はどうなんでしょうか。いまだ革命的イデオロギーは持っているんでしょうか」

「それについてはさっきも言った通り、私にはわかりません」竜介は煙たい顔をした。「そうですよね。いくら頭の中は自由だと言っても、それを表に出したり、気づかれてしまうというのは、義正くんの置かれた特殊な環境上、不利益以外の何ものでもありませんしね」

そう言ったあと、田丸は二度とそのことについて触れてくることはなかった。

＊　＊　＊

遠くでインターホンの音が聞こえた。夢と現実の狭間を行ったり来たりしながら、竜介は重いまぶたを開いた。見慣れた天井と家具を視界に捉える。

昨夜、久々に安田から誘われた竜介は、赤坂のクラブで午後八時から飲みはじめた。深夜に帰宅したその経路は断片的にしか記憶にない。ずいぶんと飲みすぎたようだった。

気怠い体を起こし、サイドテーブルに置かれたデジタル時計に目をやる。午前六時になったばかりだった。

こんな朝早くに誰が訪ねてきたのか。眉間を寄せておもむろに立ち上がる。ベッド脇に脱ぎ散らかされたハーフパンツを穿き、玄関の前まで来ると、二度目の呼び出し音が鳴った。

ドア横に設置されたモニターには、見知らぬ男ふたりが並んで立っていた。ひとりは小太り、銀縁眼鏡をかけた禿頭。もうひとりは長身で面長の顔、筋肉質そうな体つきの若い男だった。ふたりともダークスーツを身にまとっている。

竜介は息を潜めて、モニターに映るふたりの様子を観察した。

三度目の呼び出し音。鈍くなった思考を整理する。もしや警察か。だとすれば、この沈黙は不要な疑惑を招きかねない。

竜介には心当たりがなかった。あるとすれば、公安の件だけだ。

竜介は相手の反応を探った。

「はい」

――ご在宅でしたか。朝早くからすみません。こういう者です。

小太りがスーツの内ポケットに右手を突っ込み、黒革の警察手帳をモニターに掲げた。

『警視庁』の文字が見える。

竜介は内心の動揺を悟らせないよう、努めて平静を装った。

「何の用です?」

「お伺いしたいことがあるので、少しお時間いただけませんか?」

その小太りの物言いは、丁寧だが有無を言わさぬ響きがあった。ここで拒否するのは得策ではない気がした。

一瞬、躊躇したあと、無言でドアを開ける。すると、長身の男がすかさず足を隙間に差し入れて、ドアに手をかけた。ふたりは警視庁公安部捜査一課を名乗り、小太りは主任、長身はその部下だという。

　そこではじめて気がついた。ふたりきりだと思っていたその後方では、複数の捜査員と思しき人間が折り畳まれたダンボールを小脇に抱えて待機していた。

　中年の小太りは、凍りついた竜介の表情を見て満足そうにうなずくと、一枚の紙を取り出した。

「刑法第一〇三条犯人蔵匿の疑いで、裁判所からあなたに対し、刑事訴訟法第二一八条第一項に基づき捜索令状が出ている。これから部屋の中を検めさせてもらいます」

　そう言うと、竜介の返事も待たずに、待機していた捜査員が室内に雪崩れ込んだ。

　竜介の頭は、軽い二日酔いと睡眠不足で混乱していた。

「犯人蔵匿って、いったい何の話だ？」

「何の話って、それはあなたが一番よくわかっているんじゃないですか？」小太りが薄笑いを浮かべる。

「わけのわからないことでこんな真似して、いいと思ってんのか？」

「わけのわからないこと？　あなたにはそれ相応の疑いがかかってるんですよ。まあ、仮にあなた自身が何も関係ないとしても、こちらとしては情報収集が仕事ですから」

「何も関係がないとしても、だと？　そんなことで裁判所が令状の許可を出したのか？この法治国家の国で、そんなデタラメが通るのか？」

竜介は激高したが、小太りは意に介さなかった。

「うちには、作家顔負けの文章力と緻密な分析力で、令状請求ができる優秀な者がいるんですよ」

「そんなことが許されるわけないだろうが」

「許されるもクソも、お前らは脛に疵(きず)を持つ身だろう？」それまで黙っていた長身の男が鼻で笑う。

「この野郎――」

正気を失いかけたが、公務執行妨害という伝家の宝刀を持つ官憲に敵うはずもない。むしろそれが狙いかと思い、竜介は踏み止まった。

背後では、捜査員たちが丹念に家捜しをしている。その手は粛々と動き続けている。

そのとき、小太りのポケットから携帯の着信音が鳴った。通信ボタンを押し、何やら話している。電話を切ったあと、小太りは唐突に切り出した。

「たった今、あなたのお仲間の田丸――いや、本名向井優(むかいすぐる)が逮捕されましたよ」

「田丸？　仲間だと？」

「先日、京都で会っていたでしょう」

一週間前の、京都での出来事を言っていた。

「ああ、あの観光客か。仲間でも何でもない。旅先で知り合ったというだけの話だ」

「旅先で知り合っただけの者と寿司屋で食事をしたんですか？」

「あなた、向井にメモを渡していましたね」

「そういうこともあるだろ」

「そうですね。そういうこともあるとしましょう」ですが、と小太りは続けた。「あなた、向井にメモを渡していましたね」

「あれは連絡先を知りたいというから教えただけだ」

「どこの?」

「会社だ。いったい、奴は何をしたんだ?」

「本当に知らない?」

「さっきから知らないと言っているだろう」

だが、小太りは何の反応も示さず、「そうですか。まあ、客観的な事実と証拠品の押収物などを精査し、分析の結果を待つことにしましょう」と言うと、手を二回叩いた。

捜索も粗方終わったようだった。部屋の周囲を見渡す。あらゆる引き出しという引き出しが開けられ、私用のノートパソコンがテーブルの上から消えていた。そのうえ、サイドテーブルの引き出しも開けられ、兄からの十数通あったはずの書信も無くなっていた。

「今後また何かあれば、本庁に足を運んでいただくかもしれませんし、こちらから伺うこともあるかもしれません。そのときはご協力をお願いしますよ」

そう捨て台詞を残すと、小太りたちは去っていった。嵐が通り過ぎたように、室内は森閑としていた。

田丸、いや、向井はいったい何者なのか。向井の接触が意図的なものだったとしたら、その目的は何なのか。警察の捜索・目的の本当の意味も気になる。

布施の情報が確かだったのならば、兄のかつての仲間と竜介が共に連携し、義正の早期出所を画策しているという公安の疑いと、今回の出来事との辻褄が合う。それなら、何も身に覚えのないことだ。そんな事実はないのだ。

竜介は革張りのソファに深く身を沈めると、空気を吸い込んだ。頭を整理しようとしたが、思考は冷静さを欠いていた。

27

気づけば秋も次第に深まり、冷たい空気が竜介の首筋を通り抜けていった。東京ディズニーランドからほど近く、広々とした東京湾を一望できるこのホテル群一帯は、世界の観光客を呼び込む夢の島としての魅力に輝いていた。

幼少時に、両親と義正の四人で幾度となく訪れたこの場所とそれらの記憶が、ゆっくりと頭の中に浮かんでは消えていった。思い返せば、無垢なあの頃が一番幸福に満ちていた。

広大な駐車場の一角に車を止めてエンジンを切ると、艶光りした漆黒のカラスが目の前で跳躍した。円錐に尖った嘴に胡桃のような丸い物体をくわえている。ふわっと頭上に飛び上がると、地上二〇メートルの高さからその物体を落とし、綺麗に舗装されたコンクリートに叩きつけた。

羽を広げて舞い降りたカラスが、それを突っつきまわしながら同じ事を何度となく繰り返す。あれが胡桃だとしたら、中身を食する目的があるのだろうが、そうではないとしたら、あの行為にはどんな意味があるのだろう。

　人間の人生に訪れるあらゆる出来事や数々の試練に意味づけをするとすれば、それらを乗り越えた先にはいったいどんな未来が待っているのか。一見、無意味に見えるカラスの動作を身じろぎもせず凝視していた竜介だったが、やおら腕に巻きつけた時計に目を落とすと、全神経を集中させてあたりを観察した。

　数ヵ月前、津田沼にある木村の自社ビルで聞かされたその話は、実に衝撃的で、竜介の関心を大いにそそるものだった。ただ、事の全貌が見えてこないだけに、その真偽は別としても、いまだ不明確な部分が多いということだけは事実だった。

　竜介は木村との会話を再び頭の中で整理した。

　中野に事務所を構える民族団体。ヤクザに近いゴロンボ右翼とは一線を画す純粋な国粋主義者として、全国にその名を知られる村田(むらた)が木村のもとへ訪れたこと。在日人脈に通じる木村を頼り、朝鮮総連について情報がほしいと依頼してきたこと。そして、その真意を探るべく、木村が村田の自宅や事務所に盗聴機を仕掛け、車両にはマグネット式のGPSを取り付けて、そのデータから移動したルートや直近に接触した人物を割り出したこと。

　村田が頻繁に接触を図っていた人物は、自衛隊の幹部、赤尾剛(あかおたけし)だった。自衛隊の中でも急進派として知られ、特に朝鮮半島問題に造詣が深く、北朝鮮に対する日本のやり方を手緩いと主張する赤尾は、人間としても自衛隊幹部としてもひと癖もふた癖もありそうだった。

過激な思想や行動で名高い民族主義者と、急進的で北朝鮮問題に傾倒し、厳しい立場を取る自衛隊幹部。このふたりが接触していたことの意味は何なのか。

そして、何より竜介の鳥肌を立たせ、驚愕させた事実は、在日本朝鮮人総連合会議長の暗殺計画だった。暗殺という単語が頭の中を駆け巡り、竜介の胸の中をざわつかせた。

錦糸町にある自宅に家宅捜査が入ってから、三ヵ月。この間、何の変化もなかった。それどころか、それまでの尾行の気配もすっかり消え失せていた。犯人蔵匿——身に覚えがないのだから当然といえば当然だが、警察の本当の目的は別にあったような気がする。

心に少なからぬひっかかりを抱えたまま、竜介は運転席のドアを開けると、ホテルの車寄せ方向に歩を進めた。日が沈み、暗くなろうとしている。

周囲の人影を丹念に目で追いながら警戒し、自分を尾けている者がいないか入念にチェックした。ここに来るまで、何度となく繰り返し部下に命じて、要所要所にあらゆる車種の車を配置させ、乗り換えてきている。

ホテルの受付で偽名を告げると、先客の有無を確認した。まだ来ていないようだった。竜介はカードキーを受けとると、偽名の来客予定を伝えた。

恭しく頭を下げて先導しようとするベルボーイを制止し、ひとりでエレベーターホールに向かう。エレベーターの扉が開き、中に身を入れると、左右に並んだ人物の様子をつぶさに観察した。右手に六〇代と思しき老夫妻。左手には四〇代と見られるビジネスマン風の男。携帯電話に視線を落としている。怪しさはない。

エレベーターを降りた竜介は、同じ階で降りる人物がいないことを確認するため、ドアが閉まったあともしばらくその場で佇んでいた。五分経っても人の動きや気配は感じなかった。

部屋の前に来ると、カードキーを差し込んで中へ入った。オートロック式のドアを閉め、突き当たりのドアを抜けてリビングルームを見渡す。最新式の音響システムと電化製品、革のソファ。東京湾の景色を見渡せる床から天井まで続く重厚なガラス窓。毛足の長い絨緞に爪先をうずめると、竜介はソファに腰を下ろした。

竜介が到着してから二〇分以上が経過しただろうか、胸のポケットで携帯の電子音が三回鳴って消えた。それが三回繰り返される。木村を通して先方と決めた、到着を知らせる合図だった。竜介は物音や衣擦れの音ひとつさせず、ゆっくりとした足取りで部屋の入口へ向かった。

竜介がドアを開けると、そこには黒スーツに身を包んだ巨体の塊が、入口を塞ぐようにして立っていた。想定外のことに、竜介の背筋に冷たいものが走った。

だが、その巨体が道を開けるように体を斜めにすると、小柄だが目つきの鋭い男が立っていることに気づいた。凍てつくその目は、竜介を値踏みするかのようだった。

竜介の会釈に応じ、男が中へ入ってくる。男がソファに身を沈めたのを確認すると、巨体がその真後ろに陣取り、直立不動の姿勢をとった。ボディガードなのだろう。

「何か飲み物でも？」

竜介はそう訊ねたが、目の前に座る小柄な男は、首を横に振って声を発しなかった。細めたその目には、疑念と不信の色が混在しているようだった。

竜介はわずかに唇を舐めると、目線を巨体に向けた。すると、真向かいに座る男がつぶやくように言った。

「気にしなくていい」

はじめて聞くその声は低くかすれていた。竜介と年齢（とし）が変わらないであろうこの男のしゃべり方には、まったくと言っていいほど抑揚がなく、機械的に聞こえた。

李演植（リヨンシク）と名乗ったその男の相貌は、韓流ドラマの主演に出てきそうな整った顔立ちと、小柄な体格からは想像もできない精悍な印象を受けた。

李演植がさっそく切り出した。

「我々にとって最も関心が高く、重要な意味を持つ情報を携えていると聞かされているが……」

平坦なその声音からは、胸中を窺い知ることはできなかった。しかし、その鋭い目つきからは、無価値の情報であれば容赦はしないという意志がありありと見てとれた。

竜介は体の筋肉が強張り、感覚が鋭くなっていくのを感じた。

「ええ。これは朝鮮総連だけではなく、日本社会、いや、国際社会をも揺るがす重大な情報です」

竜介の真剣な面持ちを数秒観察したあと、李演植は上体を浮かせて浅く座り直した。さきを促すように沈黙している。李演植の表情に変化はなかった。

竜介は単刀直入に言った。

「あなたの父親である李萬述（リマンジュツ）議長を暗殺しようとしている者がいる」

室内は真空状態であるように静まり返っていた。李演植の正体――在日本朝鮮人総連合会議長の息子だった。

ややして、口を歪めた李演植が「何を言い出す」とでも言いたげに冷笑を浮かべ、ソファの背にもたれた。

「自分が何を言っているのか分かっているのか」

そう言って、苛立った鋭いその視線を竜介に突き刺す。それから、李はおもむろに口を開いた。

「確かに、それまで一貫して否定を続けてきた日本人の拉致問題に対して、共和国がその事実を認めたときから、朝鮮総連と聞くだけで嫌悪感を露骨に示す日本人は多くなった。それまでどちらかといえば好意的だった、一部の日本メディアや財界なども、こぞって我々を批判した。拉致をしたというその事実は、日本のマスメディアを通じて在日同胞の社会にも浸透し、多くの朝鮮総連離れが起きていることも衆知の通りだ。『日本人拉致事件を起こした北朝鮮政府の手先』、『在日朝鮮人の財産を北朝鮮政府に貢いでいる団体』という総連へのマイナスイメージから、暴発者が現れるということもあるだろう。だが、日本政府も日朝交渉を一時中断せざるを得ないような状況下で、暗殺を実行し、これ以上、日朝関係を危機的状況にまで追い込んでいったい何になるというのか？　日本が望む拉致問題の解決は永遠とその機会を失うかもしれないというのに――」

李演植の口調は、日頃の日本社会に対する不満をぶちまけるように強かった。

前首相の訪朝は、朝鮮総連系の人々や在日社会の期待感を醸成させたことは事実だった。それまでにもあった北朝鮮の政治体制への批判や、総連の同胞に対する対策の遅れから生じる退潮著しい組織情勢の変化が、日朝国交正常化を契機に改善の兆しを見せるのではないかと期待する者も多くいたらしい。

しかし、蓋を開けてみれば、日朝首脳での金正日総書記の発言によって、在日社会や総連の期待は見事に裏切られ、総連の立場はかつてないほどに追い込まれていた。さらに、組織を支える財政も現在では危機的状況にあるという。

竜介は鼻で大きく呼吸をすると、ゆっくりと口にした。

「いや、だからこそでしょう。依然、米韓が北朝鮮に対して強硬姿勢をとっている中で、日朝関係を戦後、最悪なものにする。そして、これまで以上に足並みを揃え、北朝鮮に圧力をかけ続ける。北の生命線である原油も含めて、国連安保理で全面的に輸出入を禁止し、撤底した経済封鎖を行なって政情不安を煽り、そのうえで北朝鮮に暴発を起こさせるんです。その混乱の中で、北朝鮮の崩壊を誘発し、日本人の拉致被害者を救出する。日本国内にそう考える人間がいてもおかしくはないでしょう」

「そんな荒唐無稽な話、誰が信じる？　それに、共和国は一部の人間が思っているほどヤワではない。安保理でも、中国、ロシアは反対するはずだ。日、米、韓が足並みを揃えたところで動じる我々ではない。暗殺など馬鹿げている」

「信じるか信じないかは、そちらの自由です」

「いったいその計画と実行は誰の手によるものなんだ？」

「それについては、今は言えません」

「なぜだ？」

「それも言えません」

「それで我々に信用しろと言うのか」

ついに李が激昂した様子を見せて声を荒げた。竜介は表情を変えずにそれをながめていた。

幾分落ち着きを取り戻してから、李演植は問うてきた。

「そもそも、君がこの情報を持ってきて何の得がある？」

「今、私が何を言っても真実には聞こえないでしょうが、人が何か行動を起こすとき、そこには必ず意図がある」竜介は声のトーンを落とすと、さらに続けた。「ただひとつだけ、その意図は私にとって個人的な問題だということです。そちら側にとっては有利な情報であっても、損をするような情報では決してない。それだけは言えます」

竜介の頭の中では、ここで議長とその息子に貸しを作ることで、何かのカードになればという漠然とした気持ちはあったが、李演植に対して言うほど緻密に計算していたわけではなかった。

まさか、これがのちに白川兄弟にとっての大きな転機になろうとは、このときの竜介には知る由もなかった。

＊　＊　＊

病室のベッドに横たわる、日に日に痩せ衰えていく父親の姿に、竜介の心は揺れていた。かつては上場企業の役員まで務め、溌剌としていた父親の面影はどこにもなく、枯れ枝のように細くなった腕と痩せこけた頬が見るに辛かった。

年の明けた二〇〇三年一月、父がガンの告知を受けてからもう四年が経とうとしていた。この間、父は家族に詳しい病状を報告しようとしなかった。父親自身が軽く考えていた部分もあるのだろう、そうこうしているうちにガンは着実に進行し、気づいたときにはステージⅢに移行していた。それからは母や竜介の強い勧めもあって、抗ガン剤治療をはじめたのだが、この有り様だ。

父のことは、義正にもそれとなくは伝えてきた。ただ、ガンだとは言いきれなかった。面会や手紙で、父が弱ってきたと触れはするのだが、もともと確執のある父と兄だから、その話題が出ること自体を嫌うのだ。

父が完治するのであれば、いっそ義正には告げないという選択肢もある。しかし、もし最悪の事態が待っていたとしたら、そのときは――そう考えると、自分がどうすべきかわからなくなる。だからこそ、打ち明けられないでいる面がある。

竜介、と呼ぶ声が聞こえて病室の入口に視線を移すと、買い物袋を提げた母が立っていた。

「いつ来たの？」

嬉しそうに微笑む母親の姿に、何とも言えない気持ちになった。

眼前の母は、数ヵ月会わないあいだにだいぶ痩せていた。

母の手で、黄色い小さな花が花瓶に挿し替えられる。寒々とした室内を彩る一輪の花の横で、寝息をたてる父親が哀れに思えた。穏やかな余生を過ごせるはずが、病により人と会うこともままならない。父はこれから、何を生き甲斐にしていけばいいのだろう。

竜介は椅子に座ると、小さな声で言った。

「親父、寝てるね」

「最近はすぐに疲れて眠っちゃうの。さっきまでは起きてたんだけど」

そう言うと、母は竜介のためにリンゴの皮を剥いてくれた。やつれた母は、美容院にも行っていないのか、白いものが交じったその髪をほつれさせていた。

「義正のところへは行ってくれてる？」

父を気にしてか、母のその声は聞きとりづらいほど小さかった。

「二ヵ月に一度は必ず行くようにしてるよ。おふくろのほうへは手紙来てる？」

「うん。私にはね……」肩を落とした母の力ない表情に、諦念の色が浮かんでいる。

「そう……」

母の言いたいはわかっている。何もできない自分が悔しかった。

耐え難い沈黙が、竜介の心をさらに暗くしていく。

「何でこんなことになっちゃったんだろうね」

母の濡れた虚ろな眼差しに、竜介の視界は次第にぼやけていった。

「おふくろ、俺がなんとかするよ。親父が死ぬ前に、兄貴と仲直りさせて……。俺がなんとかするから……だから、元気出してくれよ」

やっとの思いで竜介が言うと、母はぎこちない笑みを浮かべた。

「ありがとね。お母さんも頑張るから……。愚痴言っちゃってごめんね」


その後、母を美容院に連れて行き、都内のフレンチレストランで夕食をともにした。少しでも多く、母の笑顔が見たかった。フルコースのメニューにあったワインを一杯ずつ楽しみながら、仕事の話や人を使うことの難しさなどを語る竜介を頼もしげに見つめる母の表情は嬉しそうだった。

「おふくろに孫を見せてあげてくれって、兄貴がよく口にするんだよ」

「竜介ももう四二なんだから、早く家庭を持って幸せになってね。お母さん応援してるから」

約束だよ、と子供のように小指を差し出す母は、本当に楽しそうだった。

レストランを出て、母を三軒茶屋の実家まで送り届けると、時刻は九時をまわろうとしていた。

玉川通りを北上し、渋谷方面に車を走らせる。車載ラジオのスイッチを入れると、ニュースキャスターの緊迫した声が竜介の耳に飛び込んできた。

『今日、午後八時三〇分頃、千代田区富士見にある早稲田通りの路上で発砲事件があり、警察官ふたりを含む三人の男性が頭や胸など数ヵ所を撃たれました。被害者は意識不明の重体で、うちひとりは現場から連れ去られたとの情報も入っており、ただいま詳細を確認中です。犯人は依然逃走中、今後、進展があり次第、速報でお知らせします――』

早稲田通り？　まさか――。

竜介の鼓動は、早鐘を打つように激しく鳴っていた。

とにかく自分を落ち着かせようと、ファミレスの駐車場に車を停める。

千代田区富士見には、在日本朝鮮人総連合会の本部ビルがあった。もし、連れ去られた男が議長だったら――。

精度の高い情報だということはわかっていた。だが、まだわからない。ヤクザ同士が争った類のものかもしれない。

そのとき、胸ポケットで電子音が鳴った。バイブの震動が、静まりかけた心臓の血流をまた波打たせた。

電話に出る。木村の、低く落ち着き払った声が聞こえてきた。

——今、どこにいる？

「車の中だ」

——ラジオをつけてみろ。

木村の言わんとしていることを察して、竜介は押し黙った。

「……やっぱりそうか」思案したあと、竜介は木村に言った。「話がしたい」

——今からか？

「できれば早くがいい」

そう言う竜介に、しばらく沈黙していた木村が再びしゃべりはじめた。

——わかった。『Ａｓｉａ（エージア）』にいる。こっちでもできる限りの情報を集めるが、時間がかかるかもしれん。

『Ａｓｉａ』は、木村が出資する池袋のキャバクラだ。

竜介は電話を切ると、渋谷駅付近の立体駐車場に車を停め、山手線から電車に乗って池袋に向かった。

『Ａｓｉａ』は、西口五差路の信号を渡り、ビジネスホテルを右手に折れたビルの一階にあった。

木目の重厚な扉を開け、ＶＩＰルームへ向かう。入口を仕切るカーテンを払いのけて中に入ると、円形に配置された黒の革張りソファに座る木村が、竜介の存在に気づいて片手を挙げた。

「まさか、あの情報が現実のものになるとはな」竜介に知らせた張本人の木村が、信じられないとでもいうような表情で言う。

「ああ」竜介は木村の対面に座った。「警察官をふたりもやるなんて尋常じゃないな。ただ、肝心な人物は現場から連れ去られてる。それが議長であればの話だが――」

「メディアの情報はあてにならないしな」木村が頭上のテレビ画面を見て、顔をしかめる。

「李演植は、こちらの言うことを信じなかったということか。対策を立てることもなかったと――」

「そう考えるのは早計だろう。何者かに連れ去られたというのがひっかかる。犯人らが連れ去ったのか、それとも総連側か――」

そのときだった。菅正之（すがまさゆき）官房長官の、記者会見を行なう様子がテレビに映し出された。

『本日、午後八時三〇分頃、在日本朝鮮人総連合会李萬述議長と見られる人物が、総連本部ビル付近の路上で銃撃され、警察官二名の死亡が確認されるという事件が発生しました。本件は誠に遺憾なことであり、議長の安否確認を急ぐとともに、北朝鮮とのあらゆる外交ルートを通じて日朝間での衝突回避を図り、各関係機関に指示して事態の全容解明に全力を挙げているところであります――』

だみ声で言う菅官房長官は、不機嫌さを隠すようにして記者に対応していた。

「村田のことだが、奴の事務所や動きに変わった様子はなかった」木村が首をひねる。

「村田はシロってことか？」

「いや、そうじゃない。今日の動きは読めなかったと言ったほうが正しいか」

「読めなかった？　それはどういうことだ」

「ＧＰＳや盗聴はいつも通りに機能していた。だが、奴もそれを警戒していたのか、今日の動きは読めなかった。もしかしたら、別の人間たちが実行したのかもしれん」

「いったい誰が？」

竜介が身を乗り出すようにして言うと、木村はタバコの端をつかんで口にくわえた。

「それはわからん。李演植と今すぐ連絡をとるのは控えるべきだが、かといってアウトサイダーの情報では精度が低い。俺のほうでも網にかかり次第、すぐお前に伝える」

すると、突然画面が切り替わり、北朝鮮の国営放送ニュースが流れた。

『我々は日本の暴挙に激しく抗議する。溶けかかった日朝関係は、日本の悪逆行為によって消し飛んだ。在日本朝鮮人総連合会議長に対する暗殺行為は、我が北朝鮮人民共和国に対する敵対行為である。日本は相応の代償を払うことになるだろう――』

ピンク色の民族衣装を着たおなじみの女が、エキセントリックな口調でそうまくし立てる。

竜介は、口を真一文字に結んでテレビを凝視している木村に訊いた。

「今後の日朝関係はどうなる？」

「おそらく、日朝平譲宣言で明記された日本人拉致問題に関する調査は、一方的に打ち切られるだろうな。それに加えて、日本上空にミサイルを飛ばして威嚇してくるだろう。そして、無条件で莫大な賠償金を求めてくるはずだ。米韓の経済的圧力が高まっているときだしな、さらに核開発を加速させていくだろう」

「……議長を暗殺した奴らは、何を目論んでいるんだ？」

竜介の言葉に、木村は何の反応も示さなかった。

「おい、聞いてんのか？」

テレビから目を離さない木村に強い口調で言うと、木村は眉間に皺を寄せた。

「そんなもんわかるわけねえだろ。北朝鮮はキム委員長のひと声ですべてが変わる専制政治の独裁国家だ。それに、日本、韓国、中国、米国、北朝鮮、ロシア、あらゆる国の思惑によって、国際情勢なんてころりと変わる。そんななかで目的なんか読めやしない」

そこで木村の携帯が鳴った。メールのようだった。木村は画面に目をやると、竜介に言った。

「用事ができた。俺はもう行く。そういえば、邦彦がお前に会いたがってた。今度会ってやってくれ」

じゃあな、と言うと、木村は足早に去っていった。

竜介はその背をぼんやりとながめていた。

28

柳田(やなぎだ)は首相専用車の後部座席で、静かに目を閉じていた。

午後二時四五分。車は国会議事堂を突っ切り、先導するパトカーと後方で走る予備車のあいだを等間隔で走っている。

瞳を開く。首相車の助手席で硬い表情を崩さない警護隊長が、周囲に視線を巡らしている。

隣に座る首相秘書官の今野(こんの)が言った。

「間もなく到着します」

経産省出身の頭脳明晰な今野は、経済政策を最優先に掲げる柳田にとって、最も頼りになるブレーンのひとりだ。対外的な国家間の通商政策に関する諸懸案や各省庁、他派闘との調整役、あらゆる問題を想定しながら、小さな穴をも塞いでいく。柳田が出世街道に引き上げた人物というだけあって、今野の忠誠心は高い。

首相官邸の表玄関前に車両が停止する。柳田が降り立つと、屈強なSPが周りを取り囲んだ。総理専従警護のSPは、多くの警察官の中から選ばれたエリートが務める。SPの条件は、『身長一七五センチ以上、注意力に富み、責任感旺盛。柔・剣道、または合気道の有段者で、かつ逮捕術と拳銃操作の上級者。容姿端麗で、語学など豊富な教養と円満な常識を持つ者』になっていた。多くの子供たちが憧れそうな要人のSPは狭き門と言っていい。
官邸のロビーは番記者たちで騒然としていた。警務官に囲まれた柳田は何人かの記者の質問をいなしながら、その中を足早に通り抜けた。渋面な顔に次々とフラッシュが焚かれる。

　地下にある危機管理センターには、国家安全保障会議のために招集されたメンバーが揃っていた。腕を組んで下を向き、瞳を閉じる者。資料に目を落とす者。走り回る職員に声をかける者。隣席同士で談笑する者。ほとんどの人間の表情に共通しているのは、危機感の無さだった。

　国防及び重大緊急事態に関して重要事項を審議する、国家安全保障会議。議長席に柳田が座ると、内閣官房長官の菅が口火を切った。

「それでは、先刻、北朝鮮によって発射されたミサイルが日本の領海内に落下した問題について、その経過をご説明いたします」

　菅はそのさきを、隣に座っていた内田（うちだ）に促した。

「内閣官房の内田です。お手元の資料でご説明いたします」

　内田が指し示す右手の方向へ、いっせいに視線が注がれた。壁に嵌め込まれた大型表示モニターに映像が映し出される。

「本日、三月一四日、午後一時三三分頃、北朝鮮東倉里（トンチャリ）発射場地点から、ノドンと見られるミサイルが発射され、新潟県佐渡島沖の近海へ落下しました」報告書を読み上げる内田が、軽く咳払いをしてから続ける。「現在までに確認されている情報によれば、排他的経済水域内に落下したミサイルによる日本船籍及び日本人の被害報告はありません。これまでに北朝鮮が行なった発射実験との差異はないものと思われます。一方で、先日起きた在日本朝鮮人総連合会議長暗殺事件に絡み、北朝鮮側は拉致問題包括的調査のための特別調査委員会廃止を通告してくるとともに、一〇億ドルの賠償を要求してきています」

内田の説明を、誰もが無言で聞いていた。その様子を見ていた菅が口を開いた。

「今、我々がすべきことは、米韓との意思疎通と連携を密にし、対北朝鮮への対応策を協議したうえで、効果的な最善の手段を講じることだろう」それから、堀井長官、と呼んだ。

「警察で入手した情報を説明してくれ」

菅の言葉を受けて、警察庁長官の堀井が立ち上がった。

「先日起きた、朝鮮総連本部ビル付近の路上で銃撃された被害者三名と、そのうちのひとりが現場から何者かによって連れ去られるという事件について、警察庁は現在、犯人グループの検挙に全力を注いでいるところであります。現場付近の監視カメラの映像解析と警察官を含む複数の目撃情報によると、銃撃に関わったグループは覆面を被った五人組であることがわかっており、発砲後、全員がバラバラになって逃走したとのことで、いまだ見つかっておりません。すでに国外へ逃亡したという情報も入っており、インターポールに情報提供して手配書の発行を要請しているところであります。なお、射たれた男性を連れ去ったグループはまた別グループの可能性もあり、総力を挙げて捜査中です」

　国家公務員のキャリア試験でも、一、二位を争う成績優秀者が座る長官ポストの堀井は、額を脂汗でてからせ、顔面を紅潮させていた。

「それは何ひとつわかっていないということじゃないか」財務大臣の家入が、怒気を含んだ声でまくし立てる。

「その連れ去られた人物というのは、本当に総連議長なのかね？」外務大臣の佐藤が静かな口調で問いかける。

　マスコミへの公表では、議長暗殺の事実はもちろんのこと、拉致されたのが議長であることも断定することはしていなかった。

　堀井が額の汗を拭った。

「いえ、マスコミの報道や目撃証言によると、確かに議長だという声はあるのですが、銃撃されて連れ去られた人物の血痕だけが現場に残されておらず、その他のあらゆる状況証拠も勘案すると、疑問符のつくことも多いのが事実です。我々の見解としましては、朝鮮総連議長と断定するには早計かと……」

「インテリジェンスが君の仕事だろう。これじゃあ、何も話が進展しない」

　家入がまたも非難の声をあげる。文句や批判しか言わない人間はどこの世界にも生息しているが、己の姿を客観的な視点で見られない家入は、人間以外の動物と一緒だ。

「それから、もうひとつございます」堀井が唾を飲み込み、固まった表情のまま口を開いた。「日本国内に以前から潜入している、北朝鮮の朝鮮人民軍偵察総局に所属していると見られる一部の工作員の動きが、活発化しているという情報も複数入っており、それらも含めて、現在、情報収集を徹底し、厳戒態勢を敷いているところであります」

「何だね。その工作員の動きというのは？」柳田は上目遣いで堀井を見た。

「さきほど入ってきた情報によりますと、我々が把握している北朝鮮の工作員のうち、それまで日本人になりすまして背乗りし、無関係者を装っていた者同士が、駅のトイレや深夜の寺社など人目につかない場所での接触を図り、こちらの動きを警戒しながら別々の時刻で九州方面に向かったということで、さらに監視体制を強化するよう指示したところであります」

「九州……？　総連本部付近の銃撃事件と工作員の動きに、何か関連性はあるのか？」

「それについては、今は何とも……」

他の多数の出席者は何ひとつ反応を示さなかった。中には白河夜船を漕いでいるような者もいる。目の前の重要課題や北朝鮮の間近に迫まった脅威より、頭の中を駆け巡っているのは次の選挙のことだけなのだろう。泥船だと見限れば、次の新たな船に乗り替える。政局の思惑で錯綜している頭には、眼前に出された情報も素通りするだけなのだ。

柳田は周囲に悟られないよう、小さく溜め息を吐いた。

29

福岡空港国際線ターミナル二階の広場に設置されたロッキード・シリウスの復元模型を

見上げながら、石田は視線をある男に向けていた。

　プラザ中央にあるエスカレーター右横の、キャッシュディスペンサー前に佇む小柄な男。白髪を撫でつけ、金縁眼鏡と黒いスーツにレジメンタルタイ、傍らには濃茶のキャリーバッグを置かれている。アジア系のその男は、自然な仕種で腕時計に目をやると、三階の売店・土産フロアへ向かった。

　石田の位置から部下の脇田の姿が見える。携帯電話をいじっていた。石田の所属する警視庁公安部外事二課の各班員と、福岡県警警備部外事課の連中は、すでに女ひとりを含む八人のターゲットをマークしている。

　空港内に一五〇人、ビルの周りに一五〇人。その中にはＳＡＴ部隊も待機している。計三〇〇人という人員が配置されたこの作戦は、決してしくじることは許されないという上層部の決意の顕れだろう。

　石田は駆け出しの公安部員時代を思い出していた。一九七〇年代に起こった連続企業爆破テロ事件。長い道のりだった捜査のうえに投入された犯人逮捕の大規模作戦は、日本国内だけではなく、世界が注目していた。

　ただ、その後も数々の場数を踏んできた石田ではあったが、今回の作戦は明らかにいつもと違っていた。犯人らの目的は、ある人物の暗殺計画。本来、公安警察は、警察庁警備局を中心に、警視庁公安部や道府県警の警備部、各警察署の公安部門へと、上意下達の国家警察システムとして、縦に指示系統は統一されているが、警視庁公安部に関して言えば、その力は大きく、時として警備局のコントロールが利かないこともある。この作戦の指示元がさっぱりわからない。

暗殺計画を未然に防ぐ作戦とは違う――外事二課長の言葉が頭をよぎる。北朝鮮の暗殺部隊が行動を起こした段階で、全員を一網打尽にする。その理由はのちにわかるということだった。

そのときだった。

『会長が搭乗している大韓航空三五二便の到着まで三〇分。お客さんから絶対目を離すな！』

警視庁公安部外事二課管理官、宮里育三郎（みやざといくさぶろう）の甲高い声が無線を通して聞こえてきた。

ゆるんでいた全身が急激に熱くなり、心臓の半鐘が打ち鳴らされた。次々と耳に入ってくるターゲットの動静に動きはない。到着ロビーの南側にある売店でカップルを装う二〇代後半の男女。四階のプラザに設置されたインターネットコーナーに座り、キーボードを叩く浅黒いアジア系の男。三階の薬局で店員に説明を受けている男。各レストランで無関係を装う男らが、悠然とした様子で寛いでいた。本当にこれからこの場所で、暗殺が行なわれるというのだろうか。

マル要が空港に姿を見せたのは、それから約五〇分後だった。仲間の表情は皆、一様に強張っていた。

要警戒対象である韓国への亡命者の名は、チェ・ジェホ。一九五六年、平安南道（ピョンアンナムド）の道都、平城出身。北朝鮮の北西部、黄河の水の流入により黄濁している黄海に臨む道。西部には沖積平野が広がっている農業地帯で、朝鮮戦争以後、平安南道の道所在地として全日成の指示によりできた都市だった。党中央政治局委員などが絡んだ反党行為など、非道徳的な土壌に覆われ、不正がはびこる都市ではあるが、平壌に近く、平城の市場は沢山の品物で溢れていた。

チェ一家は、北の三大階層のうち核心階層に位置され、チェ・ジェホの祖父は金日成とともに闘った抗日パルチザンだった。父は金日成総合大学に進学し、北朝鮮の政治体制やチュチェ思想を徹底的に叩きこまれたあと、物理や化学の世界にのめり込んでいった。その後は化学物理学の研究や論文が評価され、北朝鮮の核やミサイルの開発計画に関与していたとして、韓国の諜報機関がマークしていた人物だった。極秘裏に、化学兵器の開発技術者としても現場を統括していたという。

その息子のチェ・ジェホは、北朝鮮の偵察総局に所属し、その能力を高く買われていた。だが、父親の他界後に何があったのか、韓国国内に潜伏中に身柄の保護と亡命を求めた。その亡命は偽装の疑いもあったらしいが、そのうえで韓国政府は受け入れを許諾した。その情報を、日本の外務省は把握していた。

最終的に、偽装亡命していたチェ・ジェホは、韓国の諜報機関に金と女で取り込まれ、北朝鮮を裏切っていた。その男が、偽造パスポートを使って、日本へ入国しようとしている。

左耳に装着されたイヤホンが俄かに騒々しくなった。石田は周囲に目線をやったあと、腕の時計を一瞥して全神経を集中させた。

『会長が第一滑走路に着陸した。間もなく税関検査場に現れる。全員、会長の厳戒体制をとるように。繰り返す――』

同時に、国家保衛省防諜特別調査隊、いわゆる共和国の秘密組織である暗殺部隊八人が動き出した。各々が到着ロビーの配置についたようだ。

石田は南側のエリアにあるミーティングポイントの座席に座ると、新聞の朝刊越しに男女のカップルの様子を窺った。肌の白い男は二〇代後半、白のTシャツとデニムのパンツを穿いている。羽織るジャケットは黒、それにニット帽を被ったその格好は、完全に観光客に溶け込んでいた。その男の右腕に左腕を絡ませる女は、緑色の薄手のセーターに白のカーディガンを羽織り、黒の小さなバッグを肩から提げている。まるで初めて日本を訪れた外国人カップルのようだった。微笑みさえ浮かべており、その表情からは相当な訓練を積んだ様子が伺える。土産物を手に取りながら、時折、税関のほうを振り向くその目は、妖しい光を放っていた。

石田は到着ロビーの隅々にまで注意を向けると、男の視線の先を見つめた。

『会長の税関検査が終わりました。手荷物を持って到着客出口に向かいます』

イヤホンから、税関職員に扮した捜査員の声が聞こえてくる。

「了解」

袖口のマイクに小声で応答する。頭のてっぺんから爪先まで雷に打たれたような緊張が駆け抜けて、心臓が高鳴った。

清掃カートを押して歩く用務員姿の捜査員が、出口の前を通り過ぎる。あらゆる姿に扮した捜査員が、一階ロビーの至るところで固唾を飲んでじりじりと事を待ち構えている。

次の瞬間、ロビー正面の到着口出口の鉄製扉が重々しく開いた。入国者が続々と吐き出されてくる。

男女のカップルの表情から笑顔が消えた。女がゲートを見つめている。透き通った白い肌のその女は、長い黒髪をかき上げ、石田の視線を捉えると、笑った——ように見えた。

石田は思わず動揺し、視線が泳いだ。気づかれたのだろうか。だが、奴らが中止する様子はなかった。

チェ・ジェホは濃紺のスリーピースに身を包み、颯爽とした身のこなしで左手側の案内所の前に立つと、ホテルの予約か何かをしていた。それから動き出し、トイレに向かった。

男女がすかさずあとを追う。各捜査員の視線がぶつかり、交錯するのがわかった。

女が男性用トイレの前で観光案内の地図を広げ、門番のように立ち塞がる。男は中に入っていった。

石田が足早にトイレに近づくと、女がカタコトの日本語で話しかけてきた。それを振り切り、石田は中へ駆け込んだ。

視線を巡らす。けれど、チェの姿はない。広々とした空間は静まり返り、物音ひとつしなかった。

石田は鼓動を静めるように深呼吸すると、帯革(たいかく)からS&WM三七エアウェイトを抜き取った。

左側の壁に設置された個室に銃口を向け、手前から順番に覗いていく。額にぬめった脂汗と、脇の下を冷たい汗が伝う。

手が震えた。三つ目の個室の入口から、投げ出された足が見える。石田が鳴らす喉の音が、静寂に包まれた空間にひと際響き渡った。

石田は右足を踏み込むようにして腰を屈めると、銃口を室内に向けた。そこでは、チェ・ジェホが便器を抱え込むように倒れていた。

脈をとる。チェは息絶えていた。

「チェの死体を確認しました」

石田が無線を入れると、間を置かずに到着ロビーの非常ベルが鳴り響いた。トイレの外では悲鳴と怒号が入り乱れ、騒々しい空気が伝わってくる。

背後に気配を感じた。右肩に鋭い痛みが走る。振り返ると、さっきの男が立っていた。男が冷徹な目を細めてにやりと笑う。左手にナイフを持っていた。それをためらいもなく突き出してくる。石田は銃口でナイフを払うと、前蹴りで相手との距離をとった。

男がなおもジャブのようにナイフを突き出してくる。牽制していたかと思いきや、次には懐に飛び込んできた。石田はすかさず身を引くと、再び前蹴りを男の鳩尾にくらわした。

男が身をくの字に折る。石田は渾身の力を振り絞り、銃底で男の背中を殴りつけた。男が崩れ落ちてうつぶせになる。直後、カプセルのような物を口に入れようとした。石田はそれを瞬時に蹴り上げて阻止すると、腕を捩じり上げて手錠をかけた。

「制圧しました――」

石田は鼻から荒い息を吐き出すと、絞り出すようにマイクへ言った。

それにしても、思う。チェは日本の国家によって意図的に殺された。だが、自分のような末端に位置する者に、上層部の考えなど知る由もない。日本の国益のみを考えて行動する――そのためなら、ひとりふたりの命などとるに足らないものなのだ。

自分の信念も醜悪な国家権力の歯車のひとつにすぎないと思うと、心に霞がかかったように気持ちが沈んだ。

30

竜介は冷蔵庫から冷えきった缶ビールを取り出すと、ガラス張りのテーブルに置かれた朝刊一面に目を落とした。『相次ぐ不祥事、内閣支持率急落』の見出しが紙面に躍っている。複数の野党による審議拒否が続き、重要法案さえも政局によって左右されてしまう政治情勢の中、閣僚級の相次ぐ不祥事で内閣の支持率は三割をかろうじて維持していた。それまで諸手を挙げて柳田を支持してきた取り巻き連中も手の平を返し、柳田降ろしがはじまったのだ。

プルトップを開けて、渇ききった喉にビールを流し込むと、新聞を裏返して社会面を開いた。左下片隅の記事に目が留まる。

『右翼団体代表、事務所で拳銃自殺か』の見出しに、竜介は眉をひそめた。

『二〇日午後八時二五分頃、中野区中野三にあるビル三階の事務所内から「拳銃の発砲音らしきものが聞こえた」と一一〇番通報があった。警視庁中野署によると、事務所の室内で、杉並区高円寺南五の右翼団体代表、村田重政さん（五八）が倒れており、病院に運ばれたが約一時間後に死亡した。拳銃に村田さん以外の指紋はなく、また事務所内に何者かが侵入した形跡もないことから、自殺を図ったものと見られている。村田さんは、今年一月に発生した在日本朝鮮人総連合会本部ビル付近の銃撃事件について、何らかの事情を知っているとみられており、警視庁が聴取をしようとしていたところだった。同庁は、自殺と銃撃事件の因果関係について捜査を進めている。』

竜介は目頭を揉むと、疲れきった体をソファにもたせかけてまぶたを閉じた。

村田が死んだ——その意味するところは何なのか。警視庁は自殺と公表しているが、額面通りには受けとめられない。

これがもし他殺だったとしたら。自殺に見せかけて殺さなければならない動機とは——。

携帯が鳴った。ディスプレイには、木村の名前が表示されていた。

——今、どこにいる？

「自宅だ。ニュース見たか？」

すでに知っているとは思ったが、浮かぶ疑問に竜介の気は急いていた。

その問いに答える木村の声は、平然としていた。

――村田が殺られたようだな。

「やっぱり自殺じゃないのか？」

――あいつは自殺するようなタマじゃない。

「詳しい話を聞かせてくれないか」

――こっちもそのつもりで電話した。

今から迎えに行く、と木村は言うと、電話を切った。


桜の花びらが風に舞う夜、竜介の自宅前に現れたのは、場違いないかついロールス・ロイスだった。後部座席に乗り込むと、木村が待っていた。

顔を合わせるなり、木村が口を開いた。

「村田は殺られたよ。それも口封じのためにな」

「口封じ？」

「村田は俺が仕掛けた盗聴に気がついていたはずだ。GPSもな。なのにそのまま放置していた。それは、自分が消されることを予期していたからだろう。仮に自分が殺されたとしても、相手の手がかりがわかるようにな」

「その手がかりっていうのは――」

「村田は殺られる直前に、ある人間の訪問を受けている。しかも、顔見知りのな。これがその音声だ」

　木村はそう言うと、ボイスレコーダーを放り投げて寄こした。

　スイッチを押すと、男の声が流れてきた。

『――座ってくれ。今、茶を出す』

　たぶんこれが村田だろう。その声に相手が返す。

『針貝（はりがい）からの言伝（ことづて）を預かってきました。直接会って伝えるように申しつかりましたので』

『針貝と直接会って話がしたい。そう伝えてくれ』

　村田の声には、いくらか怒気が含まれているように感じられた。

『針貝はなにぶん立場が立場ですから、多忙を極めておりまして――』

『それじゃ、今後の作戦計画はどうなる?』

『だから私がこうして来ているんです』

　少しの間、会話は途切れた。

『それで……針貝さんは何て言ってる』

『例の仕事はお疲れ様でした、これから第二ステージに突入する、そのための覚悟を示してもらいたい、と――』

『覚悟?　それはどういうことだ』

　村田の問いに、男は答えなかった。

村田の声が震えた。

『まさか……俺を裏切るつもりか』

『……あなたがしたことは偉大なことです。それは間違いなく、我々が後世に伝えるに値するものだ。この政治活動が実を結ぶ日が来ることを、あなたは誰よりも願っている。それは私も、そして針貝も同じです。何かを手に入れるのに代償はつきものだ。何かで贖わない限り、何かを手にすることはできない。それはあなたもおわかりでしょう……』

その言葉に続いて、金属音が聞こえてきた。

『なぜそれを持ってる？』

動揺した村田が後退りでもしたのか、紙が散らばるような物音が流れる。

『これはあなたのトカレフですよ。このビルの機械室にある配線伝たいにぶら下がっていました』

『お前……』

直後、村田が叫び声をあげた。動作が覚束ないのか、不規則な物音が断続的に響いている。

『押さえろっ』

それから十秒もしないうちに、乾いた破裂音が鳴った。

竜介は一連のやりとりを、目を瞑って聞いていた。

「これが真実なら、公表とは全然違うじゃないか。警察は何かを意図的に隠そうとしていいているということも考えられる。きな臭いな」

竜介は釈然としない思いを抱えたまま首を傾げると、腕組みをした。

「まるで全容が見えないな……」

竜介のそのつぶやきに軽くうなずいたあとで、「そういえば」と木村は言った。

「この前、ある政治家のパーティーで、高野和利（たかのかずとし）という男を紹介されたんだ。名刺には、日朝友好団体会長、北朝鮮拉致被害者支援団体代表などと記されていたが、そのじいさんはどうやら、在日朝鮮人らしい。拉致問題に関心の高い議員や、関係団体の『家族会』や『救う会』からの信頼も厚く、何より、朝鮮総連議長とその息子とも親しい関係にあるそうだ」

「それなら、総連内部の動きや何かしらの情報はつかめるんじゃないか？」

「俺もそう思ってな。近々会ってみるか？」

「そうだな。よろしく頼む」ところで、と竜介は訊いた。「議長の息子から連絡はきてるのか？」

「李演植からはいまだに連絡はない。あれだけの事件のあとだ、行動を自重してるんだろう。警察、特に公安が目を離すはずがないからな。李は常に監視下に置かれていると思ったほうがいい。それに、俺のほうからコンタクトをとる術もないからな。だが、高野ならもしかすると――」

「だったらなおさら、直ちにアポをとってくれ」

「ああ、わかった」

そう言うと、木村はすでに携帯を耳に当てていた。

＊　＊　＊

午後の昼下がり、サンバイザーの帽子を目深に被り、フレンチブルドックを連れてウォーキングする中年女性を横目で見ながら、竜介は閑静な住宅街を歩いていた。電信柱の番地をひとつひとつ確認していくと、草木で囲われた生け垣の中に、白いモダン造りの建物が竜介を待ち構えていた。

『監視カメラ作動中』と書かれた札横のインターホンを押すと、「どうぞ。入ってください」と言う嗄れた声が返ってきた。

重厚な音を立てて開かれる門扉から、飛び石づたいに玄関へと向かう。見知らぬ来訪者に吠えたてる番犬も、主人が顔を出すと途端におとなしくなった。

「茨城くんだりまで、よく来てくださいましたね」

この老人が高野だった。木村にアポをとりつけてもらった竜介は、茨城のつくば市にある高野邸をさっそく訪ねていた。

掃除の行き届いた廊下を歩きながら、高野は親しげな表情を浮かべた。

「この歳になって、長年連れ添った女房にも先立たれてしまったので、今はここに私ひとりで住んでるんです。淋しいものですね。一ヵ月に一度だけ、娘夫婦が私の様子を確認しに来るんですよ。死んでないかどうか」そう言ってから、愛嬌のある顔で笑う。「でも、孫の顔を見るのが唯一の楽しみでもあるのでね」

茶の間に通された。コーヒーを出してもらい、高野と向かい合って正座する。

「今日は貴重な時間を割いていただいて、ありがとうございます」

竜介が頭を下げると、高野は「いえいえ」と首を振った。

「若い人とこうして話ができるというのも良い刺激になりますから」そのあとで竜介に訊ねてきた。「それで、話というのは李親子のことでしたね。朝鮮総連の――」

「ええ。北朝鮮と日本との問題に詳しく、総連の親子とも親しい間柄だということを聞きまして、先月起きた発砲事件についての見解をお聞かせいただけたらと――」

「それは何かの取材ですか？　記事になるとかそういう話なら、できれば遠慮したいのですが……」

「いいえ、そういうことではありません。私自身も、議長のご子息である李演植さんとはちょっとした知り合いなんです。ただ、本人に連絡しようにも、今の現状ではなかなか難しくて……」

言い淀む竜介に、高野が問うてきた。

差出有効期間
2025年3月
31日まで
(切手不要)

郵便はがき

1 6 0-8 7 9 1

141

東京都新宿区新宿1－10－1

(株)文芸社

愛読者カード係 行

ふりがな お名前		明治 大正 昭和 平成 年生 歳
ふりがな ご住所	□□□-□□□□	性別 男・女
お電話 番 号	(書籍ご注文の際に必要です)	ご職業
E-mail		

ご購読雑誌(複数可)	ご購読新聞 新聞

最近読んでおもしろかった本や今後、とりあげてほしいテーマをお教えください。

ご自分の研究成果や経験、お考え等を出版してみたいというお気持ちはありますか。

ある　　ない　　内容・テーマ(　　　　　　　　　　　　)

現在完成した作品をお持ちですか。

ある　　ない　　ジャンル・原稿量(　　　　　　　　　　　　)

書　名				
お買上 書　店	都道 府県	市区 郡	書店名	書店
			ご購入日	年　月　日

本書をどこでお知りになりましたか?
1.書店店頭　2.知人にすすめられて　3.インターネット(サイト名　　　　)
4.DMハガキ　5.広告、記事を見て(新聞、雑誌名　　　　)

上の質問に関連して、ご購入の決め手となったのは?
1.タイトル　2.著者　3.内容　4.カバーデザイン　5.帯
その他ご自由にお書きください。
(　　　　)

本書についてのご意見、ご感想をお聞かせください。
①内容について

②カバー、タイトル、帯について

弊社Webサイトからもご意見、ご感想をお寄せいただけます。

ご協力ありがとうございました。
※お寄せいただいたご意見、ご感想は新聞広告等で匿名にて使わせていただくことがあります。
※お客様の個人情報は、小社からの連絡のみに使用します。社外に提供することは一切ありません。

■書籍のご注文は、お近くの書店または、ブックサービス(0120-29-9625)、セブンネットショッピング(http://7net.omni7.jp/)にお申し込み下さい。

「演植とはどういうお知り合いです?」

竜介はどう答えるべきか迷ったが、よからぬ疑念を招くわけにもいかないので、正直に打ち明けることにした。

「彼には以前、ある忠告をしたことがあるんです」

「忠告?　その忠告というのは――」

いくらか興味が湧いたのか、高野がわずかばかりに身を乗り出してくる。竜介は迷いを振り払うように姿勢を正すと、ゆっくりとした口調で言った。

「事件が起きる前に、議長暗殺計画について事前に私が把握していたことを、彼に伝えたんです」

それを訊いた高野が、細い目を瞬かせてから、話が呑み込めないとでも言うように「えっ」とつぶやいた。その目は驚愕の度合いを物語っていた。

しばし沈黙の幕が下りたあと、「そういえば……」と高野が静かに話しはじめた。

「演植が事件後、恩義ができたと言っていたんです。誰のこととも、何のことかも説明はありませんでしたが、あれはもしかすると、あなたのことだったのかな?」

「それは私には何とも……。ですが、『議長暗殺』とメディアでセンセーショナルに報じられている割には、不可解なことが多すぎます」

「私もそう思う」

高野は否定しなかった。目の前の老いたこの男は、事の真相を知っているのだろうか。

皺だらけの表情からはいまいちわからない。

「仮に、私の忠告に対して恩義を感じてくれているとすれば、李萬述さんは助かった可能性もあるということですよね」

「それについては何とも言えませんが……」

「ところで、高野さんは在日の方だと？」

「ええ。私は十歳まで、北朝鮮東部にある咸興からそう遠くない小さな町で育ちました。さきの大戦後は韓国の釜山へ行きましてね、父が死んでからは日本にいる親戚を頼って海を渡ったんです。在日朝鮮人として、母も私も苦難の道を歩む日々でしたが、親戚が廃品回収をしていたこともあって、母子ともどもその手伝いをして生計を立てていましたよ。潰れた軍需工場の跡地などに入り込んでは、銅線を盗んでね。それからは在日のある実業家に拾われて、金融と不動産の世界に身を投じました。李萬述議長と知り合ったのも、その頃です。私はその後、潰れたパチンコ屋を買い取り、再建させて、チェーン展開する傍らで、自然と――いや、意図してと言ったほうが正しいかな、政治家や財界、総連幹部などに太いパイプを持つようになったんです。日本にいても同胞意識は消えるものじゃない。それに日本も好きだし、朝鮮とのブリッジビルダーになりたいと思いまして、いくつか団体を立ち上げ、今日に至っています」

「北朝鮮に親類の方などはいらっしゃるんでしょうか」

竜介の言葉に、高野の表情が一瞬翳（かげ）ったように感じた。

「ええ、まあ――」そう濁したあとで、高野は言った。「幼少期に大事な約束をした親友ならいます。子供の頃に別れたっきりで、連絡も取れていませんが……。現在のキム政権下で、体制側の中枢幹部として要職に就いているようです」

そのとき、高野の言葉に脳天を突き抜けるような電流が走った。閃きと言ってもいい。日本政府は、拉致問題の解決に多大な関心を持っている。仮に、義正が北朝鮮との有力なパイプを持ち、義正なしでは拉致問題の交渉は進展しない、という政治的状況を作り出せたとしたら――。

あまりにも突飛な思いつきであることはわかっている。しかし、自分たち家族に残された時間は多くない。藁にもすがる思いだった。

その後、一時間ほどふたりで雑談を交わしたあと、高野に礼を言って家を出た。五月の風に乗って、緑の匂いが漂ってくる。帰り道を歩きながら、竜介はさきほどのやりとりを反芻した。

現政権が拉致問題の解決を最優先事項に掲げ、世論の気運が高まっていることは衆知の事実だった。これを活かさない手はないし、活かせるだけの条件も整いつつある。

第一に、李萬述議長が生存していると仮定した場合、竜介に対して何らかの恩義を感じてくれている可能性はある。

第二に、議長親子と高野との関係は思っていたよりも深い。

第三に、キム政権の最側近と高野との因縁もある。

ただ、まずは何より、議長の安否を確認するとともに、高野を説得して、よりいっそうの協力をとりつけなくてはならない。

木村がくれた、議長暗殺計画の情報。それが今、義正を救うためのカードになりつつある。

ちょうどそこで、木村からの電話が入った。竜介は携帯を耳に当てた。

――高野とは会ったのか？

「今さっき話してきたばかりだ」

――そうか。それで、これからどうするつもりだ。

「もう一度、高野に会う。だが、話を前に進めるのに、今はまだ何の信頼関係も醸成されていない。そこが悩みどころだ」

正直に口にすると、木村も何かを考えるように沈黙した。

それから、木村は言った。

――高野から協力を取りつけるために必要なことは、老い先短い年寄りが抱えている問題、そして、人生でやり残したこと――その意志を受け継ぐ覚悟と誠意を見せられるかどうかにかかっているんじゃないか？

「その問題がわかれば苦労しない」

すると、木村は軽い笑い声を漏らした。

――だったら、俺のほうでも動いてみよう。以前、経団連の副会長の息子から、韓国内にある財閥企業オーナーの御曹司を紹介されたことがある。その御曹司が同い年でな、今でもよく連絡を取るんだが、その男が度が過ぎるほどのスパイマニアなんだ。真偽は定かじゃないが、あらゆる情報網を持っていることだけは確かだ。もしかしたら、何かが引っかかるかもしれない。

そう言って、電話は切れた。

竜介は巡らせる思考に、言い知れぬ興奮を覚えていた。今、大きな波が動こうとしている。

だが、それが現実問題としてどれだけ実現可能性があるのか。

否定的な気持ちを振り払うように、竜介は駅に向かった。

31

午後二時一五分、官邸の首相執務室。柳田の疲れきった目はどんよりとしていた。内政だけではない、日本を含むアジアの安全保障に関わる外交の失敗は、世論の批判と党内の求心力喪失を意味し、己の意志に反して政権は幕を閉じることになる。それだけは何としても避けねばならなかった。

「現在、北朝鮮の動きについて、衛星、電波、ヒューミントなど、米国からの情報、そして警察、外務、防衛、海上保安庁やアジア各国の領事館からの情報など、あらゆる角度から報告が入ってきています」

向かい合う黒革張りのソファに腰を下ろした菅官房長官と、首相秘書官の今野が柳田に顔を向ける。

今野は続けた。

「工作員の八人は、北朝鮮の国家保衛省防諜特別調査隊の暗殺部隊と見られています。警察の調べにもいまだに完全黙秘を貫いているようですが、韓国の国家情報院からの情報によると、先日、VXガスにより殺害されたチェ・ジェホなる人物は、北朝鮮の偵察総局に所属し、韓国内での諜報活動を取り仕切っていた優秀な男だったようです。昨年八月、亡命を求められた際、偽装亡命の疑いありということで、韓国政府は拒否することも考えたようですが、チェ・ジェホの政治的価値は高いと判断し、亡命を受け入れたとのことです。その後、二年かけてチェ・ジェホを二重スパイに仕立てあげたとのことですが、先日の来日は、我が国のある政府高官に会うことが目的だったようです」

「政府高官？　それはいったい誰なんだ？」

「それが、河田官房副長官だと――」

「何？　だったら、どうして河田をここへ呼ばないんだ」

河田は元警察庁長官で、事務方の官房副長官に引き立ててやったのはほかならぬ柳田だった。

その河田が、なぜ――？

あまりの柳田の剣幕に、菅があとを引き継いだ。

「河田がそれだけの重要情報を、私や総理に報告しなかった理由として、先方からの情報が信憑性のあるものかどうか、会って自分の目で判断してから報告するつもりだったと釈明していますが――」

「河田が会おうとしていた人物は、偽装亡命を図ろうとしていた人物だぞ！　韓国が取り込んだとはいえ、いまだ北朝鮮の意思で動いていた可能性も十分ある」

「私もその可能性は排除できないと思っています。ただ、河田はここ最近、大石と裏でつながっているという噂もあります。河田の身辺を探らせてはいますが、おそらく、北朝鮮と何かを企んでいるということではなく、あわよくば北朝鮮問題でも情報を独占し、現政権がピリオドを打ったときのことを考え、今から自分のプレゼンスを高めて大石派に鞍替えするつもりかも知れません」

大石保は、柳田政権の中でも反主流派閥の領袖だった。

「そんな話は聞きたくない。裏切り者め……」

ややうなだれた姿勢でソファの背にもたれた柳田は、はっと我に返って顔を上げた。

次の選挙までに外交で得点を上げ、支持率を回復させれば、潮目は変わる。

その代わり、並みのやり方では川の流れは変えられない。起死回生の一手にはリスクが伴うが、それでも思いきった決断が必要とされていた。

今野が資料を捲った。

「チェ・ジェホが河田に接触を図ろうとしたのは、何らかの重要情報を携えて、取り引きなり、支援なりを日本政府に要請しようとしていた可能性があります」

「韓国に亡命した人物が、我が国にどんな取り引きや支援を求めるというんだ？　ますます怪しいじゃないか」

「それについては、チェ・ジェホの死体があったトイレの個室内に紙の燃えかすが残されており、その紙片に何らかの手がかりがあったものと思われます。身の危険を感じたチェが証拠の隠滅を図った可能性があり、現在、科捜研で分析中です。しかし、その鑑定結果の見通しは絶望的だという報告もあり、外務省を通じて韓国の情報機関に支援を要請し、チェ・ジェホ来日目的の調査を依頼しているところでもあります」

「朝鮮総連の銃撃事件はどうなっている」柳田は細めた疲れ目を菅に向けた。

「警察のその後の捜査によって、銃撃犯グループは都内の民族派団体による犯行と断定したとのことです。外務省の情報によりますと、国外逃亡を図ったメンバーに関しては、中東や欧州各国からの情報がいくつかあがってきてはいるようですが、現時点ではめぼしい情報はないということです。それと――この団体の代表はすでに死亡しています」

「死んだ？」柳田は眉間に皺を寄せた。

「警察の捜査結果では拳銃自殺ということになっていますが、警察内部の間では不可解な噂が出まわっているようです」

「不可解な噂とは何だ」

「事件のあった日に、所轄署から連絡を受けて現場へ急行した警視庁捜査一課の捜査員たちは、犯行状況から他殺の疑いを持ったようです。しかし、その場を指揮する管理官は自殺と判断しており、一課長にもそのように報告したとのことでした。それが公式発表になったようです」

「公安三課は？」

公安三課は右翼担当だ。

「それが――公安三課が連絡を受けたのは、すでに捜査一課が現場に入り、あらかた現場検証が終わったあとだったようで……」

「公安三課は村田をマークしてなかったのか」

「どうやら、公安の監視をすり抜けて今回の事件が起きたようで、組織的な犯行ではないかと思われます」

「……河田とともに、その管理官の行動状況を徹底的に洗うんだ」

「すでに内部監察にあたる警視庁の人事一課が調べています」

柳田は荒々しく息を吐き出すと、それから告げた。

「それと、警視庁が逮捕した八人の工作員と、北朝鮮に残された日本人拉致被害者一二人の身柄交換を北朝鮮に突きつける。その準備を進めてほしい」

「えっ？」

今野が素頓狂な声をあげて絶句した。菅は苦笑まじりに顔を上げ、天井の一点を見つめている。

だが、柳田は大真面目になおも言った。

「元社会党の日朝友好議連会長を事前交渉の窓口に、アジア大洋州局長を水面下での本格交渉の窓口として、調整を進めてくれ。拉致問題の解決は、北朝鮮の疲弊した経済を潤す糸口になりえるということをわからせる。米国との仲介役というアメもちらつかせ、できうる限りの手法を用いて事に当たってほしい。これは極秘だ。米国、韓国にも情報が漏れないよう万全を期してくれ」

「しかし、外務省と協議をしたほうが……」

イエスマンと揶揄される今野も、さすがにリスクが高いと判断したようだった。

けれど、柳田はそれをばっさり切り捨てた。

「これは外務省が主導するんじゃない、官邸主導で進めるんだ。外務大臣にも秘匿にしろ。早急に北朝鮮の感触を探ってくれ」

これは、政権を賭けた外交交渉となる。

柳田はそう自分に言い聞かせて、そっと目を閉じた。

32

スムーズに進む海浜大通を徐行し、美浜区豊砂に挟まれたメッセ大橋に差しかかる。目が眩むような陽光に、竜介はサンバイザーを下ろした。

この街に来るのも、自ら車を運転するのもひさしぶりだった。窓をひとつ分だけ開けると、潮の香りが鼻腔をくすぐった。

綺麗に舗装されたアスファルトを走ることしばらく、左前方にグリーンホテルが見えてきた。

優に二〇〇台は停められるであろう広大な駐車場に、知人から借りたレガシーを乗り入れる。玄関口近くのスペースに空きがひとつあるのを見つけて、すかさず滑り込んだ。ロビーに入り、あらかじめ用意していた偽名を告げると、フロントマンが恭しく頭を下げた。

「白石様ですね。特別ルームをご用意してあります。こちらへどうぞ」

そう言って竜介をカウンターの中に招き入れ、スタッフ用エレベーターに乗り込む。竜介たちを乗せた機械が静かに上昇した。

エレベーターを降りる。やがて、フロントマンはある部屋の前で立ち止まった。

「どうぞ、この部屋でゆっくりおくつろぎください」

大理石の床が広がるエントランスから、彫刻が施された木材の扉を押し開くと、歴史的価値がありそうなアンティークや調度品が並んでいた。それは、疲れた者を心底から癒やす贅沢な空間だった。開け放たれた両開きのガラスドアからプライベートプールが見え、一望できる東京湾からの潮風が心地良さを感じさせる。

しばらく佇み、海上を飛翔する海鳥をながめていると、エントランスで物音がした。ドアから足を踏み入れる白銀頭の老人を見て安堵したのも束の間、思わぬ客人の姿に竜介は固まってしまった。

想定外のことに呆然としていると、李演植がおかしそうに笑った。

「何ですか。その惚けたような顔は」

そう口にして、ソファに座る。老人——高野もその隣に腰を下ろした。

「いや、あまりに唐突だったもので……」竜介もふたりに倣って対面に座る。「大丈夫なんですか」

竜介がエントランスの様子を窺い、室内を改めて見まわすと、高野が小さくうなずいた。

「このホテルを所有しているのは私です。すべての部屋、宿泊客はチェックしているので、あなたが気にしている盗聴や盗撮の心配もありませんよ」

先日、高野とはじめて会ってから一ヵ月が経った。竜介のほうから二度目の対面を申し入れ、今日それが叶ったのだが、まさか李演植まで同席するとは思いもしなかった。

竜介は李演植の顔をじっと見つめた。

「このような世情ですから、李さんと会えるとは思っていませんでした。正直、驚いています」

「どうしても直接伝えたいことがありましてね」

「そういえば、ここまで案内してくれたフロントの人は？」

竜介の声に、高野が笑った。

「私の身辺警護を担当しています。私はどうもそういうのは苦手なんですが、周りの人間がどうしてもと言うもので」

「そうでしたか。どおりで手慣れてると思いました」

そして本題に入ろうとしたが、李が先まわりして口を開いた。

「父があなたに感謝していました」

「ということは――」

「あの場で拉致されたのは、父の替え玉です」

つまり、李萬述議長は生きているということだ。替え玉には驚いたが、「恩義を感じている」という意味はここにあったのだ。

ただ、李演植はそれ以上のことは語らなかった。今は何も話せないのだろう李の心中を察し、竜介も「それはよかったです」とだけ返して、本題を切り出した。

「不躾なことだということは重々承知のうえで、高野先生にお願いしたいことがあります」

真剣な面持ちで姿勢を正すと、竜介は両手を膝に置いて高野を見据えた。

「兄のことで相談に乗っていただきたいのです」

それから竜介は、義正が逮捕されてからの経緯、父のガン、そして長年の家族の苦悩を、自分の歩んできた半生を重ねながら切実に訴えた。

それを口にしながら、ふと思う。ベッカリーアは『犯罪と刑罰』の中でこんなことを言っている。

『人の精神に最も効果を及ぼすのは、刑罰の強さではなくその長さ』だと。

ある意味、死刑執行の日を待つ死刑囚と同等、もしくはそれ以上の精神的苦痛を与え続ける無期懲役は、これ以上ないほどの刑罰かもしれない。自分の実の兄が今、その深淵に立たされている。

世間に与えた恐怖や被害者の苦しみは、決して拭い去ることはできない。だが、罪刑均衡の観念でいえば、兄の起こした事件の結果だけを捉えるといかがなものか。それは独善的な考えにすぎないのだろうか。

ハムラビ法典の『目には目を、歯には歯を』は有名だが、この言葉の本来の主旨は、犯した以上の罰を与えてはいけないということでもある。兄の直接的な被害者はひとり。現在も生存し、示談と嘆願書も承諾して書面にしてくれたことを考えると、いつ出られるかわからない無期懲役という刑罰は重すぎやしないか。

司法や行政の矛盾にあふれた世の中で、正攻法は通用しない。いや、だからこそ、やり方次第で裁量世界に対抗できる。

竜介の話を聞き終えると、高野はゆっくりとした口調で言った。

「話はわかりました。それでどうしたいと？」

「白川義正なしでは拉致交渉は進展しない、という政治的状況を作り出したいのです」

その言葉に、高野がわずかばかりに首を傾いだ。

「どうやって？」

「それは――」竜介はひと呼吸おくと、はっきりとした口調で答えた。「高野先生の幼少時代のご親友、北朝鮮体制の中枢にいる方へ、秘密裏に協力をお願いできないかと」

高野との交渉については、木村が今もコネを使って調べを進めてくれてはいるが、この際、単刀直入に切り出すことにした。何より、今の竜介に悠長にしている時間はないのだ。

真剣な表情で言う竜介を、おかしな生き物でも見るように笑い声をあげると、高野は「いや、失礼」と言って真顔に戻った。

「それはちょっと無理がある。北朝鮮という国は、民主主義である日本や米国とは違うんです。党や軍幹部といえども、必ず監視員がついている。以前もこの件について、日本の政府関係者と内密に協議したことがあるが、そもそも北朝鮮に対して日本独自のパイプが乏しいうえに、最側近の中枢幹部へ密かに接触することは密書を渡すことさえ困難を極めており、リスクが高すぎると判断された経緯もある。その実現性は極めて疑わしいと言わざるをえない。それに、固い約束を交わしたとはいえ、相手はそんなことを忘れているかもしれない」高野が悲しげに笑った。

「そのご親友とは、どんな約束をしたのですか」

「それは……」そう言い淀んでから、高野は喉仏を動かした。そして続けた。「私も彼も、幼少期はとても貧しかった。今の若い人たちにこんな話をしても信じる人はいないかもしれないが、私と彼の家族は毎日疲れきっていました。ただ、彼――コウ一家とは、寝食をともにし、本当の家族のように打ち解けていた。互いを兄弟と呼び合い、来る日も来る日もバラックの寝床で語り合った。彼はいつもどこかから食べ物を調達してきては、弟や妹たちに分け与えていました。その姿が今も目に浮かびます。そんな男が、どういう経緯でキム政権の中枢にまでのぼりつめたのかはわかりませんが、何もない生活の中でも互いに夢だけは持っていた。それは、自分たちが立身出世を果たすことで家族を満足に食べさせ、この地の人々が幸せになるように力を尽くそうというものです。そんな私の他愛のない話に、彼は大真面目に聞き入り、民族の解放と自由をしきりに唱えていた——子供ながらにね」

竜介は高野の嗄れた言葉にうなずくと、唾を飲み込んでから言った。

「その夢は叶ったのでしょうか」

「……どういう意味でしょうか」

「今の現状を言っているんです。南北は分断され、統一への道筋は残念ながら見えていません。そのうえ、失礼を承知で申し上げますと、高野先生の余生もそう長くはない。このままでは未練しか残らないでしょう」

「だったらどうしろと——」

「私には若さがあります」竜介は高野の声を遮った。「もし私に力を貸していただけるのなら、高野先生の遺志を受け継ぎ、私がその使命を果たしましょう。南北の平和という夢の実現のために、私の生涯を捧げるとお約束します。その代わりに、ご親友の方へ手紙を認め(したた)てはいただけませんか?」

しばらくの間、高野は黙っていた。静かにまぶたを閉じ、思案顔でうつむいている。

長い時間だった。悪い予感が脳裏を過ぎる。

やがて、高野は顔を上げた。

「……手紙を認めても、それを渡す者がいない」

そう言う高野に、それまで黙然としていた李演植が口を挟んだ。

「ならば、私がお預かりしましょう。これでも私の父は、党の幹部ですから」

「李さん――」

つぶやくようにして言う竜介に、李演植は口元をゆるめた。

「あなたに助けられた命です。ただし、事は慎重に進めなければならない。これはかなりのリスクを伴うことですから」

「そういえば」高野が何かを思い出したように訊いてきた。「ニュースは見ましたか?」

「何のニュースです?」

竜介が怪訝顔で訊ね返すと、「北京のホテルで、日朝友好議連会長の変死体が見つかったというニュースです」と高野は言った。

李の表情が途端に険しくなる。中国公安当局によれば、会長はひとりで滞在していた客室にて、不審な死を遂げていたらしい。公務か、それとも私的な旅行だったのかはわからないという。

日本と北朝鮮を取り巻く数々の事件や出来事。それは偶然なのか、それとも――。

竜介は解せない思いで、テーブルの一点を見つめていた。

33

首相官邸の地下危機管理センター内は、緊迫感に満ちていた。柳田の目の前にいるアジア太洋州局長の飯田も、神妙な面持ちを崩せないでいる。

内閣情報館の安ノ池が続きを語る。

「北京大使館からの情報によれば、日朝友好議連会長の平川は、六月一七日、午前九時三八分羽田発北京行きのフライト後、北京市内のホテルから一歩も外出することなく変死体で発見されたとのことです。死因は心不全ということになっていますが、中国の公安当局が何か重要な事柄を隠している可能性も考えられ、遺体の送還を待つとともに、情報収集とその分析に全力であたっているところです」

「いったい、何が……」言いかけて、菅官房長官が口をつぐむ。

平川が官邸の意向を受けて、北朝鮮側の関係者と極秘裏に接触を図ろうとしていた。これで三度目だった。その交渉相手が国家間の交渉人として相応しいのか、言わば独裁国家の北朝鮮で決定権のある人物かどうかを探らせるため、ボールを投げる手筈となっていたのだが、北側との初の接触の中で、水面下交渉の良い感触を得た日本政府は、アジア大洋州局長を窓口に、本格的な交渉に入ろうとしていた。しかし、その矢先に何者かによって平川は暗殺されたのだ。

日本で拘束した工作員八人といまだ帰国できない政府認定の拉致被害者、それも全員の交換交渉。リスクの高い賭けだけに、官邸内でもごく一部の者しか知らされていない。政権の運命を賭けた重要な秘密交渉は、今、柳田の前で脆くも崩れ去ろうとしていた。

敗北、の二文字が柳田の脳裏をよぎる。不快な汗が脇の下を伝う。米韓をはじめとする国際的な包囲網の中で孤立化した北朝鮮が、みすみす日本からのアクションを潰すとは思えないが――。

「誰がそんなことを――」

柳田がつぶやくと、安ノ池はさらに述べた。

「事件の一週間前、平川が宿泊していたホテルに、アジア系のある男が滞在していたという話があり、それが韓国の諜報部員だったという情報もあります。その事実は中国政府も認識しているはずですが、今のところ外交問題として騒ぎ立てる様子はなく、静観しているようです」

「仮に韓国のスパイがそんな真似をして、中国側が黙っているはずがないだろ！」殺されたのが日本人であるということさえ忘れて、禿頭の財務大臣ががなり立てる。

「現時点では中国側の思惑を推察することしかできませんが、中国政府としては、日朝間の交渉が進展することに異存はないでしょう。国際的な孤立化を防ぐことで、北朝鮮の体制を維持したいという思いがあるはずです。ですが、この問題を騒ぎ立てれば、北朝鮮はますます袋小路に陥ってしまう。その点を考慮しているのではないでしょうか」

「しかし、なぜ韓国がそんなことを……」

柳田の気弱な声に、首相秘書官の今野が首を横に振った。

「まだ韓国かどうかもはっきりしていません。総理、予断は禁物です」

「……とにかく、今は事態の把握に全力をあげてくれ」

今野の言葉に幾分冷静さを取り戻した柳田は、疲れた体の背を正した。

まだ終わったわけではない。北朝鮮との交渉は緒についたばかりだ。

そのとき、部屋入口の扉が勢いよく開け放たれ、秘書官のひとりが駆け込んできた。足早に議長席に歩み寄り、柳田に耳打ちする。席上に居並ぶ全員が柳田の言葉を待っていた。じりじりと時が刻まれていく。柳田は目を閉じると、大きな溜め息を吐いて席を立った。

「……ホワイトハウスからだ」

そう言ったきり、口を閉じて沈黙する。最悪の結末を想像して、全身の力がふっと抜けた。深い失望感が柳田を支配しはじめていた。

34

桜田吉兆（さくらだきっちょう）は、首相官邸五階にある首相執務室に入ると、背もたれの高い椅子に深く腰を掛けた。

目を閉じ、しみじみと実感する。

ついに自分も、総理の座を射止めたか――。

六月末、柳田前首相が辞職を表明した。理由は諸々ある。経済政策の不振、外交問題の失墜、閣僚級の相次ぐ不祥事——ただ、一説によると、秘密裏に北朝鮮と何やら交渉をしていたらしい。それを米国の頭越しに行ない、圧力をかけられ、四面楚歌に陥ったのが原因とも言われている。

真偽はともかく、待ちに待った機会が到来した。かねてより次期首相をささやかれていた桜田ではあったが、党総裁選、首相指名選を見事勝ち抜き、とうとうこの国のトップになったのだ。

しかし、これがゴールではない。次は対北朝鮮問題。核の問題を疎かにしたまま、拉致問題解決に向けて国交正常化を急ぐことは米国も強く反対している。北朝鮮との問題が膠着するなかで、日本だけが独自に北朝鮮と接近し、対北関係で政治的へゲモニーを握ることを米韓は良しとはしなかった。

現在、両国からの圧力路線で、拉致交渉は事実上の棚上げになってしまい、北朝鮮との独自パイプも途絶えてしまっているが、かといって策を講じないわけにはいかない。将来の雪解けムードを見越し、水面下では日朝対話のための伏線をいくつか用意しておく必要がある。前政権が成し遂げなかったレガシーを遺すのだ。

桜田は目を見開いた。これからはじまる激動の日々を思い、自分に喝を入れた。

35

原子力研究センターがある寧辺（ニョンビン）から北東に位置する秘密地下施設の会議室で、コウ・

クアンヨクは壁に嵌め込まれた画面の映像を凝視していた。

同じ映像を何度、再生しただろうか。先月、実施された中長距離弾道ミサイルの発射実験を検証している。このミサイルは固体燃料エンジン搭載のために、発射の兆候を捕捉されにくい特徴がある。

コウの背後に立つ痩せ細った白衣姿の男が、ミサイルの発射映像が繰り返されるたびに、枯れ枝のような腕を振って大袈裟に拍手をしてみせる。だが、男の顔は無表情で、その目は澱(よど)み濁っていた。

朝鮮名をシュウ・ヨンソルと名乗るこの男は、二〇年前に日本の研究施設から連れ去られた著名な有機物理化学者だった。筑波大大学院化学研究科に進み、修士号を取得している。最愛の妻と子供から引き離され、科学者としての希望を奪われたシュウは、当初、何度も自ら己の命を絶とうとした。そんなシュウが、体制の意向に従順さを示しはじめたのは、精神に異常をきたし、使い物にならないだろうと思われた頃だった。

シュウの心奥にどんな変化があったのか。それを日常生活の中から読みとることはできなかったが、この国の支配者であるキム・グアンチョルは、シュウの頭脳を存分に利用し、何不自由のない生活と称賛、叱咤激励の中で、精神をもコントロールしようとした。それだけでなく、専用の実験棟も与えた。シュウは日々の迷いを振り切るように、化学、生物兵器に関する文献などを読み漁り、実験を重ねる日々を過ごしていた。

「君の研究は我が国の将来をも左右するものだ。元師様の期待も高い。わかっているな」

コウが言うと、シュウは大仰にうなずいた。

「もちろんです、コウ副委員長」

弾道ミサイルにサリンを搭載できる技術を確立せよ——シュウはそう使命を与えられた。サリンは熱で化学変化を起こすため、その対策は困難とされている。神経を麻痺させる有機リン系の有害物質は、さきの大戦中、ドイツで開発され、日本のカルト教団によっても使用されたことがある。

我が国の侵略、略奪されてきた長い歴史を鑑みれば、核開発やあらゆる軍事オプションの保有は必然のことである。他国を蹂躙し、民族の誇りと幸福を奪い取ろうとする者らが声高に核廃絶を唱えたところで、何の説得力を持ちはしない。

しかし、とコウは思う。その一方で、共和国のすべての人々は、この独裁体制のもとで何を思い、どんな生活を送っているのか。人民に思いを馳せるたびに胸苦しさを覚える。

人間の本質的な感情を無視し、ソ連崩壊後も独裁体制を維持して、優先的に掲げられる政治目標。どんなに頑張って働いても報われない社会システム。市場原理を考慮せずに、中央が下す計画経済。軍事予算に注ぎ込まれる膨大な資金。それらが民間にまわらずに、疲弊していく愛すべき祖国の人々——。

自分の忠誠とは何か。それは、キム政権に対する忠誠とは違う。『祖国』に対する忠誠だ。それでも若い頃は、チュチェ思想を学び、キム首領の政治的信条と、軍事的、政治的構想を盲目的に支持してきた。

北の半島に育ったコウ一家は、第二次世界大戦後、貧しさゆえに生きるために必死だった。家族に少しでも楽をさせようと、空腹の中で、日夜、妄想をふくらませていた。

幼なき日のある約束をかみしめながら、いつかこのような生活も終わるだろう、という漠然とした気持ちを抱えていた日々もある。だが、異例の大出世を遂げた今では違う。自分が何とかしなければという思いがある。

コウの父は貧農出身の党員で、下級幹部だった。共和国の三大階層のうち核心階層ではあったが、貧しい生活に変わりはなかった。

ただ、核心階級は、その大部分が平譲をはじめとする大都市に住み、党や軍の幹部登用において優先される特恵のほか、進学、昇進、配給、居住、医療などの各種分野で特権的な世襲身分を形成している。この国では、いくら能力があり、専門知識に長けていても、党員でなければ地位は上がらない。それは自分だけではなく、その子孫にまで影響する。

共和国において党員であることは、指導管理する立場に属することであり、非党員は管理される立場といえる。党員になることは何らかの権限に関わることを意味し、あらゆる機会や方法によって利益をもたらすのだ。

公的な生活物資の供給が途絶える状況では、己の、そして家族の生活を維持しようとする以上、党員を目指すしかない。厳格な審査を経て党員の仲間入りを果たした父は、「これでお前たちの生活も少しは楽になる」と安堵した様子を見せていたが、最愛の母が病気で死んでからは、魂の抜け殻のようになってしまった。

それからは、弟と妹の面倒を見ながらも少年団に入団し、少年団の象徴である赤いネクタイを締め、誇らしげに登校したものだ。成績優秀のため、神童と呼ばれたコウは、社会主義労働青年同盟に入会し、その後、党員となり、今の地位にまで上りつめた。自国の政府が人民を支配し、頽廃的、操作的であるということについて疑問を持つようになったのは、国際会議などに出席し、世界に目を向けるようになってからだ。

この国では、どんな信条を持ちえようと曖気にも出せない。出せば疑われ、調査を受け、親族もろとも抹殺されるのだ。

この国を憂える先に光はあるのか。少なくとも、コウには見えなかった。

施設外一帯の原始林は暗闇に包まれ、冷気がコウの頬を撫でるように通りすぎていった。霧の中で佇むベンツの傍らで、腹心のホ・ボンハクが運転席のドアに体をもたせかけている。何やら思案しているようだった。

「どうした？」

コウの存在に気づいて、ホが即座に後部座席のドアを開けた。

「いえ。明日の総会やその他、会合の対応について考えていたのですが――」

そう口にしてから、ホは言い淀んだ。

「何だ、はっきり言え」

コウの強い口調にうなずいたホは、右手を木陰に向けると、「そちらへ」と促すように歩きはじめた。コウは訝しい思いにとらわれたが、開け放たれた後部座席のドアを閉め、あとに続いた。

「申し訳ありません」巨木の下で振り返ったホが頭を下げる。「明日の党中央委員会総会後、国家副主席の李萬述氏がコウ副委員長に面談を申し込んできています」

李萬述と言えば、昨年の二〇〇三年一月、在日本朝鮮人総連合会議長暗殺事件に絡み、本国に帰国していたはずだ。李は『一五〇日間革新運動』で金日成首相へ忠誠心を示し、朝鮮総連内部での指導力と絶対的地位を確保したと聞いている。その権力闘争は熾烈を極めたようだった。

李は、札幌オリンピックに来日した本国代表団が持参した金日成首相の『教示』を、全国の総連本部委員長や組織部長、宣伝部長が居並ぶ会議の席上で声高に読みあげた。金日成首相の『教示』は本国のみならず、総連でも絶対的なものである。その教示の中身には、「第一副議長（当時の李）に反対する者は、これを信任している韓議長、ひいては金日成首相の意向に反対することを意味する」との一文があった。

後日、総連内部では李萬述の捏造だと説明されたようだが、『教示』の捏造はもちろん、死罪に値する。しかし、そうはならずに万難排した李は、議長の椅子をもぎ取った。さらには昨年、本国に召還されたあとの最高人民会議で、国家機関の最高に位置する国家副主席の地位にまで昇格していた。

コウは何てことなく返した。

「それがどうした？」

「李は帰国後、国家保衛省にマークされ、監視が強化されているという情報を得ています。経緯はわかりませんが、そのような者と接触を図れば痛くもない腹を探られることにもなりかねません」

「話の中身はなんだ？　個人的に話をしたことなど一度もないというのに、よほどのことではないのか」

問い質すようにしてコウが口にすると、ホは首を左右に振った。

「わかりません……。ただ、渡したいものがあると言ってきています」

「渡したいもの？」

「ええ。ですが、それが何かは……」

そう言うと、ホは首をひねった。

木に寄りかかりながら黙考する。

「どちらにしても、コウ副委員長が直接会うのは避けるべきです」

ホ・ボンハクのその言葉に、コウは小さくうなずいた。

＊　＊　＊

平譲にひと際目立ってそびえる豪奢なその建物は、見る者や立場によってその姿を変える。一般の人民が入ることは決して許されない。特権階級のみが許される高麗(コリョ)ホテルの玄関口で、コウはふと立ち止まった。

一階ロビーに立ち並ぶ支配人と、教育の行き届いた美人女性従業員が、誘(いざな)うように出迎える様子が見える。作られた世界、作られた笑顔、虚飾で塗り固められた仕組みに、コウはいつしか違和感を感じなくなっていた。共和国にとって憎むべき、排除すべき資本主義の文化的な世界に、迷いもなく興じていたのは、人民を指導する階級の者たちだった。この二面性こそが、我が国の矛盾を如実にあらわしている良い例だろう。平譲のホテルの中でいったいどんなことが起こっているのか、人民には知る術(すべ)もないのである。

コウは歓待の拍手で迎えられると、通路の間を通り抜け、高層階に直行するエレベーターの前で再び立ち止まり、後ろを振り返った。ホ・ボンハクがピタリと背後に寄り添うようにして立っている。

「このホテルの地下に以前、日本から来た板前が寿司を握っていましたが、その後どうしているんでしょうか」ホが懐かしそうに目を細める。

「今どうしているかはわからない。ただ噂では日本にいるという話だ」

「あの人が握った寿司は美味かったですね。まさしく絶品です」

ホはそう言うと、エレベーターに乗り込むコウのあとに続いた。

最上階に着いた。回転スカイラウンジ——フランスで修行したコックの料理は格別だった。共和国の中でも一部の権力層にだけ入店が許される空間だ。

だが、今日の目的は違う。ある人物とこの場所で会うことになっていたコウは、日本製の精巧な腕時計に視線を落とした。約束の時間はとうに過ぎている。

「三〇分は過ぎています。いったい、何をしているんでしょうか」

ホが苛立ちを隠しきれない様子で席を立ち、あたりを見回す。

李萬述に直接会うことはできない――丁重に断りを入れさせたコウに、「どうしても渡したい物がある」と譲らない李から指定されたのが、このホテルだった。リスクがあると反対していたうえに待たされては、ホが怒るのも無理はなかった。

コウは仕方なく立ち上がると、一階ロビーに下りてホからコートを受け取り、羽織って玄関を出ようとした。面談は中止だ。

そのときだった。突然、視界に入った足どりのふらついた男が、コウの目の前に現れてぶつかった。

男がよろけて尻もちをつく。ホが慌ててあいだに割り込み、激しい口調で責め立てた。綺麗に仕立てられたスーツに身を包んだその男は、顔面を蒼白にして震えている。

何度も頭を下げるその男を一瞥すると、コウはホを押し止めて、迎えのベンツに乗り込んだ。走り出したベンツの後部座席でふと気になって後方を見やったが、すでにその男の姿は消えていた。

その後、自宅に帰ってコートを脱いだとき、胸ポケットの違和感に気づいた。まさぐるようにして手を突っ込むと、封筒のようなものが入っていた。

それを抜き取り、ソファに身を沈める。差出人も宛名も書かれていない封書を怪訝に思いながらながめていると、ホテルでぶつかった男の姿が脳裏をかすめた。

もしかしたら、李萬述の配下の者かもしれない。

中身を取り出すと、そこにはこう書いてあった。

『親愛なるコウ副委員長様
一九四五年。戦後の混乱を生き延び、幾年もの時を経て、こうして手紙を認めていることに、不思議な引力というものを感じてなりません。

時差のない、物理的距離からは想像もできない遠い国。かつて我が故郷を支配統治した国にて、あなたとの幼少時の約束を日々噛みしめながら、私は今日まで生き抜いてきました。

そして、この地でそれなりの地位と名誉、財産を築き上げ、この国と我が故郷との国交樹立、果ては南北の平和的な統一が実現できるように、この身を捧げてまいりました。

ですが、あなたと同じように、私もいつしか年をとってしまった……。コウ副委員長、私は、幼き頃のあなたと交わした言葉や出来事、それらの想いのすべてを忘れてはいない。あなたがそこまで大きな出世をなされたのは、幼少時の秘めた想いがあるからだと私は信じたいのです。

二〇〇〇年という長い歴史を見ても、過去、我が故郷を侵略したこの国で、対外的な侵略の危機に陥ったのは、蒙古と米国からの脅威のみ。そうした平穏な日本と我が故郷の歴史を、同じような目線で検証し、議論などできるわけではない。

しかし、あなたがいつか夢見た、人民の隅々まで誰もが笑顔で暮らせる世の中、そのような国家を創り上げると胸を張っていたコウ副委員長の姿と、今の共和国の現状は、あまりにも乖離していると言わざるをえません。国際社会からの経済的、軍事的な圧力によって、虐げられていく故郷の人々を思うと、私は夜も眠ることができないのです。このようなことはもう終わりにすべきです。

宗教は神仏を絶対神と捉えておりますが、日本に発生した民族信仰である神道に神は存在しません。代わりに、宇宙と自然界をひとつの生命体として表現、日本の思想源流としています。つまり神道とは、この宇宙で人間がどう生き、どう進化していくべきかを思考し、探求するひとつの進化思想なのです。その証拠に縄文の昔より日本人は、神道思想の中に次々と外来の思想、宗教、学問や文明を受け入れ、それらの異文化を日本流にアレンジし、何の違和感もなく神道思想に融合させ、年々進化する思想機能を持った独自の伝統精神文化を創造してきた歴史があります。

他国の多くの思想や宗教は、完全無欠を理想とし、それゆえに権威化、制度化、教条化が進み、自縄自縛に陥り、自分たちの創り上げた思想や宗教を進化させようとする人間はすべて悪魔とみなし、追放、または抹殺してきました。

ですが、進化無き世界は、支配者のみの都合の良い事実上の奴隷社会であり、そういった社会での宗教や思想は、支配者側の矛盾や悪業をカバーする言い訳の理論にすぎず、支配層からすればそれもまた都合の良い正当化理論であり、正義や大義を捏造するためには必要不可欠な小道具とも言えます。ある人は、神道が宗教である証拠として、拝礼、神事、祭事、祈願の諸行為を挙げますが、祈りは人類共通の文化であり、人が無心に祈るのは、絶望に一条の光を求める数百万年来の人類の本能がそうさせるのです。

その祈るという人間の純粋な本能部分につけ込み、人類を家畜化しようと試みたのが、宗教と結びついた権力です。神道の祈りは、宗教色を一掃した純粋な魂の次元での本能の祈りであり、神社という聖なる小宇宙を足場に、日本人は無意識のうちに本能で宇宙と同化し、願望実現に一歩踏み出すことを自分に言い聞かせ、同時に天の加護を祈っているのです。

もし我々がともに私心を捨て、同じ精神次元に立ち、人生を送ることができたなら、この国だけではなく、我が故郷は世界の理想郷となることでしょう。古き良きを残しつつ、絶えず進化し続ける思考形態こそが、未来の子供たちのためになる。国家の指導層が、己の欲望や私心で暴走するようなことがあれば、人心は荒廃し、国は乱れます。これは世界中のどの指導者にも当てはまる歴史の定理であり、指導者が国民の範とならぬような国家は、いかような大義を並べようと、事実上の現代版奴隷社会であり、極端な格差社会なのです。

歴史を見れば、共産主義、資本主義、全体主義、一党独裁、宗教国家などの失敗や崩壊を目の当たりにすることができる。となると、未来の国家形態は？　理想の主義、思想は？　あなたと理想の国家創造に向けた議論をすることを、私は今も時々、夢に見るのです。

あなたの心に幼少期の大志の灯りがいまだ消えていないのなら、副委員長、あなたにひとつお願いがあります。

日、米、韓や国際社会からの経済制裁により、共和国の逼迫の度合いが日に日に増しているなか、日本の建前と本音は違うところにあるのはご存じですか。日本は今、建前上は米国に同調姿勢をとっておりますが、共和国との水面下のルート、確かなルートを模索しています。現在の日本政府ならば、共和国にとって国益に適うコンセンサスを取り付けることができる。拉致問題解決を最優先に掲げ、喉から手が出るほどにその成果を欲しているのです。

日本が用意する経済支援の中身は密約になるでしょうが、桁違いになるはずです。このまま共和国が強硬姿勢を貫けば、どうなるかは目に見えているでしょう。

そこで、副委員長の口添えにより、対日政策の転換と非核化に向けた合意、そして拉致問題解決に向けての交渉の再開を約束させ、推進してほしい。さらに、日本側からの交渉窓口に白川義正という人物を指名してほしいのです。この白川という人物は、現在、刑務所に服役中ですが、この人物こそが朝日関係正常化へのキーマンと思っていただきたい。

その交渉の実現と、朝日国交正常化。南北の平和的統一。これこそが、人民の幸福に資するはずです。

最後に、私の一家とコウ一家の離散の日、丘陵の頂であなたからもらったお守りを、この手紙が偽りのものではない証に同封しておきます。

我が愛する故郷と人々の幸福、繁栄が訪れる日を切に願い、末筆ながら、あなた様のご幸甚をお祈りしております。

敬愛するコウ様へ』

便箋を持つコウの手は震えていた。険しい表情で唇をぎゅっと結ぶと、昔日の思いの数々が、フラッシュが焚かれるように脳裏に浮かんでは消えた。胸が締めつけられる。心臓を鷲摑みにされたようだった。

これは啓示だろうか。だが、チェ・ジェホは死んだ。失敗は許されない――。

コウは封書を胸ポケットにしまうと、ホ・ボンハクを呼び戻し、再びベンツに乗り込んだ。コウの異常な空気に何かを感じとったのか、ホは警戒するように周囲へ視線を巡らせたあと、ゆっくりとした動作で車を発進させた。

36

――門鑑番号八番の方、一番の面会室へお入りください。なお、携帯電話、カメラはロッカーに入れ……。

竜介は差し入れしようと持参してきた週刊誌を閉じると、傍らに置かれた携帯電話を所定のロッカーに預け入れた。

一番面会室の扉の前で立ち止まる。鼓動が速くなり、わずかに呼吸が乱れた。義正の反応を想像すると恐かった。

　意を決してドアを引く。相変わらずの殺風景。人間としての情味に欠けるアクリル版に引き裂かれた、家族の虚しさを思わせる。

　パイプ椅子に腰を下ろすと、対面の扉にある監視用の小窓に人影が映った。面会者が誰なのかを確認しているらしい。

　次いで、扉が開く。アイロンもかけられていない皺だらけの作業着を着た義正が入ってくる。青白い顔の兄は、年々痩せ衰えているように見えた。

「また少し痩せたんじゃない？」

　対面席に座る義正に向かって、竜介が気遣うように言う。義正は柔和な顔つきで首を傾げた。

「そうかな。自分じゃあまりわからないが……。ところで、ここ数ヵ月面会に来なかったけど、何かあったのか？」

　何かあったのか、とはどういう意味だろうか。父の病状について言っているのか。いや、それはない。これまで何度もその話題を拒絶してきたのは、義正のほうだった。

「仕事が忙しくてね。なるべく来たいと思ってはいたんだけど――」

「それならいいんだ。こっちのことは何も心配いらないよ。おふくろに何も問題さえなければ」

　義正は、母の心配はしている。ただ、やはりそこに父は出てこない。

いつものように当たり障りのない会話が続く。面会時間は三〇分、時間的余裕はなかった。

竜介はついに切り出した。

「今日は、話したいことがあって来たんだ。親父のことなんだけど」

上目遣いで義正の表情を窺うと、義正は、またか、とばかりに眉を寄せていた。議論を拒む様子がありありと見てとれる。

生唾を飲み込む音も気になるほどに、室内は静まり返っていた。義正の行状の良さから刑務官の立会も省略されていたがゆえに、ふたりだけの濃密な空間がそこには広がっていた。

竜介は静かに語った。

「前から具合が悪いとは言ってたけど、実は親父、尿管ガンなんだ」

「尿管ガン？」

「もう五年近く前になるかな。その時点ではまだ初期だったんだけど、親父がなかなか治療を受けなくてね、去年にはステージⅢになって抗ガン剤治療を受けてたんだ。でも、しまいにはそれすら途中でやめて、周囲の忠告にも耳を貸さなくて、今じゃステージⅣだってさ」

眼前の義正は、無反応を通り越して石像のように固まっていた。衝撃を受けているのか、それとも関心がないだけなのか、竜介にはわからなかった。

不安がたち込めるなか、竜介は続けた。

「腰痛もひどくなって、改めて検査してみたら、水腎症と腸骨リンパ節への転移も判明して……。腫瘍マーカーの数値も高いから、進行と転移がますます速くなっていくだろうって」そう言ったあとで、義正に問う。「聞いてる？」

しかし、義正は何も答えない。

「聞いてるなら、返事くらいしてくれよっ」

竜介が語尾に苛立ちを込めると、義正は「聞いてるよ」と微かな声で応答した。その声にも怒気が含まれていた。

竜介はわずかに目をそらして言った。

「親父は無治療を望んでる。いろんな葛藤があったうえで決めたんだろうけど、ガンの根治手術の希望はなくて、水腎症のみの治療を希望してるんだ。本当は諦めてほしくないけど、親父が俺やおふくろの言うことを聞くはずがなくて、頑固なところは昔のままで……。俺は正直もう嫌なんだよ。このまま兄貴と親父の関係が修復できないまま終わるなんて、そんなの見てられないんだよっ」

竜介は下を向いて押し黙った。嗚咽をこらえていると、しばらくして、聞きとれるか聞きとれないかわからないような小さな声が漏れ聞こえてきた。

「竜介」

顔を上げると、今度ははっきりと義正の声が耳に届いた。

「余命は……余命はあとどれくらいなんだ？」

「場合によっては……あと一年だ」

「そうか……」

そう言ったきり、義正は黙りこくって、組んだ自分の両手を見つめていた。その表情は陰が差したように暗く沈んでいた。

「親父ともう一度——」

「もう遅いよ」

竜介のその言葉に、義正の声が重なった。

義正は大きく首を横に振ると、もう一度繰り返した。

「もう遅いんだ」

「遅い？　何が遅いんだ。親父だってまだ死ぬと確実に決まったわけじゃないし、俺だって主治医を探してる。転移のある進行尿管ガンでも、治療次第で何年も生き続けている人はいるし、これから親父を説得して、化学療法や放射線療法を受けさせれば、兄貴が出てくるまでまだまだ元気でいられるよ。親父は、資産整理と遺言を書くとか馬鹿なことを言ってるけど……。おふくろなんか、野菜と果物が体の浄化力にいいとか言って、野菜ジュースをいっぱい買ってきてさ。生命力に富んだ上質のアルカリ水が野菜には豊富に含まれているんだって。それに——」

そこでドアをノックする者がした。思わず顔をしかめる。面会終了五分前の合図だ。

しばし、沈黙の時間が流れる。やがて、義正の表情にまた柔らかな微笑が戻っていた。

「今日はありがとう。こちらの近況はまた手紙で知らせるよ。そろそろおふくろに孫を見せてやってくれ。俺の分まで親孝行してあげてほしい。この通りだ」

そう言うと、義正は膝に両手を置いて深々と頭を下げた。その目には涙が溜まっていた。

「俺の分までって……兄貴も早く出てきて、おふくろ孝行してあげてくれよ……。あと少し、あと少しだから」

竜介は言葉に詰まりながらも、そう返して笑った。それを見ていた義正も、こくりと小さくうなずいた。

面会室をあとにした竜介は、待たせていたタクシーに乗り込んで仙台駅に向かった。

夕焼け空の下で、義正とのわずかな時間を反芻する。

義正の真意を知りたかった。あまり多くを語ろうとはしない兄の心の内。喜びや苦悩の数々。表面にはあらわれない光の裏側を覗きたかった。

血縁というのは絶対ではない。世間で起こる殺人の約半分は、親族間の問題に端を発していると聞いたことがある。人の心は、表の部分だけを見ていても本質はわからない。それはたとえ親族でもだ。人間の陰、暗闇の見えにくい部分にも目を向けないと、心の全体を見渡すことはできない。

義正の本当の心はどこにあるんだろう。それを知るには、ともに過ごす時間が少なすぎた。

親父のこともある。家族四人が揃うその日のために、とにかく事を急がねばならない。もう少しなのだから。

37

現認っ現認っ、という怒鳴り声に驚き、フレデリック・フォーサイスが著した小説を閉じると、義正は廊下側に耳を澄ませた。どうやら、隣房の者が不正運動の疑いで注意を受けたらしい。

時を置かずに、物々しい足音が近づいてきた。五、六人の職員だろうか。鉄扉の開く音が聞こえたかと思うと、摘発された者が連行されていった。所内で決められた時間外に運動をすれば、処遇棟に連行され、取調べの対象になる。自由に運動する権利さえ、我々受刑者に与えられることはないのだ。

途切れた集中力を取り戻すかのように息を吐き出すと、義正は再び読みかけの本を手にとった。そのときだった。

食器口の鉄格子から、見たことのある幹部職員が顔を覗かせていた。

「白川、ちょっといいか」

その声はなぜか小さかった。帽子には二本の金線が巻かれている。処遇部長だ。普段の威圧的な態度が嘘のようだった。

はい、と答えると、義正は立ち上がり、すり切れてささくれだった畳に両膝をついた。

「何でしょうか」

「処遇呼び出しだ」

言葉は短いが、幹部職員はこれ以上ないほどの穏和な表情を浮かべていた。

土、日、祝日に処遇呼び出しなどないはずだった。今日は日曜日だ。平日に不正行為の疑いで処遇棟に呼ばれる者はいるが、不正をした覚えもない。

ならば、親族の訃報だろうか。幹部職員の穏和な表情の理由は、身内に不幸があった者への気遣いからなのか。

解せないまま、服装を直して小便を済ませた。同時に、ペンキが剥がれた鼠色の扉が開かれる。夜間個室に収容されている他の受刑者を横目に廊下を進み、中央にある階段から一階まで降りた。

処遇部長の指示に従い、処遇棟に移動する。処遇部長はさらに棟内を進むように言うと、取調室を過ぎ、階段を三階まで上がった。

義正はたまらず疑問を口にした。

「どこに行くんです?」

「行けばわかる」

目の前にいる白髪の幹部職員はそう言うと、ただ意味ありげに笑っていた。

ほどなくして、廊下の奥まった場所にある木製の扉の前まで来た。行き止まりだ。怪訝な思いで視線を上げると、その扉には『所長室』とプレートが貼り付けられていた。

頭が混乱していた。思わず後ろを振り返る。処遇部長が扉をノックすると、「入りたまえ」という低い声が室内から聞こえてきた。

重々しい扉を開けて中に入る。臙脂色の絨緞が一面に敷かれ、応接セットと調度品は見るからに高級そうだった。革張りのソファには、見知らぬ黒スーツと濃紺スーツの男がふたり座っている。その横にある執務机の前に、所長が立っていた。

「ご苦労様、君はもういいよ。通常の職務に戻ってくれたまえ」

所長が退室を促すと、処遇部長はソファの二人組を一瞥し、軽く会釈をしてから出ていった。

所長はそれから、義正に言った。

「君はこちらに座ってくれ」

所長が右手をソファに指し示す。義正はとまどいを隠しきれないまま、二人組の真向かいに座った。

「急にこんなところに呼び出されて、さぞ君も困惑していることだろう。そこにいるおふたりが、君に面会をしたいということでね」

所長はそう言うと、客人の紹介をはじめた。濃紺スーツの男は、法務省保護局長。もうひとりは——。

どこかで見たことがあった。そこで思い至った。週刊リーダーの官邸内部特集で、桜田首相の後方に立ち、写真におさまっていた男だ。

　確か、外務審議官――。

　そんな男が、なぜここにいるのか。まるで事態が呑み込めない。保護局長と外務審議官のアンバランスさに、義正の頭はフリーズしていた。

　保護局長が唐突に訊ねてきた。

「君は逮捕されてから何年になる？」

「……二七年になります」

「どうだね。ここの暮らしは？」

「どう、とは……？」

「まあ、長いことここにいるんだから、慣れたのかと聞くのは違うのだろうが、心のほうは落ち着いたのかね」

　精神面のことを言っているようだが、所内生活のことでもなさそうだ。事件に絡むイデオロギーについてのことと義正は察した。玉虫色の曖昧な物言いは、役人に特有の性質なのだろう。

　質問に答えられずにいると、義正を睥睨するように見下ろしていた審議官が、背もたれから上体を起こした。

「我々がなぜここに来たのか、早くその話を聞きたいだろう。枕詞は抜きにして、本題に入らせてもらうよ」

いいね、と見据えられ、小さくうなずく。義正の返事を確認し、審議官は言った。

「君にひとつ、提案がある。君は二八年前、社会に大きな衝撃を与えるような重大事件を起こした。しかし、君はもともと優秀で度胸もあるようだ。現在、日本が北朝鮮との懸案事項の解決に向けて、東奔西走していることは、君も知っているね。北の核、ミサイル、そして拉致問題——そんななか、実はある人物から、君を北朝鮮との拉致交渉テーブルに着かせてはどうかという話があった」

いったい、目の前にいるこの男は何を言っているのだろうか。夢でも見てるのか。

耳を引っ張って激しくまばたきを繰り返す義正に、審議官は続けた。

「もし、君が我々と取引をするつもりがあるならば、我々は君に協力する用意がある」

「協力？」義正の声がうわずる。

「君は無期懲役という立場ではあるが、このまま務めていても、事件の重大性や社会感情を鑑みれば、出所は絶望的だ。君が我々との取引に応じ、拉致問題の解決に向けて最大限の努力を約束するというのなら、君の——そう、君の早期の社会復帰を実現させるということができる。そのために法務官僚の人間も連れてきたんだ。だが、君がそれを断るというのなら、この話はもちろんなかったことになるし、この高い壁の外側に一生出ることは許されない」

外務審議官の突き放したような言い方に、独善的なエリートの傲岸さと冷酷さが垣間見えた気がした。

「最大限の努力？」熱を帯びた頭に水をかけるように、必死に冷静さを取り戻そうとする。

「君は交渉のテーブルに着くだけでいい。すべては水面下で行なわれる。あとは我々の指示通りに行動してくれればいいんだ」

「それなら、なぜ私が――」

「それを君が知る必要はない」

にべもない審議官に、義正は苛立ちを覚えて眉根を寄せた。それをとりなすように保護局長が言った。

「まあ、君にとってはまたとないチャンスでもあるんじゃないか。ご家族の方もそれを望んでいるようだし……」

そこではっと気づいた。半年前の、二〇〇四年になったばかりの一月。竜介と面会したとき、竜介は「あと少し、あと少しだから」と言っていた。

この展開は、もしかしたら竜介が仕組んだことなのかもしれない。

水を打ったような、静かな時が流れる。

義正はひと言だけ絞り出した。

「ひと晩考えさせてください」

目を閉じていた審議官が、袖口の腕時計に目線を落とした。

「私も忙しくてね。秘書を明日の朝八時にここへよこすから、そのときに君の決断を伝えてくれ」

審議官はそう口にしたあと、何かを思い直したのか、「賢明な決断をしたまえ。この中で一生を終えることもあるまい……」と言い残して席を立った。

保護局長がそのあとに続いた。

「君に社会復帰の意思があるのなら、そのことについて余計な心配をする必要はない。あとのことはこちらで上手くやる。とにかく、この件が極秘事項だということだけは忘れないでほしい。これが漏洩されれば、君にとってもよろしくない」

そう言うと、ふたりは部屋を出ていった。

舎房に帰ってきたその日の夜、緊張と興奮で覚醒された義正の脳内は混乱していた。金縛りにあったように全身が強張っている。

逮捕されたばかりの頃は、一年間で二〇回以上の金縛りにあい、見えない何かに怯えていた。己の未来や現状に対する恐怖とは違う。それは別の次元にある恐れだった。

理想と現実のジレンマ。己の非力さ。あれから二八年という長い月日の中で終えたはずの『総括』が今、社会復帰の可能性を目の前にぶら下げられて、揺れ動いている。

自分なりに折り合いをつけたはずだった。頭が割れるように痛い。仰向けになり、茫然と天井を見つめていた。

自分たちのやり方は、確かに戦術的な間違いがあった。暴力革命一辺倒の路線から離れ、新たな手法を模索していれば、また違った道もあっただろう。

東アジア反日革命戦線――反日主義を標榜する者たちの同盟でもあった。そのリーダー的支柱はすでに死刑判決を受け、執行されている。彼は大平洋炭鉱がある釧路市出身で、国鉄の道東の拠点でもあることから労働組合の勢力が強く、六〇年安保闘争の興奮と時代のうねりは彼に多大な影響を与えた。高校生の頃に培われたアイヌへの問題意識が、のちの活動の原点となったという。

大戦以前の日本を日帝と呼び、『植民地人民の死肉を貪り、収奪と犠牲の上に国家の繁栄を求めている』と捉えていた自分たちにとって、人間の尊厳を踏みにじる利益集団企業は悪だった。そうである以上、企業爆破闘争もやむをえないと思っていた。

小さな体でも巨大な動物を猛毒で仕留める〝蠍〟に、ゲリラ戦法の意味を託した義正は、一六〇センチほどの自分の小柄な体を蠍に重ねていた。そんな反日思想の自分を、北朝鮮の――あるいは日本の政府関係者が指名している。

こんな自分に、いったい何ができるというのか。

しんと静まり返った廊下に、一五分間に一度、防音マットを歩く巡回職員の足音が響く。それが何度か繰り返されたのちに、義正はようやく眠りに落ちた。

その真夜中、ふと目を覚ますと、再審請求中に棄却され、死刑がすでに執行されたはずの同志が、なぜか室内の小窓の前に立っていた。微笑み顔でこちらを見ている。義正は直ちに上体を起こそうとしたが、身動きひとつとれなかった。

――何を迷ってる。

言葉を返そうとしたが、義正は口を動かすことさえできなかった。

同志は穏やかな表情のまま続けた。

――我々は志半ばで、何ひとつ目的を達することはできなかった。君はこのような場所で死を待つべきではない。今もこの国は、既得権益層や富裕層のみを優遇し、弱者から血税をむしり取るための政策を押し進め、格差を助長している。我々の使命を思い出してほしい。誰もがいたわり合い、心豊かに暮らせる平等社会。その実現こそが、我々が求め続けた理想郷ではなかったか。今もどこかで苦しみ、貧困に喘ぐ国民のために、もう一度、再起を図ってくれ。『死灰またひとり燃えざらんや』、君にこの言葉を送りたい……。

同志と義正の視線が重なる。

俺に何ができるのか。俺にまだできることはあるのか。俺はこれからも走り続けなくてはならないのか。俺は、俺は――。

何か大事なことを忘れてはいないか。

――まだ迷っているのか。

再度問われたが、やはり声は出ない。すると、同志は歯を見せて笑った。

――君も生身の人間だからな。いや、生身の人間になったと言ったほうが正しいか。

生身の、人間？

義正が心でつぶやくと、同志はうなずいた。

――君の家族が、弟が、君をそうさせたんだ。君が出られるのも、君の弟が今日まで動き続けたからだ。そこに崇高な思想はない、あるのは君を想う気持ちだけだが、絆は時に思想を超える。君ももう気づいているだろう。

絆。竜介との、兄弟の絆。

——理想も何もかも忘れ、弟のために出所するというのもいいかもしれないな。

同志はそう言うと、ふっと消えた。同時に、義正の体に自由が戻った。

同志が立っていた小窓に目をやる。外では雨が降っていた。義正はその雨音に心を澄ませた。

翌朝、義正は審議官の秘書と対面すると、取引に応じる旨を伝えた。交渉によって何らかの政治的成果を獲得した場合、刑の終了と釈放を保証する——それが義正と政府とのあいだで交わされた約束だった。

国家に協力するわけではない。同志の思いを受け継ぎ、国民のためにまだできることがあるはずだと思った。

ただ、それ以上に、竜介や家族の想いに報いたかった。そこにある絆のためにできることを、これからの人生で探していきたかった。

忘れかけていた希望が今、目の前に迫っている。

処遇棟を出た義正は、大空を見上げた。

第二章

1

『離れて暮らすことを余儀なくされて、もう何年になるだろうか。お互いに頑固一徹な性格が、親子の糸を複雑に絡め、とうとうこの日までできてしまった。

お前がそうであったように、俺自身も自分が作った世界に生きてきた男だった。その世界が俺にとってはすべてだった。お前にとっても、それは同じだったのだろう。人にはそれぞれの生き方や価値観がある。それを尊重し合うべき親子の関係を、拒否し続けてきたのもまた事実だった。

今朝、ふと窓の外を見ると、昨晩の嵐で桜が無情にも散っていた。どうやら俺の死期も、刻々と近づいているようだ。

人生に偶然はない、すべてが必然である。お前に対してこれまで何ひとつしてこなかったことを考えれば、おこがましいと言われるかもしれない。

だが、お前にやり残した使命があるのなら、どうかそれを貫いて生きてほしい。

そして、母にとっての子供への愛情が無償の愛であるように、子供が母を想う気持ちもまた同じであると信じている。自分の命に代えても子供を守るという母の想いに、これからの人生で報いてやってほしい。

先に旅立つ父を許してくれ。母さんのこと、よろしく頼む。それが俺の最後の願いだ。

父より』

迫る靴音に気づき、義正は閉じていたまぶたをうっすらと開けた。誰かが近づいてくる。暗闇の霊園の中で、月明かりがシルエットを浮かび上がらせた。

「兄貴、また来てたんだね」

その声は竜介だった。

「ああ」

義正はそう言って立ち上がると、父親からの遺書をポケットにそっと戻した。

頭上で輝く月が、ふたりの姿を照らし出す。

仙台刑務所で父の詳細な病状を知らされてから六ヵ月後、父の肺にガンの転移が見つかった。その後はあっという間だった。結局、父の死に目には会えなかった。

あの頑固だった父が遺書を残していた事実に驚き、冷めて固くなっていた自分の心が次第に柔らかくなっていくのを感じた。

だが、そのぶん息の詰まるような胸の苦しさが義正の心に襲いかかってきた。父の想いに触れたとき、後悔と未練だけがあとに残った。

父の死と引き換えに、自分が社会的な死から生還したような気持ちになり、墓石の前に立つたび喪失感に襲われる。

しかし、自分には遺された家族がいる。年老いて白髪の増えた母を、これ以上悲しませることはできない。何より、母のことは父からも託されているのだ。それが父との約束でもある。

「おふくろが早く帰ってこいって。夕飯を作って待ってるよ」

義正はうなずくと、竜介とともに歩き出した。


政府との密約から半年後の、二〇〇五年一月。仙台刑務所から府中にある刑務所に移送された義正は、唐突に釈放を言い渡された。さらには、門の前で待ち構えていた見知らぬ男の車に乗せられ、行き先も告げられないままある場所に連れていかれた。そこは、仮釈放を受けた者たちが真っ先に行くべき保護観察所や、保護司のもとではなかった。

ひさしぶりに吸う外の空気と極度の緊張に、神経が高ぶっていた。精神的な消耗も激しかった。そしてふと気づいたときには、車は国会議事堂前駅の信号を突っきり、内閣府のある一角へ進入していた。

わけもわからず周囲を見渡す義正に反応するかのように、車が静かに停止する。助手席に座っていた男が無言で外へ降り立つと、義正にも降りるように目で促した。

「あなたは今日から、内藤昌富（ないとうまさとみ）と名乗ってください。私はあなたの補佐役です」

口を開いたその男は一方的にそう通知すると、義正の前を先導して歩きはじめた。まだ三〇代だろうか、長身の体はすらりとしていて、動きも溌剌としている。

「あなたの名前は？」

慌ててついていく義正が男の背中に声をかけると、男は急に立ち止まって振り返り、

「これは失礼しました。私のことは、進藤（しんどう）——そう、進藤と呼んでください」と言った。

その名の真偽を問い直そうかどうか逡巡しているあいだにも、進藤は再び歩き出していた。内閣府のエントランスからそのままエレベーターに向かい、上昇ボタンを押す。誰もいないエレベーターに乗り込み、難しい顔をして突っ立っている義正を見て、進藤が口端を吊り上げるようにして笑った。

「内藤さん、あなたは今日から内閣情報調査室の預りとなります。それと同時に、エージェントとして我々と行動をともにすることになる。もちろん、他人に身分を明かすことは許されません。今日は室長への目通りと仲間を紹介するだけですから、そう時間はかかりません。すぐに家族とも再会できますよ。あなたのご家族にもこの近くに移ってもらいましたから」

そう言って目を細めた進藤が、今度ははっきりと笑みを浮かべた。

目的の階に着いた。広いフロアでデスクワークをする職員たちを尻目に、進藤が歩を速める。一六〇センチに満たない義正と長身の進藤では歩幅が違う。ついていくのがやっとだった。

最奥にある一室の扉の前まで来ると、進藤がドアをノックした。すると、即座にくぐ

もった答えが返ってきた。進藤に続いて部屋の中へ入ると、真正面の木製デスクの上で両手を組んだ、男の姿が目に入った。革張りソファに座る女と談笑している。真っ白な白髪頭、眉毛は太く、こちらを直視するその眼球からは、意志の強さを感じた。

女も談笑をやめて、義正のほうに顔を向ける。年齢にして四〇代の後半くらい。視線が交錯し、時が止まったように静止した彼女は、何かを思い出そうとしているような表情だった。その様子を見ていた義正もまた、脳の片隅に記憶のひっかかりを覚えて軽く首をひねった。

白髪頭の男が言った。

「私が室長の中森です。どうぞ、そこに座って」

義正は記憶の引き出しを開け放したままの思考を中断すると、言われるがままにソファへ腰を下ろした。その隣に進藤も座る。

中森は淡々と続けた。

「内閣情報調査室、あなたならここがどういう役目を担っている場所か、ご存じかもしれませんね。当分、この内調であなたを預るということになりました。そこにいるふたりはうちの国際部で、朝鮮半島班として情報の収集と整理、分析を担当しています。このふたりがあなたをリードし、補佐するということになる。何か質問は？」

そうは言われても、義正の頭は現状についていけず、わからないことばかりだった。

「外務省審議官の、あの人の姿が見えないようですが――」

「ああ、そのことなら気にしなくて構いません。あなたはあくまでも内調預りだからね。これは、内閣でもかなり上のほうからの指示——そういうことになる。あなたの存在自体も、私たち三人と、外務省や官邸のほんの一部の人間だけしか知らない事項だ。ゆえに、あなたは自由のようでいて自由ではない。官邸の意向には必ず従ってもらう」

　つまり、進藤とこの女は監視役でもあるわけか。

　義正が眉間に皺を寄せると、中森は立ち上がり、腕時計を確認して軽くうなずいた。

「内調が設立されたのは、サンフランシスコ講和条約が締結された昭和二七年、日本が独立を果たした年だったが、この構想の狙いは左翼対策だった。君たちのような者を取り締まるためにだ。共産国家の情報も必要ということで、外務省にも協力を要請したという経緯がある。本来なら水と油の我々が、このように目的を一にするとはね。皮肉なものだよ。まあ、政府と君個人の利害が一致したということでもあるが」

　中森はそう言い捨てると、押し黙ったまま言葉を発しない義正をちらりと見やり、「あとはよろしく」と進藤に残して部屋を出ていった。

「そういうことですから、仲良くやりましょう」

　そう言って歯を見せる進藤が、次いで体の向きを変えて、「こちらは藤堂さん」と目の前の女を紹介した。

　女がそのあとを引き継いだ。

「藤堂です。よろしくお願いします」

両膝を揃えて辞儀をし、セミロングの黒髪をかき上げる彼女の姿に、義正の記憶がフラッシュバックした。

「彼女は警視庁出身で、とても優秀な人なんです」

どこか面影がある顔立ち。あれから三〇年以上の月日が流れてはいるが、まさか――。

横から呑気に言う進藤に、義正は率直な疑問をぶつけた。

「私がどういう事情でこの場所に来たのか、あなた方は知っているんですか」

「それが、私たちに詳しい事情は知らされていないんですよ。室長は知っているような口振りだったけど――まあ、そういう人だから」

進藤の言葉に、藤堂がくすっと笑った。その笑顔に、半信半疑だった義正の心は確信へと変わった。

「失礼ですけど、以前どこかでお会いしていませんか？」

義正の問いに、彼女は自らのことを指差した。

「私ですか？」

「ご出身は、千葉ではないですか」

「そうですけど……」訝る彼女が小さくうなずく。

「もしかして、お姉さん――」

そう口にした義正を遮るように、彼女はひとつ咳払いをした。

そこに進藤が割って入ってきた。

「あれ？　もしかしてお知り合いですか」

進藤はなおも何かをしゃべっていたが、もはや義正の耳には何も入ってこなかった。彼女も何かを思い出したのか、見るみる顔が歪んでいく。

かつて学生時代に付き合っていた、藤堂房子の妹で間違いなかった。名前はたしか——こずえだ。あの頃、彼女はまだ高校生だった。

厳格だったという藤堂家の大黒柱である父は、千葉県警の幹部。長男は、警察官になりたての交番勤務だったはずだ。彼女もまた警察組織に入ったのか——。

その警察一家の中に房子が生まれたのは、何とも皮肉だった。なぜ房子はひとり違う人生を歩んだのか。その背景にあるものは何か。そもそも、房子の消息はどうなっているのか——。

聞きたいことは山ほどあった。だが、赤の他人の前で余計なことを口走ることはしたくなかった。彼女も嫌がるだろう——そう思い直して、話題を変えた。

「私には、日本政府から与えられた役目がある。ただ、官邸側の言うことだけを聞いていればいいというその傲慢さには、正直腹が立つ。あなた方ふたりが私の補佐をしてくれるのなら、現在の日朝関係や朝鮮半島情勢、拉致被害者問題と日本政府の対応、それらのことについて、国内外の情報を教えてほしい。私は外務審議官に、水面下で拉致交渉のテーブルに着かせると言われている。いくら政府の意向に従うだけとはいえ、ある程度の状況は把握しておきたい」

義正はそう言うと、ソファに浅く座り直した。

進藤がこずえに目配せする。こずえが義正のほうを向いた。

「今後、中東やアジア情勢は、米国の大統領選挙の行方によって大きく左右されることになるかもしれません。共和党の予備選では、多くの下馬評を覆してボルトン候補が勝利を手にし、民主党のサンダーズと一騎打ちになります。万が一、ボルトン大統領が誕生した場合、アジア情勢の不確実性は高まることになると思われます」こずえが淀みのない口調で見解を述べる。

「仮に共和党が勝利した場合、北朝鮮へのアプローチの仕方はどう変わりますか？」

「ブッシュ前大統領はネオコン的な理想主義者でした。自由や民主主義を勝ち取るためなら、武力行使も辞さないという考え方です。ギブスン大統領は人権や自由を尊重していた。そこにきてボルトン氏は、理想主義でも現実主義でもない。すべては米国の国益に偏った政策を推進していくことになるのではないかと思います」

そのあとに進藤が続いた。

「外交上の現実主義とは、話し合いで解決を図ろうとすることです。話し合いとは言わば、妥協の産物でもある。ボルトン氏はディールを好むと言われていますが、米国という軍事大国のバックボーンを得た権力者は、国益のためにそれを最大限活用しようとするでしょう。北朝鮮の軍事化がますます進む現在、米国にとって北朝鮮は、厄介なことこのうえない瘤であるはずです」

「米国の北朝鮮に対する圧力は激しくなっていくと？」

「はい」こずえがうなずいた。「そう思ってもらって間違いはないと見ています」

言葉もない義正に、進藤が「あっ」と声をあげた。

「ご家族がお待ちでしたね」そう口にしてから、進藤はこずえに目をやった。「今後、当分の間は、私と藤堂さんが交代であなたと行動をともにすることになります」

こずえも顎を引く。法令線の縦皺がそれなりの年齢を思わせたが、色白で整ったその顔立ちには房子の面影があった。その姿に、義正の心はかき乱されていた。

「今日は私がご自宅までお送りします」

こずえに促されると、義正は彼女とともに内閣府をあとにした。義正の出所に伴い、実家は今、虎の門にあるという。

街中のビルとネオンサインの明かりが上空の闇を照らす中、ふたりを乗せた車が特許庁前の赤信号で停止する。外は小降りの雨が降っていた。

「君と会ったのは何年ぶりだろう」

義正は思わずつぶやいていた。ふと彼女の横顔を見ると、口を真一文字にしっかりと結び、ハンドルを握る手指に力が入っているのがわかった。長い睫毛が揺れている。

視線を真っ直ぐに向けたまま、彼女は答えた。

「……こんなことってあるんですね」

「あれからお姉さんの消息は……？」

長年の疑問を口にする義正の唇は震えていた。

「いえ……」

ゆっくりと左右に首を振る彼女の唇もまた、小刻みに震えているように見えた。

しばし、沈黙する。

「……何の手がかりもないんですか」

「……ただひとつ、二〇年ほど前から、差出人不明の現金書留が二通、両親に毎月欠かさず届くようになったということくらいでしょうか」

「現金書留？」両眉を上げて問い返す。

「ええ。父と母に五〇万円ずつ、毎月欠かさずです」

百万円。それも毎月。義正は驚きのあまり言葉が出なかった。

「……それはあまりにも金額が大きい。ご両親に対して特別な想いを抱いている人物、ということでしょう」

「それについては私たち家族もあらゆる可能性を考えましたし、姉ではないかと一時は騒ぎ立てたりもしました。ですが、いつも差出人はでたらめで、消印から辿り着くのも不可能なように感じました。警察庁出身で情報を扱うのが私の仕事なのに、自分の姉ひとりの行方すらわからないなんて、笑ってしまいますよね」

霊南坂を走り、ホテルオークラ別館の脇道を抜ける。

「警察組織や内調がその気になれば、難しいことではないのでは？」

義正のその言葉に、こずえが「ああ」と口を開きかけて、また閉じる。義正に言うことをためらうように、彼女は押し黙った。

何か事情でもあるのかと諦めかけたそのとき、「やったんです」という声が義正の耳に届いた。

「私も姉の行方が知りたかった。個人的なことを調べることに躊躇する気持ちはありましたが、姉を想う気持ちのほうが強かった。だから、あらゆる手を尽くして調査したんです」

「それで何かわかったんですか」

「郵便局内や局外周辺の防犯カメラの映像を見たところ、あるひとりの男性の姿が映っていました。でも、そこまでです。その男性が私の両親にお金を送り続けているのは間違いありませんが、その人は同じ郵便局を使わないし、本人も防犯カメラを意識しているのか、まるで正体を晒さない。犯罪者を追跡するわけではないですし、なかなか協力も得られなくて……」

警察庁は全国都道府県の警察情報を一元管理し、犯罪者の指紋やＤＮＡ、顔認識情報などのデータベースをコントロールしている。しかし、たとえ警察官でも、それら情報を自由に閲覧できるわけではない。

神谷町駅からそう遠くない虎の門五丁目の一角に車が停まる。サイドガラスから上空を見上げると、そこにはタワーマンションがそびえ立ち、小さな義正を見下ろしていた。

一瞬の間ののち、「ただ」とこずえは言った。

「諦めたわけではないですから」

その口調には、姉を想う強い意志が感じられた。

ご家族がお待ちです、と降りるように促され、車外に出ると、セキュリティガラスの向こうのエントランスで杖をつく母と、その母の肩を引き寄せるようにして佇む竜介の姿が見えた。ふたりの姿を目にした途端、鉛のように重かった体の緊張が融解し、涙で視界が霞んだ。

政府との取引も、出所も、今の自分の現状も、何もかもが夢のようだった。だが、今、ようやく実感が湧いた。大事な家族。そのあいだを隔てる冷たいアクリル板は、もう存在しないのだ。

義正はこずえに礼を述べると、ふたりに向かって歩き出した——。

それから一年以上の時が経った。義正はこの間、社会生活のブランクをゆっくりと埋めるとともに、家族との穏やかな時間を過ごしてきた。こうして父の墓参りに来ては、竜介が迎えに来るのが日課になっていた。

しかし、反対に政府のほうは、その日以来、何の音沙汰もなかった。首相が桜田から安波一行(なみかずゆき)に変わったためだ。義正の身柄を巡り、引き継ぎなどがなされているのではないかと、こずえは言っていた。義正としては、この平和な生活が続くのなら、それはそれでいっこうに構わなかった。

ただ、事態は突然に動き出した。それは、二〇〇六年の一二月一三日のことだった。

2

安波政権官房長官の二階堂は、首相官邸一階のロビーで大量のフラッシュを浴びていた。

「一二月一三日午前七時五〇分頃、北朝鮮から長距離弾道ミサイルとみられる機体が発射されたことを確認しました。同ミサイルは発射直後に爆発分解し、失敗に終わった模様で、現在、発射失敗の原因と国際社会の動向を分析しているところであり、それとともに、米国をはじめ、同盟国との緊密な連携を確認し合ったところであります」

急遽、招集された国家安全保障会議のあと、二階堂は記者会見を開いていた。難題は山積みしている。

「北朝鮮のミサイル発射から、国民、地方公共団体、我々報道機関などへの第一報に、四〇分以上もかかっています。それはどういうことでしょうか」

マイクを持つ手を揺さぶるようにして、若い記者が質問してくる。二階堂は苛立ちを押し隠したが、わずかに顔が歪んだ。

「情報が錯綜している。それらの精査に時間がかかっている。国民の皆さんには正しい情報を発信したいと思っています」

「今回は失敗したようですが、まずは発射された事実を最優先に国民に知らせる必要があったのでは?」

「北朝鮮のミサイル発射後、同盟国から直ちに官邸及び防衛省への通報があり、まずは日本国民への被害はないと判断し、早急に対処すべき問題と情報収集、それらの精査を優先したということであります」

話を打ち切ろうとしたそのとき、記者証をぶら下げたショートカットの女性記者が、「あとひとつ」と声をあげた。

「北朝鮮にサリンやVXなどの生物化学兵器保有が疑われていますが、これらを搭載したミサイルが東京へ向けて発射される可能性と、日本の対策について聞かせてください」

思わず舌打ちが漏れそうになった。

「サリンは熱で化学変化を起こすため、その搭載は難しいと言われています。仮にそのようなミサイルが発射されたとしても、迎撃体制は配備してあるので問題はありません。迎撃に成功すれば、破壊時の熱でサリンを無力化することができ、万が一、その効力が残ってしまったとしても、落下過程で拡散し、所定の効果を発揮することは困難であると考えられます」

「確実に打ち落とし、無力化できるということですか？」若い記者が食い下がる。

「今の時点で百パーセントということは断言できません。重要なのは、打ち込ませないための抑止力を高めることです。そのため、防衛力の強化はもちろん、外交交渉、各国関係機関や米国をはじめとする同盟国との情報共有を密にし、北朝鮮の暴走を食い止めることが、我々のなすべきことだと考えています」

二階堂はそう言うと記者会見を打ち切り、官邸をあとにした。

3

韓国で有名な情報番組の司会者が、その日のトピックニュースを身ぶり手ぶり動かしながら伝えていた。当然、北朝鮮のミサイル発射情報は、どこの国よりも早く入ってくる。顔をしかめていた竜介は、長谷川邦彦に視線を向けた。木村は窓際に立って眼下を見下している。

ここ数年の間に、韓国各地に誕生した新羅ホテル系列が手がけるホテルの最上階。ひさしぶりに集まった三人が談笑している最中に、北朝鮮のミサイル情報が飛び込んできたのだ。

「申し訳ありませんが、一度、大使館に戻らなければなりません。タイミングが悪いですね。本当に……」名残惜しそうに邦彦が席を立つ。

「俺も竜介も一週間はこっちにいる。時間ができたらまた連絡してこい」

そう言う木村に続き、竜介もソファから腰を浮かして手を差し伸べた。

「邦彦くん、無理なお願いをしてすまなかったね。本当に助かったよ、ありがとう」

「木村のおじさんと竜介さんの頼みなら断われませんから。ただ、このリストの扱いには十分に気をつけてくださいね」

邦彦がローテーブルの上にある黒いファイルに目をやる。

このリストには、北朝鮮国内における生存邦人情報が記されていた。その存在は、もちろん日本政府にも知られていない。

竜介と木村は、そのリストを手に入れるために韓国を訪れていた。義正の力になるためだ。

昨年の一月、ついに義正は出所を許された。高野の伝手で北朝鮮へ渡った手紙が突破口となり、義正と政府のあいだで取引が行なわれたのだ。何年も動き続け、それでもなかなか実を結ばず、時には心が折れそうにもなった。父の死に目に合わせてやることもできなかったが、締めなかった結果、竜介はようやく兄を救い出すことに成功した。

ただ、義正には社会復帰にあたっての条件が突きつけられていた。それが、北朝鮮との秘密交渉だった。そうなるように仕組んだのはほかでもない自分であり、義正はただテーブルに着くだけということになってはいるが、その交渉が進めば進むほど、義正が真の意味で自由になれるのもまた事実である。現在、義正は内閣情報調査室の預りになっているのだ。

このリストがあれば、北朝鮮との交渉に大きく役立つ。そこで竜介が協力を求めたのが、邦彦だった。

邦彦は東大法学部を卒業後、外務省に入省し、在ソウル日本大使館の外交官として精力的に活動していた。肩書きは三等書記官。大使館での担当事務は、エスカップと呼ばれる国連アジア極東地域経済委員会と対韓国経済技術協力。その裏では、外交官として韓国の大物議員、国家情報院やKCIA上層部の懐中深くへ入り込み、絶大な信頼を獲得した邦彦は、外務省事務次官である平田から特命を受け、自由に動くことを許されていた。その後、国内外でも知られていない国家最重要秘密機関が、韓国内に存在することを突き止めた。

それは、韓国内外に潜む北朝鮮の工作員を、二重スパイに仕立てあげる専門機関であった。邦彦は、木村から「金に糸目はつけない」と依頼され、二重スパイとして管理しているというふたりの工作員への接触に成功し、北朝鮮国内での知りえる限りの邦人情報リストを入手したのだ。全国の日本人がいる収容所を管轄しているのは、国家保衛省だという。

二〇〇二年、金正日が発表していた日本人拉致被害者死亡説を一部覆すような内容と、その可能性に邦彦が言及したとき、思わず竜介は色めき立って我を忘れた。

ふと気づくと、木村がこちらをじっと見つめていた。

「どうかしたか」

竜介が問うと、木村はソファの上で足を組みかえながら言った。

「お前もよくやるもんだな。兄貴はもう出てきたってのに、これ以上動く必要なんかないだろ」

「そういうわけにはいかない。兄貴が内調の預りになっている以上、北朝鮮の問題が片づかない限り、真の自由はやってこないんだ」そこまで口にしてから、竜介は逆に返した。

「大樹こそ、よくやるもんじゃないか」

「何がだ」木村が目を細める。

「俺の兄貴はもう出てきたっていうのに、いまだにこうして力になってくれてる。そんなことをする必要はないのにだ。そもそも兄貴を救えたのだって、大樹のおかげにほかならない」それに、と竜介はからかうように続けた。「邦彦くんに対する接し方が、どことなく柔らかくなった」

　すると、木村は顔を赤くして激しく手を振った。

「うるせえな、どっかの馬鹿の影響だ！」

「どっかの馬鹿？　それは俺のことかな」

　木村はそれには答えず、ソファから勢いよく立ち上がった。

「腹減った、昼メシ食いに行くぞ」

　木村がさっさと歩き出す。竜介はその背中を追いながら苦笑した。


　竜介と木村はホテルの車寄せでタクシーを拾うと、「明洞(ミョンドン)　エ(へ)　カジュセヨ(行って下さい)」と運転手に告げて後部座席に乗り込んだ。鐘閣(チョンガク)を突っ切り、広橋を渡ると、乙支路入口(ウルチロイプク)から明洞地下商街の手前で車を降りた。

　明洞の街中は、活気ある人々の熱量や情熱的な空気にあふれていた。香辛料や焼き肉の香ばしい匂いが漂っている。誘われるように路地へと足を踏み入れたそのとき、ぐずついていた空からぱらぱらと雨が落ちはじめ、それはすぐに豪雨に変わった。

慌てて店の軒下に駆け込んだ竜介は、肩や頭の水滴を払いながら木村の姿を探した。来た道に目を凝らすと、路地の入口に突っ立ったまま身動きしない木村が、しゃがんでずぶ濡れになったひとりの若い女を見つめていた。

何やってんだ——。

仕方なく木村のところまで戻った竜介は、声をかけようとしてやめた。

その女は、胸に小犬を抱いていた。きょろきょろしながら困ったように顔をしかめている。誰か助けを求めているようだった。

その様子をじっと見ていた木村は、彼女に声をかけた。

「カンアジ（小犬）？」

そう言って、小犬の頭を優しくなでる。

怯えたように身を震わせる小犬は、痩せ細っていた。よく見ると、足も怪我している。

周囲に視線を走らせたが、親犬がいる気配はない。

「タチョッソヨ（怪我をした）……」今にも泣き出しそうな女が涙声で訴える。

「何て言ってるんだ」

竜介が訊くと、木村は小犬を抱きかかえながら答えた。

「怪我した、みたいなことを言ってるんだろう」そう言って、小犬の体全体を入念に見まわす。「衰弱はしているが、骨が折れているわけではなさそうだ」

木村の胸元にすっぽりとおさまり、顔だけを覗かせる小犬が、つぶらな瞳で竜介を見つめてくる。

「まるでカンガルーみたいだな」竜介は笑った。

「俺が面倒見る」

「本気か？」

「本気だ」

涙と雨水で顔をぐしゃぐしゃにした女が、ぎこちない笑みで木村を見上げている。

「クェンチャンタ（大丈夫だ）」

木村がそう言うと、女の顔が明るくなった。

「カムサハムニダ（ありがとう）」

身を翻し、木村が雨のなかを小走りで駆け出す。竜介もあとに続こうとすると、女が呼び止めてきた。

「ソンハミ　オットッケ　トゥエーセヨ？」

木村が立ち止まって振り返った。彼女も木村を見つめている。

「ソンハミ　オットッケ　トゥエーセヨ？（あなたのお名前は？）」

彼女はもう一度繰り返した。

「……ダイキ」

「ダイキ……。オディソ　オショッソヨ？（どこから来たんですか？）」

おそるおそる訊ねる彼女は、まだ二〇代くらいに見えた。

「イルボン（日本）」

「パム（ご飯）　モゴッソヨ？（食べましたか？）」

その問いに、木村は首を横に振った。

「おすすめは何かあるか？」

日本語だったが、意味は通じたようだった。

「タッカルビ……、トゥエジカルビ……、プルコギ……」彼女が照れたように笑う。

雨で濡れるシャツが、急激に体温を奪っていく。

「もう行かないか」

竜介が促すと、木村の袖を彼女がつまんだ。

「タンシン（あなた）、アジュ（とても）　チャッカン　サラム（いい人）、チャヤルカセヨ（お気をつけて）」

それから淋しそうに唇を震わせ、木村に背を向けて立ち去ろうとする。

すると、今度は木村のほうが、「待てっ」と彼女を引き止めた。

「携帯の番号だ」木村は胸のポケットから名刺を一枚取り出すと、濡れて湿った彼女の手に握らせた。「何か困ったことがあったら電話しろ」

木村の言葉に目を輝かせた彼女が、嬉しそうにうなずく。彼女は名刺を大事そうにバッグしまうと、手を振りながら去っていった。

女と別れたあと、竜介と木村は近くの焼肉店に入った。そこは多くの客であふれ、色鮮やかな内装に目がちかちかした。

残りわずかな空席に案内されて、メニューを開く。

「小犬なんか拾って、どうするつもりなんだ」

竜介が訊くと、木村は店員から受けとったタオルで小犬の体を拭きながら、ぶっきらぼうに答えた。

「べつに、どうするつもりもない」

「だったらなんで」

「……見てたらムカついただけだ。ガキの頃の自分に重なってな」

竜介は、はっとした。木村は子供の頃、児童養護施設にいた。庇護を受けられなかった過去に、目の前の小犬を重ねたのかもしれない。

「それに、こいつもあの女も、施設にいる子供たちと同じような目をしてると思ってな」

「同じ目？」

「希望と失望、信用と不信、期待と裏切り、相反する複雑な心境を抱えている目をしてた。いつも何かに怯えてる。誰かや何かを信じたいけど、心のどこかで拒否反応を示してる……。そんな目だった」

「……そうか」竜介は重たい空気を払うように話を変えた。「ところで、大樹は韓国語がわかるんだな」

「聞くぶんにはわかるってくらいだ。自分じゃ簡単な単語しか話せない」

「それでもたいしたもんだよ」竜介はそれから、意地悪く木村を見た。「ナンパもしてたしな」

「ぬかせ」木村はそっぽを向いた。「四六にもなって、何がナンパだ」

木村が手招きをして店員を呼ぶ。適当につまめるものを頼んだ。

「さて」木村が小犬を拭いていたタオルをテーブルの上に放り投げた。「この一週間、どうやって過ごすか」

「それなら、行ってみたいところがあるんだ」

竜介の声に、椅子に小犬を寝かせていた木村が眉を持ち上げた。

「行ってみたいところ？」

「北部にある、臨津閣(イムジンカク)って知ってるか？」

「朝鮮戦争後に南北に引き裂かれた離散家族が、家族や友人へのメッセージをリボンに書き込んで、鉄条網に結びつけるっていうあれだろ」

「そうだ。軍事境界線に近くて、展望台からはイムジン川と田園風景が望めるらしい」

これまでの人生で、朝鮮半島問題に関して興味を持ったことは一度もない。だが、今は違う。義正の自由を取り戻すためにも、日朝間での拉致問題を前進させたい。長いあいだ、解決を見せなかった拉致問題が、そう易々と解決に向かうとは思えないが、それでも、兄のために何かできることはないかといつも考えていた。

「どうせなら板門店にも行ってみるか」

「あれはツアーでしか行けないんじゃないのか」

「そんなもん、どうとでもなる」

「それもそうだな」

チャミスルが運ばれてきた。竜介はそれをひと口含んだ。

「そういえば、その小犬の名前どうすんだ」

竜介が訊くと、小犬が「くぅん」と鳴いた。

しばらく考えてから、木村は言った。

「……クウでどうだ」

竜介は爆笑した。

4

ハンドルを握る進藤が、バックミラー越しに義正のことを見てきた。

「突然お呼びして、申し訳ありませんでしたね」

「いえ、仕方のないことでしょう」義正は首を横に振った。「あんなことがあったんですから」

先週の一二月一三日、北朝鮮からミサイルが発射された。そこで早朝から緊急の召集がかけられたのだ。

「本当だったら、もう少しゆっくりさせてあげたかったんですけど」進藤がすまなさそうに言った。「首相交代に伴う、内藤さんの処遇に関する引き継ぎで終わってしまったので」

「進藤さんのせいではありませんから、気にしないでください」

赤信号にひっかかった。鏡越しにまた、進藤と目が合った。

「今日まで、ご家族と有意義な時間は過ごせましたか」

「それは、もう」義正は目礼した。「おかげさまで」

義正は今日まで、竜介、母とともに、いろんなところへ旅行に出かけた。母の故郷でもある岡山にも足を伸ばし、母の笑顔を見ることもできた。

足腰の弱くなった母が、いつまで遠出できるかはわからない。そういう意味でも、竜介には感謝してもしきれなかった。

信号が青に変わった。車が再び走り出す。

前を向いたまま、進藤が口にした。

「この街もだいぶ変わったでしょう」

「そうですね」

「でも、あなたが逮捕された当時から、この国の本質は何も変わっていません。今やこの社会は動脈硬化に陥って、取り返しのつかない大病を患う一歩手前まできている。政治家の二枚舌、曖昧さや欺瞞。それは行政を司る役人も同じです。あるのは自らの保身だけだ」

義正は進藤の顔を窺った。しかし、その表情に変化はなかった。

「内藤さん。あなたの目には、今の日本がどのように映っているのでしょうか」

「そうは言われても――」

義正が返答に困っていると、進藤は続けた。

「そういえば、内藤さんは中核派でしたね。皆もう高齢で、何で食っているのかわからないと世間では言われています。ですが、私の知っている中核派の男は、現在、ある大企業の労組幹部で、子会社や関連会社に自分の仲間たちを雇わせては、多大な影響力を誇っている。本来、大企業の労組幹部は、企業側が決めるはずですが、どういうわけかこの男は、うまく今の地位についたようです」

唐突なその言葉の真意を探るように黙っていると、鏡の中の進藤が苦笑した。

「失礼しました。当時の活動家の人たちは、今では五〇代、六〇代なんでしょうが、皆、元気だなと思って。内藤さんは、もうそういうことには関心がなくなってしまったんでしょうか」

「そういうこと……?」義正は、興味のないふうを装って訊き直した。

「ええ、何ていうか、左翼的な思想とか活動とか――」

「ならば逆に質問させてもらいますが、現在の活動家と呼ばれる人たちは、革命というものを本当に望んでいるのでしょうか」

少し考えてから、進藤は口を開いた。

「彼らは望んでいるはずですよ。これまでの暴力革命に傾倒した路線とは、異にするものを模索しているようですが。少なくとも――」

「少なくとも？」

「いえ、何でもありません」

進藤が口をつぐんだ。だったら、と今度は義正から質問した。

「そういえばさきほど、中核派の男とおっしゃいましたが――」

「ああ、鈴木則夫（すずきのりお）のことですね」

鈴木則夫――義正の頭の中でひとりの男が浮かんだ。もしそれが同一人物だとしたら、鈴木則夫は東京大学出身で、房子の後輩だったはずだ。房子に紹介されて、何度か顔を合わせたことがある。

国家形態や社会制度の問題点などを、ひとつひとつ挙げては語り合った。芯の強い男で、当時、親しみを感じていたことを覚えている。

「そうですか、あの男が……」

「ご存じでしたか」

進藤にさほど驚いた様子はなかった。その事実について、折り込み済みだったということか。

それにしても、思う。進藤はなぜ、中核派の活動家と知り合いなのだろうか。即座に頭に浮かんだのは、S（エス）ということだった。鈴木則夫は進藤にとっての情報提供者、言わば犬なのだろうか。

そんなことを考えていると、車が衆議院議員会館を通り過ぎた。さらに官邸ゲート前を除行する。ＳＰと制服警官で固められていた表玄関の前では、見知らぬ男がひとり待ち構えていた。

「私はここまでです。さあ、どうぞ」

進藤はそう言うと、目で降りるように促してきた。

「首相秘書官の荒垣と申します」そう口にして、中指で眼鏡を押し上げる。「総理がお待ちです」

義正を先導し、荒垣が官邸内を歩き出す。階を上がり、執務室前に陣取るＳＰから厳重な身体チェックを受けた。

ここが首相執務室か。この部屋にすべての国家情報が集まり、この場所から指令が発せられる。ここから日本全体を動かしているのかと思うと、緊張で口の中が乾いた。

「こちらへ」

荒垣が隣室の扉へ誘導しようとする。あとで知ったことだが、総理への来訪者は、執務室のドアから直接入ることができないことになっていた。必ず秘書官室の入口にいる警護官に来訪の旨を告げ、総理の承諾を得てから、秘書官室を通って部屋に入る、という手順を踏まなければいけないという。

義正は深呼吸をすると、安波のいる執務室に足を踏み入れた。

まず視界に入った目の前の壁には、横山大観の「八紘耀」が飾られていた。その額に向かって左側には洗面所、室内には応接セットやテレビ、それに地球儀が設置されている。

その他に電話機が三台備えられていた。中森の話では、官邸内線、一般加入電話、外務省と接続している外交ホットラインだという。

そして執務机には、両肘をついて穏和な表情をこちらに向ける安波の姿があった。テレビで見るよりもひとまわり小さく感じたが、その鋭い視線からは百戦錬磨の老練さを感じさせた。

室内にはほかに、外務審議官がいた。異動により、刑務所の所長室で会った男とは違う。名前はたしか、秋葉(あきば)だったはずだ。新聞の『首相の一日』の小欄を見て覚えていた。その男がソファに座っている。

「そこに座ってください」

安波に促され、秋葉の対面に腰を下ろす。それを待ってから、安波は口を開いた。

「急なお呼び立て、申し訳ない。今日ここに来てもらったのはほかでもない、先週の――」

「ミサイルの件ですね」

義正が遮ると、安波は微苦笑した。

「あれだけ報道されていれば、知っていて当然でしょうな。ましてあなたは、対北の問題に大きく関与している」安波はそこでいったん言葉を区切ると、その前に、と問いかけてきた。

「ひとつ、訊かせてほしい。これの入手先を教えてもらえないかな」

これ――安波が掲げていたのは、北朝鮮国内における生存邦人のリストだった。昨日、韓国へ行っていた竜介が、戻ってくるなり渡してきたものだ。外交官の伝手を辿って手に入れたという。そこにはもちろん、拉致被害者の情報もあり、ゆえに義正はそのリストを、内調の室長である中森に提出していた。

「入手先、と言われても――」

言いよどむ義正に、秋葉が厳しい目を向けてきた。

「それがわからないと、このリストの信憑性を分析できないのだよ」

かといって、正直に答えるわけにはいかなかった。竜介やその外交官に迷惑をかけることはしたくない。

義正はきっぱりと言った。

「それには答えられません」

「答えられない？」秋葉が尖った声をあげた。「君は自分の言っていることがわかってるのか。これがどれだけデリケートな問題なのか――」

「何を言われても同じです。然るべきルートから入った情報としか答えようがない。ただ、リストの精度は保証します」

「保証するだなんて、どうしてそう言いきれるんだ。君、いいかげんに――」

そう言いかけた秋葉を、安波が制した。

「白川さんがそこまで言うなら、それ以上問い詰める必要はないだろう。何より、それだけ口が固いほうが、我々としても信用できる」

納得いったのかはわからないが、秋葉は何も言わなかった。それから、安波は本題に入った。

「私の前任者である桜田政権時代、北朝鮮側から拉致問題交渉再開に向けて、水面下での事前交渉をする用意があるとの連絡があった。それも、窓口にあなたを指名したうえでだ。そのことは、あなたの出所や現在の処遇にも関わっていることだから、よくご存じのことだろう」

「それは、まあ――」

「その後、桜田が辞任し、私がその役目を引き継いだのに伴い、この件に関して改めて事実確認をする必要があった。そのためにこれまで動きがとれないでいたが、先週のミサイル発射により、そんな悠長なことを言っている場合ではなくなった。この機会が流れてしまう前に、直ちに交渉を開始したい。こちらからは中森とあなた、向こうの交渉相手はまだ定かではないが――」安波の目に、いっそうの力が込められた。「協力してくれますね？」

「……そういう約束ですから」ただ、と前置いて義正は続けた。「その席に、私の知り合いも同席させてもらえませんか」

「き、君は何を言ってるんだ。非公式とはいえ、これは日朝間の将来を左右する重要な交渉だぞ。そのような席に、素性のわからない人物を同席させるなんて――」

「まあまあ」色めき立つ秋葉を制するようにソファまで来ると、安波は秋葉の隣に座り、義正に訊ねてきた。「それはどういう意味があって？」

「日本政府は、そのボールが向こうから投げられたものだと思っているようですが、そのボールは、実はこちらから投げたものだったんです。そして、同席させたい知り合いというのが、そのボールを投げた張本人なんです」

「その人物とはいったい……？」

安波に問われ、義正は竜介から聞かされていた、自分の出所を巡るこれまでの経緯を思い出しながら答えた。

「高野和利さんという方なんですが、ご存じですか……？」

義正の言葉に、安波と秋葉が即座に驚きの声をあげた。

「高野和利……そういうことか」合点がいったのか、安波が含み笑いを漏らした。「そのほうが、拉致交渉はスムーズにいくかもしれない」

そして、義正にうなずきかけた。「わかった、その通りにしよう」

「ありがとうございます」

「我々としても、あなたに協力を仰ぐ以上は、できるだけあなたの意向に沿いたいと思ってる。もちろん、この件が国益に適ったときには、私が責任を持ってあなたの自由を保証します。私たちはチームなんだから」

安波がテーブル越しに右手を差し出してくる。義正はその手を握り返すと、「ですが」と疑問を口にした。

「歴代政権でできなかったことが、そう簡単にできるとは思えないのですが……」

「それは承知しています。拉致問題解決のためには、日朝間に残された負の遺産など、数多くの課題が用意されている。当事者間で解決しなければならない問題ではあるが、特に無法者の独裁国家を相手にしなければならない我々は、北朝鮮を取り巻くアジア、米朝、南北情勢の状況をつぶさに分析しながら、時の力も味方につけなければならない。今できることは、日米韓の連携を強め、対北朝鮮への圧力、国連の圧力から、こちら側に有利な譲歩を引き出していくしかない」

「それでは今までと同じではないですか」

「いや、今までとは違うことがひとつある。それはボルトン政権の誕生だ。これが、日本にとっては最後のチャンスになるかもしれない」

米国では政権が交代し、ボルトン大統領が執務を行なっていた。以前、こずえが言っていたように、ディールを得意とするボルトンは、自国の優位性を最大限活用し、現在、北朝鮮に対してかつてない圧力をかけている。安波としては、そこに乗っかって交渉を進めたいのだろう。

しかし、義正としては首をひねりたくなる思いだった。

「確かに、法的な制約や実用的な軍事力を持てない日本は、米国に頼らざるをえません。ですが、米国の絶対的、相対的な影響力が落ち続けていくと思われるなかで、今後、日本を取り巻く環境はさらに厳しさを増していくと思われます。善悪の問題は別にしても、日本のような小国は、米中間や国際社会で上手くキャスティングボードを握り、強力な独自外交を展開していく必要があるのではないでしょうか。それでもまだ、日本の外交、安全保障の問題を、米国に依存し続けていくおつもりですか」

　安波が苦々しい表情を浮かべた。

「……我が国は現実問題として、米国の意向を無視するわけにはいかない」

「日米関係をないがしろにすると言っているわけではありません。日米同盟を維持しながらも、将来の最悪の事態を想定して、今から準備をしておいたほうがよいのではないかということです」

「……今、中国、北朝鮮などのアジア情勢が逼迫している中で、日米同盟を揺るがせるわけにはいかない。ただ、私だって何も考えていないわけではないんだ。世間的にも知られている通り、私の宿題は憲法を改正し、真の意味で日本の独立国家を目指すこと。そこには当然、自前の国防力も含まれる。そのためには、時機を見誤るわけにはいかない」

「率直に申し上げて、私は米軍が将来、日本から撤退してもいいと思っています」

　義正のその言葉に、秋葉が鼻で笑った。秋葉の目は人を小馬鹿にするものだった。

「米軍撤退に代わる、国防予算はどうする」

「年間二〇兆円から二五兆円。それだけあれば、米軍に代替できる防衛能力を備えることはできるのではないでしょうか」

「そんな金がどこにある。日本の国家予算の四分の一じゃないか。君は何もわかっていない。現実的な安全保障の抑止力を考えれば、核保有の問題だって避けては通れないんだぞ。

どれだけのコストがかかると思ってるんだ」

「もちろん、日本だけで国防を考えるのなら、核抑止力という議論も当然でてくるでしょう。しかし、すぐに米軍を撤退させたり、日米同盟を破棄するということではありません。米国への依存度を少しずつ減らしていくべきだと申し上げているんです。行き過ぎたインフレにならないように注視する必要はありますが、財政出動を増やし、まずは国民生活に直結するベーシックインカムの導入を目指す。そして、個人消費が増えて経済が成長していけば、そのぶんを防衛予算にまわしていくこともできる」義正はまくし立てるようにしゃべった。

「ただでさえ借金を借金で賄っているのが日本の現状なんだ。デフォルトすれば、日本経済は大混乱に陥るぞ。国債と円の価値は信用を失うことになる」

「すべてを新規の借金で賄うわけではない。当然、既存歳出の財政資金配分は見直すべきです。それに、日本の円の価値はそれくらいで失われるものではないと思います。その実体は、国際的に見ても、通貨としての円の価値はまだまだ高い。米国ドルを見てください。米国は、おそらく一ドル五〇円の価値もないでしょう。米国はドルを刷り続け、借金をし続けている国なんです。それでもなお、表面的には信用を保ち続けています。それは、米国ドルが世界の基軸通貨であるということと、それを裏づける絶大な軍事力をバックボーンとしているからです」

「君がどれだけ米国財政について理解しているのかわからんが、議会は債務上限を定めているんだ。いくらでも借金を続けられるわけではない」秋葉が苦々しげに鼻をならす。

「そうは言っても、米国が財政破綻することを望んでいる国民などいないでしょう。最終的には、債務上限を引き上げるなどの措置を講じざるをえない。そうやって、何だかんだ借金をし続けるのが米国なんです。もちろん、プライマリーバランスを黒字にするための努力は必要ですが、以上の理由により、我が国もそう簡単に国際的な信用不安に陥ることはないはずです。そして、対等な同盟関係を構築していく。経済力も外交と密接に関係してくる時代です。経済外交を円滑に進めていくためにも、日本は他国に依存することがないような国家体制を作っていく必要があるのではないでしょうか」

義正は安波のまばたきしない大きな目を見据えると、反応を窺うようにして口を閉じた。

それまで黙然としていた安波が声をあげた。

「どうやら、私が思い描いていた人物像とはずいぶんと違うようだが……。長い刑務所生活の中で、心境の変化があったということかな」

「昔は昔です。時代が変われば、人も自ずとそれに対応せざるをえなくなる。自然なことではないですか」

安波が興味深そうにうなずく横で、秋葉が苛立たしげに口にした。

「さっきから黙って聞いていれば、いったい君は何様のつもりなんだ。あくまで君の役割は、拉致交渉のテーブルに座ることなんだぞ。ここで外交論議に花を咲かせることではない」

「安波政権にとって拉致問題が重要だとおっしゃるなら、私を置き物同様に扱うのはやめていただきたい」義正は秋葉をにらむと、強い口調で言った。「総理はさきほどチームとおっしゃいましたが、ならばお互いがどういう考えを持っているのか、方針などは理解しておくべきでしょう」

安波が柔和な表情をこちらに向けてくる。義正は安波に視線を返すと、さらに言った。

「総理は新潟のご出身でしたね。三代にわたり、農家や地域の人たちからの多大な期待と応援があって、今の総理があるのではないですか。農家の人たちは高齢であるにも関わらず、朝からずっと働き詰めで食べている人たちです。そのような人たちに、今こそ恩返しをするときではないですか。明治維新後の近代化によって、日本人が豊かになったことは確かですが、その陰で日本の良き農業の文化は置き去りにされてきました。選挙のときだけ票田とみなす姿勢は改め、本当の意味で、そういう人々に目を向けていただきたいのです。経済大国と呼ばれるほどに成長したこの日本で、その日を暮らすのがやっとという人たちはまだまだいます。教育さえまともに受けられない子供たちに果たして未来はあるのでしょうか。総理には、強い者や富裕層ではなく、もっと弱い立場に寄り添う人であってほしいと思います」

安波は真剣な眼差しで義正を見据えると、鼻から息を吐き出して笑顔になった。

「あなたの話を聞いていると、右翼なのか左翼なのか、わからなくなる」

「もはや私は、右翼でも左翼でもありませんよ。日本国民にとって何が最善かを考えていきたい、ただそれだけです」

安波は大きくうなずくと、腕時計に視線をやった。

「予定があるので、これで失礼させてもらいます。今日はあなたと話ができて良かった」

そう言って安波は立ち上がり、秘書官を呼ぶためのブザーを押した。

5

駐車スペースを示す白線の上を転がるように、枯れ葉が舞っている。義正の視線の先では病院の部屋の明かりが灯り、夜気があたりを包んでいた。
二、三〇メートル先の病院の入口から、こずえが小走りで駆け寄ってくる。吐く息は白く、外気の低さを物語っていた。
「ごめんなさい。お待たせして――」

こずえは運転席を開けると、冷気を車中に入れないように素早く身を滑り込ませた。その顔色は青白く、生気を失いかけているようにも見える。

気の毒そうに義正は訊ねた。

「大変でしたね。お父さん、大丈夫でしたか」

今朝のことだった。脳卒中で、こずえの父が倒れたという。内閣府でブリーフィングを行なったあと、義正とともに車へ乗り込んだところで、突然入ってきた連絡だった。

こずえが顔を伏せた。

「出血自体は小さかったんですが、何せ高齢ですから、今後どうなるか心配で……」

こずえの涙の跡が残る頬を見て、義正は何も言えなくなった。

少しの沈黙のあと、義正はためらいがちに訊いた。

「手術は？」

「その必要はないそうですが、右半身の麻痺は残ると……。それに、まともに喋ることもできなくなるみたいで……」

その声はどんよりとしていて、今日一日の天気のように暗かった。

「失語症、ですか」義正の声も小さくなる。

「はい……」

「お父さんの詳しい症状もわからない状態で、安易なことを言うべきではないでしょうが、同じ障害を負った私の知り合いに、二年間のリハビリを経てしゃべることができるようになった人がいます。脳血管障害は早期のリハビリが予後を左右するとも言いますから、私のことは何も気にせずに、できるだけお父さんとの時間を作ってあげてください。こういうときに頼りになるのは家族ですからね」

義正が静かな口調で語りかけると、こずえはぎこちない微笑を浮かべた。

「幸い母は元気ですし、兄、母、私の三人で、父を支えようと確認し合ったところです」

ところで、と体をひねり、後部座席から黒いファイルをつかんで義正に手渡してくる。

「こんなことになってしまって報告するのが遅れてしまいましたが、以前お話しした私の両親に送金してくる男のカメラ映像の解析を、科警研に配属されている友人に依頼してみました」

　こずえの言葉に、義正は身を乗り出していた。

「……それで、何か進展は？」

「この男は学生の頃に逮捕歴があり、警察庁のデータベースに記録が残っていたそうです。結果、鈴木則夫という人物だということがわかりました。現在、ある企業の労働組合幹部をやっているとのことでした」

　鈴木則夫――。

　義正は声を失っていた。鈴木則夫が、なぜ房子の両親に送金をしているのか。進藤といい、こずえといい、この数日間で何度も登場してくるその名前に、何か奇妙なものを感じはじめていた。

「その男がご両親へ多額の送金をする理由に、何か心当たりは？」

「いえ――」

「その男との面識は？」

「まったく知りません」

「このことについて、ほかの誰かに話したりはしましたか」

　こずえは首を左右に振って否定した。

「誰にも言ってません。家族にも……」

「進藤さんには？」

「進藤さん？　言ってませんけど……」

なぜ進藤なのか、という怪訝な表情で、こずえが義正の顔を窺ってくる。

鈴木則夫は、いまでも房子とつながりを持っているのだろうか。鈴木が房子の両親に対して、月に百万もの大金を送り続ける理由とは何なのだろうか。房子の代わりに送金しているのだろうか。もし房子と鈴木が今もつながっているとしたら、それはどういったつながりなのか――。

自宅に帰るまでの車中、義正はそのことばかりを考えていた。義正がその鈴木に接点を持てる方法があるとしたら、それは進藤しかいない。そうすれば、房子の消息がつかめるかも知れないという思いと、その可能性とは別のところで、何か言い知れぬ悪い予感が脳内を支配しはじめていた。

翌朝、義正は自宅でテレビを観ていた。チャンネルはＮＨＫに合わせてある。北朝鮮拉致被害者家族で構成される『家族会』のメンバーと、安波首相の面談の様子が、この時間に放映されることになっていた。

拉致問題に対する歴代政権の無策ぶりに、家族会や支援団体などは連日ビラを配り、デモを呼びかけていた。世界各国の首脳が集まる公の場でも、拉致問題の実状や救出を訴え続けている。その表情は悲愴で、心身ともに疲弊しているようだった。

家族会のメンバーが、ひとりずつ順番に画面へ映し出されていく。

代表の川田重雄（かわたしげお）は、沈痛な面持ちで座っていた。拉致された愛娘の等身大パネルをバックにし、ネクタイの結び目を押さえた左手に、右手を重ねて握りしめている。

薄くなった白髪頭の川田が、儀礼的な挨拶の言葉を述べたあと、ひと呼吸おいてからゆっくりと口を開いた。

『新しく政権が変わるたびに私たちは期待し、希望を見出そうとしてきましたが、結局、何も変わることはありませんでした。これまで何度も訴えてきましたように、私たちも皆、高齢です。もうあとが無いのです。日本の国民が他国に拉致され、救出することができないのはなぜなのか。テレビを見ている皆さんも考えてみてください。自分の愛する家族が他者の手によって忽然と姿を消し、何十年間も会えなくなる様を。国民の安全と命を守れない国に、政府が存在する価値はあるのでしょうか。総理の覚悟を聞かせていただきたい』

もはや首相に対する質問というより、全国民に訴えかけるように感情を込めて話す川田の表情は、必死そのものだった。見ている者にも胸に迫ってくるものがある。

面談は一問一答形式ではなく、家族側がひとりずつ意見を述べ、最後に安波首相が答えるというものだった。

家族ひとりひとりの思いは、短時間で述べられるものではないのだろう。予定時間を大幅に越えて、ようやくカメラが安波に切り替わった。

安波が静かに語り出した。

『突然、大切な人を失い、長きに亘って悲嘆の日々を過ごされてきた家族会及び関係者の皆様に、かけられる言葉は見つかりません……。私が思う日本のあるべき姿――それは、誰もが心安らかに暮らせる平和。そして、家族、地域の人々が、助け合い、いたわり合える社会です。その実現のためには、我々政府が、国民皆様の範とならなければなりません。私はこの日本という国を愛しています。皆さんに大切な家族がいるように、私にも愛する家族がいます。一国の首相である前に、父であり、夫でもある。自分の家族を守りたい、そう強く想い、願うひとりの男なのです。その思いで、この国を守っていく所存であります』

原稿を見ている様子はなかった。抑揚をつけた話しぶりではあるが、その凛とした表情に気負った様子はない。借り物の言葉ではないだけに、琴線に触れるものがある。

ふと顔を向けると、食い入るように画面を見つめる竜介の姿があった。その目尻は光っていた。

『この日朝間の懸案を終わらせたい。私の政治生命を賭して戦うことを誓います』

そう語る安波の顔に、次々とフラッシュが焚かれる。席を立ってその場を去ろうとする安波に、川田が声をかけた。

『本気ですか』

そう問いかける川田の目は熱を帯びていた。

『これが私の覚悟です』

それだけを言い残し、安波が去っていく。川田は立ち上がると、安波の背中に向かって深々と頭を下げた。

義正はテレビを消すと、ソファにもたれた。

「安波首相は本気だね」竜介が義正の背中に声をかけてくる。

「そのようだ」

安波がそのつもりなら――。

これから激動の日々が待っているかもしれない。

＊　＊　＊

正月明けの朝、義正は久々に早起きをし、昨晩準備をしておいた小型トランクの中身をざっと確認した。

それから、中森が寄越した黒塗りの乗用車に乗り込み、羽田空港に向かう。到着すると、すでに中森たちが待ち構えていて、簡易な朝食をとっていた。

「内藤さん、朝食は？」中森がコーヒーをすすりながら訊いてくる。

「いえ、あまり食欲がなくて……」

義正はフードコートのカウンターでコーヒーを注文すると、中森たちのいるテーブル席に着いた。中森のほかには、老人がひとりいる。この老人が高野のようだった。その高野が話しかけてきた。

「昨日は眠れましたか。私は一睡もできなかった。私たちの交渉いかんで、関係者の多くの人生が変わるのかと思うとね」

義正も固い声で返した。

「私もなかなか寝つけませんでした。身に余る重責です。しかし——」

高野がそのあとを引きとった。

「やらねばならない。今も故郷を離れ、意に反する生活を強いられている人々のために。家族と離ればなれになって苦しんでいるのは日本人だけじゃない、南北も同じです。南北はひとつにまとまり、あるべき姿に戻すべきだ。私は人生の目的を諦めかけていた。それを竜介くんが、このような形で私に希望を与えてくれた」

そう言う高野の目は、老人とは思えないほどに力強く輝いていた。

義正は頭を下げた。

「弟ともども、その節は大変お世話になりました」

「とんでもないです、それを言うなら私のほうこそだ」

そのあいだを中森が割って入ってきた。

「そろそろ搭乗しないと……」中森が到着離陸時間を表示したデジタルモニターのほうへ視線をやる。

「もうそんな時間ですか」高野が腰を浮かす。

義正は、高野の後ろを歩きながら考えていた。そもそもこの高野がいたからこそ、自分の出所は叶ったのだ。高野と北朝鮮との深いつながりが、大きな山を動かすかも知れない。

義正たちは今日、ついにその大役を果たそうとしていた。これから、北朝鮮と秘密交渉に臨むのだ。

短いフライトを経て、義正一行は大連（だいれん）に降り立った。大連は寒かった。トレンチコートを羽織り、痩せて細くなった首にマフラーを巻きつける。せっせと母が編んでくれた物だ。

中国遼寧省南部にあるこの街は、遼東半島の末端に近く、港湾と工業の都市である。一八九八年にロシアが租借してダルニーと命名されたが、日露戦争後に日本の租借地となった。かつてこの街は他国に占領され続け、一九五一年に中国に返還されている。

会合場所を大連のホテルに指定したのは、北朝鮮側だった。

ホテルの部屋に入った三人は、調度類を壁際に移動させ、椅子とテーブルを中央に設置すると、相手の到着を待った。

それから三〇分ほどして、相手方からの到着の知らせを受けた。背の高い黒スーツを着た朝鮮人がひとり、部屋に入ってくる。中森が微笑を浮かべて立ち上がり、右手を差し出した。

義正と高野もそれに倣って腰を上げる。短髪黒髪のレザーカットに、スーツの上からでもわかる胸板の厚さ。金縁の眼鏡の奥から覗く鋭い目つきは、隙のない豹を思わせ、交渉の難しさを予感させた。

　軽い握手のあとで、中森は胸ポケットから一枚名刺を取り出すと、その男に手渡した。東アジアの文化では名刺交換を重視する。だが、眼前のその男は、自分の名刺を差し出そうとはしなかった。代わりに、自らをハン・ヨンチョルと名乗った。国防委員会の者だという。おそらく、本名ではないだろう。

「そこのカーテンとブラインドを下ろしてください」

　ハンは流暢な日本語でそう言うと、窓側を背にして義正たちの正面にどかりと座った。緊張が漂う中、口火を切ったのはハンのほうからだった。

「中森さん。安波首相は、朝鮮半島を植民地と化し、朝鮮名を名乗ることも許さず、労働者として日本に強制連行していたという歴史的な重い事実を、どう考えていますか」

　中森の表情を窺ったが、何の変化も読みとれなかった。

「安波首相は国交正常化を果たし、日朝関係の未来に向けた建設的な話し合いを望んでいます」

　中森が論点をずらすのを、ハンは許さなかった。

「朝日間の建設的な話し合いをするためには、過去の過(あやま)ちは過ちとして、きちんと清算しなければならないのではないですか。日本は我々に対して、朝鮮人が納得できるだけの償いを何もしていない。日本側が言い続けている行方不明者に関しての再調査は、償いをどうするか明確にしてからです」

「安波首相は日朝間のあらゆる懸案——もちろん、過去の悲しい歴史の精算を含み、特に拉致問題の解決には並々ならぬ決意を持っている。非公式ではあるが、それ相応の用意はしています」

そう言うと、中森は安波からの親書を渡した。

「そこまで言うのなら、それに関する日本側の草案を作ってほしい」

ハンが挑むように顎を持ち上げる。視線がぶつかり合ったのち、中森はうなずいた。

「わかりました。では、草案ができ次第、次の会合を持ちましょう」

それからハンは、互いの意図を探り合うように、さらに三〇分ほど中森と言葉を交わすと、とうとう義正とは話すことなく部屋を出ていってしまった。

「私たちは必要だったのだろうか……」高野が拍子抜けしたような表情でつぶやく。

「まあ、この会合は一回、二回で終わる話じゃない。長いスパンで見ましょう」気をとりなすように中森が言う。「それより、あのハンという男に交渉結果を形にできるだけの力があるのか、そこが心配だ」

中森はそう口にしたあとで、「泊まるところは別のホテルを用意してあるから」と言った。

何やら落ち着かない気持ちを抱えたまま、部屋を出る。三人で食事をし、宿泊するホテルにチェックインしたのは、あたりがすっかり闇に包まれた頃だった。

「高野さん、ハンと名乗ったあの男は何者でしょうか」

義正は首を傾げながら、高野のコップにウイスキーを注いだ。中森は、日本大使館に用があると言って出かけていた。

「ハン・ヨンチョルというのは偽名でしょうな」高野はウイスキーを口に含んでから言った。「国防委員会の者というのはどうでしょう。本当かも知れないし、嘘かも知れない。ただ、我々にとって重要なことは、内閣情報官もおっしゃっていた通り、この交渉結果を形にできるのか。つまり、国のトップにどれだけ信頼されていて、影響を与えることができる人物なのかということです。会合の内容を伝えるにしても、言葉のニュアンスひとつで事の成否は大きく変わってきますから」

義正がウイスキーを継ぎ足そうとすると、「もう結構」と高野は笑った。

「何でも適量が一番。内藤さんは？」

「私は遠慮しておきます。ところで、ハン・ヨンチョルは、私とは一度たりとも目を合わせようとはしませんでしたが、高野さんのことは観察していたような気がしました。気のせいでしょうか」

「たしかに、それはハン・ヨンチョルが部屋に入ってきたときから感じていました。しかし、特別な意味はないでしょう。考えすぎではありませんか？」

「……そうですか」

義正が立ち上がろうとしたそのとき、部屋のドアがノックされた。

反射的に高野の顔を見る。高野も首を傾げて入口を凝視していた。

「ルームサービスでしょうか」

腕時計の針は、午後一一時を回っている。

「私が出ましょう」立ち上がろうとする高野を止め、義正はドアの前まで行った。「はい……」

だが、来訪者に反応はない。静かに耳を澄ませていると、再びドアをノックする音が聞こえた。

何らかの異変を察知したのか、高野が受話器に手を伸ばそうとしている。義正はそれを手で制した。

「何の用ですか」

なおも相手の返答を待つ。すると、数秒の沈黙後、「私です」という小さな声が返ってきた。

流暢に日本語を操ってはいるが、間違いようがない。その声は日中に聞いたばかりだった。ハン・ヨンチョルだ。

うっすらと汗ばむ手のひらをズボンに擦りつけ、浅くなった呼吸を整えると、ドアを開けて廊下を覗き見た。そこには、昼と変わらぬ服装のハンが立っていた。

ハンが口元に人差し指を立てる。そのあとで、ポケットから一枚の紙片を取り出すと、義正に手渡した。

怪訝に思いながらその紙切れを受け取る。それを確認すると、何事もなかったように、ハンはその場から立ち去っていった。

首をひねりながら後ろ手にドアを閉め、その紙に目を落とす。

『その部屋には盗聴器が仕掛けられています。ホテルの玄関を出て左へ一ブロック行ったところにカフェがある。三〇分後にそちらへ来てください。』

小さな紙片にはそう書かれていた。何だったのかと視線で問うてくる高野にもそれを見せると、高野は小さくうなずいた。

何事もなかったように会話を装い、三〇分後にコートを羽織って部屋を出る。

チェーン展開している米国発祥のそのカフェは、日本のそれと雰囲気はあまり変わらなかった。違うところといえば、あちこちの席で中国語が飛びかっていることくらいだ。

義正が店内を見渡していると、太い柱の陰に隠れるようにしてハンが座っているのが見えた。何かに視線を落としている。小説のようだ。一般客を装うための小道具なのかどうかはわからないが、傍から見ると、その世界に入り込んでいるように見えた。

人々のざわめきを縫うようにして、ハンが座るテーブルに近づいていく。目の前に立つと、ハンが顔を上げた。小説を閉じ、どうぞ、と身振りで正面の椅子を指し示してくる。

「ジョージ・オーウェルの『一九八四年』ですか」

高野とともに腰を下ろし、そう訊ねると、ハンは顎を沈めた。

「ええ、そうです」

「あなたの国では、小説の類は自由に読めるのですか？」

「いえ、読めません。読めるのは――」ハンが警戒するように周囲を見まわす。「共和国で認められた作家が書いたもの。つまり、キム一族を称賛し、肯定する内容のものでなければいけない。もちろん、欧米文化、日本の文化も排除の対象です。不法な書物の所持が見つかれば、収容所に入れられます」

ハンの不満げな物言いに、義正の興味はさらにかき立てられた。再び義正が質問しようとすると、それを遮るようにハンは言った。

「あまり時間がありません」

「時間？」高野が腕時計に視線を落とす。

「表向きは日本政府との水面下交渉でしたが、実は――」ハンが唾を飲み込んだ。「私は、コウ同志の密命を帯びてここにいるのです」

高野が驚愕の表情を浮かべたのがわかった。

義正が見つめているのに気づき、高野は小さな声で説明した。

「コウ同志というのは、北朝鮮側へ、私が働きかけた相手です。委員長の最側近でもある」

一瞬、呼吸が止まった。やっとのことで義正は訊いた。

「その密命とは……？」

「それは――」高野のほうをちらりと見やると、ハンは意を決したように口を開いた。「近々、我が国に大きな動きがあります。それらの動きはおそらく、南北間や米朝間のみならず、アジア情勢に混乱をもたらすでしょう。この革命が我ら同志の悲願を達成に導いたとき、日本政府として即座にそれを支持していただきたいのです」

「それはつまり――」

義正は、喉まで出かかった〝クーデター〟の言葉を呑み込んだ。

充血した目でハンは続けた。

「この話は、漏れればすべてが終わります。コウ同志からおふたりへ、事が起きる前に家族を脱北させる手筈となっているから、それを日本政府に保護していただけるように確約させ、取り持ってほしいとのことです」

「そのこと米国には……？」

義正の問いに、ハンはうなずいた。

「もちろん、知っています」

「中国のほうは――」疑問を口にする高野の表情は固かった。

「先日、シンガポールで行なわれた国際会議で、中国側と米国側の秘密の実務者会議があったようです」

「ということは、そこで何らかの合意があった、と？」

「そういうことになるでしょう」

「米国とは、どうやって接触を持ったんです？」

「自由朝鮮という、キム政権打倒を訴えて活動する組織を通じてです。自由朝鮮には我々の同志もいます」

「それならなぜ、より安全な米国政府に家族の保護を求めないのですか。それに日本政府は原則、亡命者を受け入れていない」

「コウ同志にはまだ赤ん坊の孫がいるのです。コウ同志は、高野さんの育った日本で力強く生きてほしいのだと、そうおっしゃっていました」

ハンのその言葉を聞いていた高野は、微かに笑みを浮かべると、視線を遠くに向けた。昔の出来事を懐古しているのだろう、あふれそうになる涙を堪えているようだった。

ところで、とハンが唐突に切り出した。

「数年前、福岡空港で工作員に暗殺された、チェ・ジェホをご存じですか」

そういえば、そんな事件が昔あった。義正と高野が首肯すると、ハンは表情を変えずに言った。

「チェ・ジェホも、我々の同志でした」

「そんな――」高野が口をあんぐりと開ける。

「南朝鮮に政治亡命を求めたチェ・ジェホは、南朝鮮の諜報機関に懐柔されたふりをし、二重スパイの役割をこなしていました。ですが、実はコウ同志からの指令を受けて動いていたんです。我々独自の政治的パイプを南朝鮮内で作ることを目的に、保守政党の大物議員ともつながりを持っていました。我が国に強硬的な議員と言えばおわかりでしょう」

「チェ氏が来日した目的は何だったのでしょうか」高野が質問する。

「ある政府高官に会うためです。コウ同志は高野さんの手紙をもらう前から、自分の構想に実現性があるのかどうかを模索していました。日本側にある資料を持ち込み、取引をするためにチェを送り込んだのですが――」

「暗殺、された……」

義正の言葉に、ハンは小さく顎を引いた。

「我々にはもう時間が残されていません。国家保衛省の手も迫ってきている」

「北朝鮮の秘密警察ですね。反動分子やその芽を事前に摘みとり、処刑するという……」

「そうです。どこに行っても逃れることは不可能です。地球上にいる限り」

ハンの言葉は決して大げさなものではないだろう。その声は酷くかすれていた。

「……さきほど言っていた、チェ氏が持ち込もうとした資料とは？」

「我が国の核及びミサイルの技術とその精度、それから対日戦略と破壊工作に関する資料、それと――」

「それと？」

「我が国が隠し、日本政府も把握していない拉致被害者がひとりいる。その人物の情報です」

「何ですって？」胃でも痛むのか、高野が顔を歪ませた。

「それは誰です？」義正もあとに続く。

「日本人科学者です」

そのような話は記憶になかった。年間八万人いると言われる行方不明者のひとりに数えられているのだろうか。

「その人物は現在も、生物、化学兵器の研究施設で開発に関わり、働かされている。それらの情報と引き換えに、日本の高官へ働きかけ、我々の革命に日本の支持を取り付けようとしたのです」

簡単に口を開くことはできなかった。自分たちはいま、まさに大きな渦に飲まれようとしている。

口をつぐむ義正たちに、ハンはさらに言った。

「コウ同志は、家族の無事が確認できれば、日本人の拉致被害者、我が国にいる日本人の救出に、最大限の協力を約束すると言っています」

「本当ですか」義正と高野の声が揃う。

「ええ。だから、どうか家族の亡命を助けてほしいと言っていました」

「もし計画が失敗に終わったら、コウさんは——」

義正の声を、ハンは遮った。

「我々皆、覚悟はできています。しかし、何もしないで犬死にするわけにはいきません。誰もが自由な思想を持ち、行動する。衣食住に困らない社会を実現したい。今の体制では無理な話です。ですが、私はそれを変えたい」

「どこで家族を保護すればいいのです？」高野が問う。

「我が国から脱北する場合のほとんどが、中国との国境を越え、南朝鮮へ亡命するというものです。中国へ渡るにはブローカーの存在が不可欠ですが、そのブローカーの中には、国家保衛省の息のかかった者やスパイも多数潜り込んでいて、百パーセントの保証はない。

中国政府は国連難民条約を批准してはいますが、我が国との長年に亘る関係もあり、脱北者を難民と認めることはありません。すぐに本国へ強制送還されてしまう。そうなったら収容所送りや刑罰が待っています」

「では、中国経由ではないんですね」義正は前屈みになって訊ねた。「ほかのルートは？」

「はじめはモンゴルのルートも考えたのですが、赤ん坊を背負って砂漠の中を歩き続けることは難しい。東南アジアのルートも、脱北者の増加に危機感を抱いたキム委員長が警備の厳重化を図っていて、どれも困難となっています」

「それなら、どうやって——」

「漁船を装って日本海へ出るので、海上保安庁もしくは海上自衛隊に保護してもらいたいのです」

「海自を？」高野がわずかばかりに目を見開いた。「漁船の乗員だけを救出するならば、海自の哨戒機がそれを発見し次第、海保が救出することも可能でしょう。しかし、仮に海上で北朝鮮側との小規模な争いが発生した場合、海上警備行動が発令されるにしても時間がかかる。それに、防衛出動とは違いますから、武器の使用にも制限があったはずです。そうなると、余計にご家族を危険にさらすことになる」

「コウ同志は海自のSBUによる家族の救出を望んでおられます」

SBUとは、海自の特殊部隊だ。海上自衛隊から選りすぐりの人材を集め、日本の領海に不法侵入した不審船への強行潜入や立入調査を、主な任務としていると聞いたことがある。人質救出作戦などの訓練も受けているだろう。コウがＳＢＵの派遣を要請するのもうなずける話だった。

「わかりました」義正はキムの目をしっかりと見据えた。「安波首相には私から話をしてみましょう。ですが、その結果を私たちが保証することはできません。それでも、私にできうる限りのことはするつもりです」

ハンが安堵したように息をついた。そして、それから席を立った。

「そろそろ部屋に戻らないと不審に思われます」

「盗聴には気づいていないふりをしたほうがいいですか」

「そのほうがいいでしょう」

ハンが微笑を浮かべる。気づけば、時刻は午前一時をまわっていた。

6

柴本（しばもと）は、防衛省内の省議室に呼び出されていた。次官をはじめとした主要メンバーに、それから統合情報部長の姿もあった。その部長から聞かされた説明は、誰もが身を乗り出すほどの驚愕する内容だった。

北朝鮮国内でのクーデター情報。その動きがもたらす日本を含めたアジア情勢の緊迫化。そして、対日破壊工作の差し迫る脅威――。

安全保障上の重大な問題について対策を協議した防衛省幹部たちは、一様に言葉を失っていた。

朝鮮総連の議長暗殺が、北朝鮮の対日工作に火をつけたわけではあるまいが、結果として自分の思惑通りに事が進展していることに、柴本は内心ほくそ笑んでいた。

当初の目論見では、極限まで日朝関係をリスクにさらし、北朝鮮の脅威論を流布することで、日本の国防力を増加させるのが目的だった。そして、韓国軍部内の急進派を利用し、アジア情勢を混乱させ、南北対立をあおる。キム・グァンチョル体制を崩壊させるためには、南北の対立は避けられない。韓国には犠牲になってもらうしかないのだ。

韓国軍の一部では、米軍の指揮下でコントロールされたり、米国の傀儡国家などと揶揄されている現状に、不満を持っている者たちがいる。真の意味での独立を果たすために、北朝鮮が保有する核兵器や技術を奪い、中国や米国を牽制しながら、朝鮮半島の民族解放を宣言するとのたまう軍幹部たちを、上手く使うつもりだった。

だが、我々の真の狙いは別のところにある。その頃には、この日本も——。

やがて誰もいなくなった省議室で、柴本は日本の未来設計図に思いを馳せていた。直立不動で隣に立つ赤尾（あかお）を見て、思い出したように口を開く。

「奴の家族の様子は？」

「様子に異常はありません。監視する必要はないのでは？」赤尾が、柴本の耳元でささやくように言う。

「まあ、いいだろ。しかし、現場を攪乱して誘導するのに、周囲から疑念を抱かれるとは愚かな奴だ。我々の目的に水をさすような者は必要ない。死んでくれて良かったのかもしれん」

「自殺に見せかけようとした者が、自ら命を絶つとは……。どうやら、警視庁の人事一課に目をつけられていたようです」

「何にせよ、捜査一課の筆頭管理官が、殺人に結びつきそうな現場証拠を消し去り、自死したものとして誘導するとは、世も末だな」

民族系右翼団体代表の村田に、朝鮮総連議長の暗殺を働かせた。その口封じを赤尾にさせた。柴本は村田に、自らを針貝と名乗っていた。

赤尾がにやりと口角を上げた。

「それも捜査一課長まで、我々の手のうちにあったなんてことが知れたら、世間はどう思うでしょうね」

柴本は口の中で含むようにして笑うと、静かに言った。

「すべては順調だ。日本の未来は、私たちの手の中にある」

7

東京と千葉との境にある小さな町に義正が辿り着いたのは、周辺の家に明かりが灯りはじめた頃だった。降り立ったバス停に人気（ひとけ）はなく、薬局の前を緩慢な動作で通り過ぎる老人以外に、人の姿はまるで見えなかった。

停留所にある青いベンチに腰掛けた義正は、約束の時間までまだ少し余裕があることを腕時計で確認すると、傍らに置いた手提げバッグから小説を取り出して、ページを捲った。だが、ふと思い直して本を閉じ、バッグにしまって立ち上がると、煌々と明かりが灯る小さなアーケードのほうへ歩き出した。

進藤から指定された場所は、ここから徒歩二、三分のはずだった。迷うことはないだろうが、事前にこの目で確かめておきたかった。

薬局前の細い道を右折して、真っ直ぐ進む。個人商店のコンビニや金物屋、すでにシャッターの降りた精肉店を通り過ぎると、並びに『時代屋』という看板を見つけて、義正は立ち止まった。居酒屋、と書かれた提灯――ここだ。

日が落ちて寒くなってきた義正は、さきに中で待つことにして暖簾をくぐった。

人懐っこそうな六〇代くらいの女店主が、こちらに微笑みかけてくる。木造のカウンターはL字型になっていて、そこに点々と座る男たちの身なりは意外と裕福そうに見えた。その隣席では、顔を赤く染めた労働者風の男が、ジョッキを片手にビールを飲んでいる。

左に目をやると座敷があり、そこに客はいなかった。

「お客さん、ひとり？」女店主が手をタオルで拭いながら訊いてくる。

「いや、待ち合わせで――」

義正がとまどうようにつぶやいたちょうどそのとき、小柄な男がひとり、暖簾を手で払うようにしてキッチンから出てきた。

「ママ、トイレありがとう」

そう口にした男がこちらに気がついた。男はわずかに口角を上げると、義正にうなずきかけてきた。

鈴木則夫だった。それから座敷に上がると、ふたりで向かい合った。

鈴木は、この数十年間で大きく変貌を遂げていた。学生時代はどちらかといえば、寡黙な男だったはずだ。それがいまでは、別人のように笑顔を見せてよくしゃべった。

こずえから鈴木の名前を聞かされたときの衝撃は尋常ではなかった。ただ、それ以上に驚いたのは、鈴木に会いたいと申し入れた義正に対して、進藤がそれを否定しなかったことだ。内藤を名乗れと慎重さを崩さず、四六時中、監視までしていたのにである。

しかし、その引っかかりの正体は結局わからず、義正はこうして鈴木と会うことにしたのだ。

一般論として、初対面の人間もしくはそれに近い人間同士が会話をするときは、政治や宗教の話をしないという社会的な不文律がある。だが、義正と鈴木にそのような慣習は意味をなさない。お互いがこの国の政治や社会に関心を持ち、生き続けてきた人間なだけに、それらの話題に触れないわけにはいかなかった。

「白川さんもご存じのように、日本の年間自殺者は二万人を越えています。その多くは金銭にまつわる借金苦です。多額の借金を背負って死んだ当人だけならまだしも、残された妻や子供の中には、その日から生活ができなくなる人たちもいる。相続放棄をすれば、借金を払わずに済むこともあるでしょう。ですが、子供を育てて大学まで通わせるとなると、母子家庭ではなかなか難しい。四年制の大学でかかる費用は約四百万、一八歳から働けば得られたであろう逸失利益を差し引くと、軽く一千万は越えることになる」

鈴木の言うことは理解できるが、客観的数値を示して反論するのも面白そうだった。

義正はさっそく対抗意見を述べた。

「仮に無理して大学へ通わせても、この日本では大卒と高卒の賃金格差はそれほど大きくはない。ＯＥＣＤの加盟国の中でも、一・六四倍と低い水準です。大学を卒業しても、長く働かない限り相応の給料はもらえません」

「そうは言っても、貧困と言われる母子家庭の中には、子供を高校に通わせることすら負担に感じる家庭がある。子供にはまともな教育を受ける権利があるはずです。子供への投資こそが、日本の未来への最大の投資ではないですか。弱い立場の者を置き去りにして、富裕層にばかり尻尾を振っている政治家には反吐が出る。多額の献金のために有利な法案や政策を通すあいつらは、権力に取りつかれた唾棄すべき者たちです。この日本経済は、声なき労働者たちが支えている。その経済が日本の文化や伝統を維持して守っているんです。労働者の支える経済こそが、腐った政治の鉢に水をやり、機能させているとも言えるんじゃないですか」

充血した鈴木のその目は鋭かった。額に汗をかいたまま、鈴木は怒気を含んだ声でさらに続けた。

「経済を動かす血流を止めるのは簡単です。物流を止めれば事足りる。物の流れこそが経済のインフラであり、根幹をなすものです。これを止めればすべての経済活動がストップする。日本社会はたちまち混乱に陥るでしょう」

それには納得しかねた。鈴木は労働組合の幹部と言っても、あくまで大企業の中での話である。言わば正社員の代弁者だ。より生活水準の低い契約社員やアルバイトなどで、一生働き続けなければならない人間たちはどうなるのか。

「そんなことをされて一番困るのは、物流を担う低賃金で働く人たちじゃないですか。仕事がなくなれば、彼らの生活は破綻してしまう」

「たしかに白川さんの言う通りだけど、それだって将来的に、産業の効率化によって代替される。技術革新は日進月歩ですからね。結局、派遣や契約社員は使い捨てでしかないんだ」

鈴木は立ち上がると、再びトイレに行き、用を済ませてから戻ってきた。そして深呼吸をし、おもむろに口を開いた。

「……やっぱり、この国の政治、行政、経済の仕組みを、根本から作り変えるしかない。どう思いますか、白川さん」

唐突な質問だった。いささか面くらいながらも、義正は答えた。

「……私なら、未来を担う若者たちを育てて、強いリーダーシップを持った人材を国会に送り込みますよ」

「それはすでにやっていることです。いつまでもそんな悠長なことは言っていられませんよ。白川さんらしくもない。もしや白川さん、あなたは長年の刑務所暮らしで牙を抜かれてしまったんですか？　革命精神はどうしたんですか」

鈴木の挑発する物言いに、義正の血圧が上昇していった。

義正が身を投じた中核派は、一九九〇年には一二四件のテロやゲリラを実行し、暴力を全面に押し出して、革命を成し遂げようとしていた。

しかし、警察との激しい対立から次第に疲弊していった組織は、従来の路線を変更せざるをえなくなった。そこで中核派は、『将来の武装闘争に備えて、テロ、ゲリラ戦術を堅持しつつも、当面は大衆闘争を基軸に党建設を重視する』との方針を決めた五月テーゼに基づき、市民運動や労働組合への浸透を図るようになった。鈴木が労働組合に深く関わるようになったのも、こうした背景があったからだろう。東京都議会選挙で関係者が当選を果たした際には、さすがの警視庁公安部にも激震が走ったと言われている。

ただ、過激派にも高齢化という抗いようのない波が押し寄せ、共産主義という思想自体が時代遅れとなった今、大学生のオルグも思うようにはいかなくなっているらしい。尋常ではない鈴木のこの焦りは、そのような危機感の裏返しではないかと義正は思った。

とはいえ、返す言葉が見つからないのもまた事実だった。

「……私が言っているのは、これまでのやり方では何も変わらないということです。鈴木さん、あなたもそれはわかっているはずだ」

やっとの思いでそう返すと、鈴木は口端を歪めて不敵な笑みを浮かべた。

「わかっていますよ、それくらい。これまでのやり方では何も変わらないということはね」

視線が絡み合う。こちらを見つめるその目には、どこか失望の色が感じられた。

義正はかぶりを振ると、本来の目的を思い出し、鈴木に訊ねた。

「そういえば、学生時代に鈴木さんが行動をともにしていた、藤堂房子さんの近況はご存じですか」

鈴木の動きが一瞬止まった。

「……いや、学生のとき以来、一度も会ってませんよ」

その答えは明らかに鈍かった。だが、鈴木は素知らぬ顔で「予定があるので」と言うと、さっさと帰り仕度をはじめた。

「もう会うことはないでしょう。それじゃあ」

鈴木が店を出ていく。義正はその背中をただ見つめていた。

＊　＊　＊

コートを立ててうつむくと、義正は顔をしかめた。吹き荒ぶ冷たい風にさらされながら、目をつけた中層ビルの前を通りすぎる。革進社――現在、中核派の本部となっているビルだ。

鈴木と会ってから三日が経ち、その後、義正は本人への尾行を開始していた。そこでこのビルに出入りする鈴木の姿を何度か確認できたのだ。

しかし、鈴木が房子と接触する様子はまったくなく、時間だけが無駄に過ぎていった。それどころか、鈴木の行動は不規則で、尾行者を嘲笑うかのように予測不能な行動をとった。公安でいう〝点検〟を怠らず、異常に監視を警戒している様子が窺えた。結局、単独での尾行では無理と判断した義正は、竜介の助力を借りることにした。

そこでわかったことは、鈴木をマークしている人間がほかにもいたということだった。全盛期に比べればだいぶ減ったとはいえ、いまだ活動している中核派を、監視・情報収集している公安一課の捜査員たち——鈴木が警戒していたのは、宿命ともいえる相手だった。もちろん、義正たちが鈴木の尻を追いかけまわしていることにも気づいているだろう。

コートのポケットで着信音が鳴った。革手袋をポケットに突っ込み、携帯を取り出す。

「もしもし」

革進社の建物から遠ざかるように路地を曲がる。竜介だった。

——今、大丈夫?

「ああ、大丈夫だ」

——尾行班から連絡があって、鈴木は東池袋にあるビルに入ったそうだ。誰と会っているのか、何の目的なのかはわからないが、二時間近く経っても出てくる様子がないらしい。このまま監視はさせるつもりだけど……。

「無理はしないでくれ。こっちが公安にまとわりつかれたら敵わないからな」

そう言う義正に、竜介も否定はしなかった。竜介自身、公安にマークされた経験があるからだろう。

気がつけば、夜の帳があたりを包みはじめていた。

8

「チョルジン、ほら」

クァンヨクはそう言うと、湯気の立った黄色いものをチョルジンめがけて放り投げた。放物線を描いて飛んでくるその物体を、チョルジンが慌ててキャッチする。それから擦り切れて破れたズボンに手をこすりつけて、歓声の声をあげた。

「これ、どうしたの？」

チョルジンが、今にも踊り出しそうな調子で訊いてくる。その問いに、にやにや顔でクァンヨクは答えた。

「落ちてた」

本当は近くの畑から盗んできたものだけど――。

「これ、僕ひとりで食べていいの……？」

貪ぼりつきたい衝動を抑えるかのように、チョルジンはトウモロコシを弄んでいる。

「いいよ」クァンヨクは真っ赤な鼻をすすって笑った。「僕と弟たちはもう食べたから」

「やった！」

チョルジンがトウモロコシにしゃぶりつく。

「どう？」

「美味いに決まってるじゃん」

トウモロコシの滓を頬につけるチョルジンに、クァンヨクは大きな笑みを浮かべた——。

コウは故郷の村をまわりながら、幼少期を思い返していた。

朝鮮民主主義人民共和国の東部にある、人口二〇万人ほどのこの都市は、冬の気温がマイナス三〇度まで下がる。

コウの視線の先に、丸瓦を葺いた緑色の屋根が見えた。壁は全体的に白いが、子供の背丈ほどの高さまでは青く塗られている。色合いはどの家も同じだ。そこに個性というものはない。同じ班の家は、どれも同じ色になるように統一しなければならないのだ。この国はすべてそうだが、住居もまた国家の所有物であり、私有地などというものは存在しない。

一九五七年一二月二〇日、かつてキム・イルソン主席は演説で、『朝鮮人民は遠からず、白米のご飯と肉のスープを食べ、絹の服を着て、瓦屋根の家に住めるようになるでしょう。これは空想ではなく、明日の現実です』と語った。あれから五〇年——目の前の現実はどうだ。人民はくたびれた服を着て、木の皮の煮汁をすすり、ネズミやスズメを獲って食べている。最近では、その小動物さえ見かけなくなってきている。年を追うごとに状況は悪くなっていた。餓死をする者は多くなり、街をさまよう孤児（コッチェビ）の数も年々増え、目につくようになっている。

それでも、幼少期や若い頃はまだ、この国は必ず良くなるものだと信じていた。希望があった。キム主席についていけば間違いのない未来が待っているのだと、疑いすらしなかった。

だが、眼前に現れる風景に色はない。すべてがモノクロで、静止画を見ているようだった。街ゆく人々に表情はない。何が真実で、何が現実かさえもわからなくなっているのかもしれない。まるで生気というものが感じられなかった。キム世襲政権が続く限り、我が国の子供たちに未来はない。この国に希望をもたらすには、誰かが立ち上がらなければならない。

そうだろ、チョルジン――。

ポケットの中の小さなお守りを、コウはぎゅっと握りしめた。

朝鮮半島に戦禍が広がるなか、ふたりはいつも遊んでいた炭坑近くの丘の上に立っていた。

「チョルジン泣くなよ」

「だって……」油汚れにまみれた服の袖で、チョルジンが涙を拭う。

「大丈夫だよ、僕たちは離れてたって家族同然なんだから。代わりに、約束は絶対忘れちゃだめだからな」

クァンヨクはそう言うと、右手に握った物をチョルジンの手に乗せた。

「これは――」

「僕が作ったんだ」

「お守り……？」

しゃくり上げるチョルジンに、クァンヨクは優しくうなずきかけた。

「ほら。泣くなってば」

そう口にし、チョルジンの肩を組むクァンヨクの頬もまた、濡れていた――。

チョルジンは約束を忘れてなかった。今度は自分が約束を果たす番だった。

しかし、この国における軍事クーデターがことごとく潰されてきた歴史を思えば、ハードルはどこまでも高かった。大きな賭けでもあった。いくらこの国の未来のため、人民のためとは言っても、家族を巻き込むことはしたくない。

一方でこの十数年、静かに、だが着実に進めてきた工作と作戦計画には、自信もあった。コウにもう迷いはなかった。

この計画は、今までとは違う。それは、米国と南朝鮮による軍事支援、そして各国の思惑という変数があるからだ。

仮にクーデターが成功したとしても、自らが政権の中枢に居座るつもりはない。ただ、事後の混乱だけは避けねばならなかった。

この国の人々が一日も早く安寧をとり戻し、幸福の世を築くまで、その歩みを止めるつもりはない。

たとえ、この身が滅びようとも。

＊　＊　＊

広大な会議室の中を、キム・グァンチョル委員長がゆっくりとした足どりで歩いていた。その後ろを、総政治局長のチェ・ウォンホンがついてまわる。楕円形の大きなテーブルには、すでに総参謀長や主要閣僚が並んで座っている。

「あの年寄りはディールを好むんじゃなかったのかっ。だったらなぜ、何も働きかけてこない？　経済制裁は維持されるままだ！」

キム・グァンチョルが誰にともなく苛立ちの声をあげると、慌てたようにチェ・ウォンホンがすり寄っていった。

「ここは根比べです、元帥様。ボルトン政権は長くはもたないでしょう。ここはあの年寄りが譲歩してくるまで、もう少し時を待つべきかと――」

「いや、このままでは、兵糧攻めで干上がるのも時間の問題です」コウはそこで、すかさず挙手した。「今の状況を打開するためにも、日本に向けて即座に我が国のロケットを放ち、制裁解除を進展させるための仲介役を担わせるのがよろしいのではないでしょうか」

コウの意見に、隣席に座る総参謀長のユン・ヨンソルも賛意を示した。

「同感です」

チェ・ウォンホンは鼻を鳴らすと、コウに反論してきた。

「日本は米国の犬です。米国といっしょになって経済制裁の旗振り役をしている現状で、ロケット外交に果たして効果があるのか。それよりも、我が共和国と友好関係にある国との交流を進め、制裁網を突き崩しながら時間を稼ぎ、我が国に有利な情勢が巡ってくるまで、戦略的外交を推進すべきだと思いますがね」

「それは大きな間違いです。日本と南朝鮮は、必ずや我が国のロケットに怖じ気づき、制裁緩和に向けた交渉を早期に促すでしょう。何よりも戦争を回避したいのは、ほかでもない日本と南朝鮮なのですから。資本主義に毒された軟弱な者たちと、偉大なるキム・イルソン将軍様が築いた我が国の精神とでは、比べものになりますまい。我が共和国の未来を切り開くのは、断固とした決断だと私は信じています」

コウの迷いのない発言に、場は沈黙した。

やがてキム・グァンチョルが、全員をにらみつけて口にした。

「わかった。ロケットの発射は三日後とする。事前通告では、人工衛星の打ち上げであるということを国際社会に強調しろ」

三日後、平譲郊外の山陰洞北西部に位置するミサイル発射場に、コウはいた。

指令室内にてコウと対峙する、核兵器と大陸間弾道ミサイルの研究・開発の指揮を執る部長、キム・ヨンへの表情が曇った。

「コウ副委員長、我々はあくまで人工衛星のロケット発射を命じられたはず。ロケットを米国の領海に打ち落とすなどという命令はもちろんのこと、元帥様の署名もありません。あなたが言うような変更があったのであれば、真っさきに私の耳に入ってくるはずですが……」

キム・ヨンへの背後では、シュウ・ヨンソルが、落ち着かない様子で成り行きを見守っている。

「そんなはずはない。私が直接、元帥様から聞いたんだぞ」

「ならば、確認だけでもさせてください」

キム・ヨンへが、デスク上にある電話に手を伸ばす。

直後、アサルトライフルを手にした黒ずくめの男たちが姿を現し、室内へ雪崩れ込んできた。

同時に、キム・ヨンへがその場に崩れ落ちる。

「采は投げられた」

コウは天井を仰ぐと、サイレンサーを装着した拳銃を見つめてうなずいた。その指示に、男たちがいっせいに走り出す。

それからコウは、シュウ・ヨンソルに目をやった。

「私たちに協力すれば、君は日本に帰れる。シュウ・ヨンソル――いえ、若林（わかばやし）教授。どうしますか」

コウの言葉に、若林はようやく事態を飲み込んだようだった。酸素を失った金魚のように口をぱくつかせる若林は、ひとつおいて深く顎を沈めた。

米本土に向けてミサイルを発射することで、米国に反撃の口実を与え、それと同時に国内でクーデターを決行する。その協力を取り付けるために、これまで長い年月を要した。三八度線前線に待機する我が同志の軍団長は、ミサイル発射後、米韓軍北進のための道を開けることになっている。

この国には『三線三日報告体系』というものが存在し、軍部隊では班以上の兵力を動かす場合、軍部隊党組織の責任者である政治部長、軍保衛司令部の責任者、軍部隊指揮官の三者による合意が必要とある。この厳しい規則がクーデターを防ぐ役割を果たしてきた。

軍団を動かそうとするなら、指揮権のある軍団長、政治責任者である軍団政治委員、軍団を監視する保衛部長の三人の同意を得なければならない。そして、最高司令部の命令があってはじめて、軍を動かすことができる。長年に亘る工作と我が同志の労力が、いよいよ結実するときがきた。

ようやくこの日がやってきたのだ――。

息子たちは無事に保護されただろうか。

もちろん、我が愛するこの国の未来のためならば、この命など惜しくはなかった。

「教授、ミサイル発射を急いでくれ」

「わかりました」

そう答えると、若林は急いで部下に指示を出した。

9

真夜中過ぎ、首相官邸の地下にある危機管理センターに招集された各閣僚メンバーの緊迫した雰囲気に、義正の鼓動は激しく波打っていた。

内閣情報調査室長の中森と一緒に官邸を訪れていた義正は、先日に報告したハンからの要望について、再び安波と面会するため、大客間で待っていた。すると突然、官邸内が騒然となり、中森にも情報が入ってきた。

気象衛星のロケットを打ち上げる――北朝鮮がそう通告してきたのだ。それにより義正は、安波首相直々に国家安全保障会議への出席を特別に許可されたのである。

会議室の奥に映し出された大型モニターの映像に、義正の両目は釘付けになっていた。日本各地の重要施設と思われる場所や建物周辺で、厳戒体制を敷いている機動隊員の姿。日本海と見られる荒波を映し出すヘリからの画像には、海上保安庁の巡視船がライトに照らされて浮遊している。

内調トップの中森の傍らでモニターを凝視する進藤に、義正は視線を向けた。

「北朝鮮のミサイルは、本当に気象衛星なんですか」

「それは何とも……。北朝鮮は人工衛星だと言いますが、打ち上げられたあとの軌道を計算するまでは……」

「そんな……北朝鮮は日本に向けて発射するつもりですか」

「それも、今の時点では判断しかねます」

とは言うが、進藤の態度はやけに落ち着いていた。北朝鮮のミサイルが日本に向けられたものかもしれないというのにだ。

「ただ、北朝鮮は何をするかわからない。それだけは確かですね」

進藤はそう言うと、ちらりと腕時計の文字盤に視線を落とした。

その間も、室内は職員や秘書官らが慌しく動き回っていた。新たな指示と情報が、怒号のような声音とともにあちこちで飛び交っている。

「それにしても、北朝鮮のミサイルに、なぜ機動隊員があれほどまでに投入されているのでしょうか」

原発や電力施設ならまだわかる。だが、主要都市の街中に機動隊員がいるのはどうも解せない。

義正の疑問に、進藤が平然と答えた。

「さきほど渋谷区内で爆発があり、複数の死傷者が出る事件があったそうです」

「事件?」義正は眉根を寄せた。

「そうです。警察庁長官の説明では、何者かによるテロの可能性が指摘されています。破壊工作員の活発化、そして同時にこのミサイル。それから、北朝鮮国内で近日中にクーデターが起きるかもしれないという情勢変化に関する情報。それらを総合的に判断したとのことです」

そのとき、時化で激しく揺れる巡視船がモニターに映し出された。

「あっ」

タクティカルアーマーと小銃を装備した隊員の姿に、義正は思わず声をあげていた。さらに隣のモニターでは、巡視船とは別に小型船が映し出されている。

コウの家族だろうか。荒れ狂う高波のなか、必死で体勢を支えようとする数人の姿――舳先につかまり、巡視船に向かって手を振っている。

あの若い男は――コウの息子に違いない。そうか、無事だったか。高野もきっと喜ぶだろう。そう思いながら、義正はモニターを食い入るように見つめていた。

しかし数秒後には、義正の歓喜は失意へと変貌していた。舳先で手を振る若い男が、前のめりに倒れたかと思うと、冷たい荒海へ落下していったからだ。

事故ではない。確かな射撃音が、義正の鼓膜にへばりついていた。

「あれは潜水艦じゃないか」

外務大臣の近藤が、壁に嵌め込まれた大型モニターを指差した。その場にいた出席者たちがいっせいに顔を上げる。なかには電話の受話器を落とし、放心したように口を開いたままの者もいた。

突如、近くに浮上した潜水艦。そのハッチから現れた戦闘員が、コウの息子を撃ったのだ。

「あれはロメオ級潜水艦だ。ステルス性は低いが、特殊部隊を運ぶこともある」防衛大臣の田中が眉間に皺を寄せて言う。

「ということは、北の特殊部隊か」安波の表情が瞬く間に曇っていく。

「おそらく、脱北計画が漏れていたのではないかと……」官房長官の二階堂がためらいがちに答える。

「脱北を阻止することだけが目的なのか」安波が二階堂に鋭い視線を向ける。

「わかりませんが、このまま脱北者の救助を続行させるか、海上での北朝鮮との交戦を回避するか、決断が必要です」

「もしクーデターが本当に起きた場合、北朝鮮で助けを待つ日本国民の救出には、内部の協力者が不可欠だ。先々のためにも、あの亡命者たちは保護しておきたい」

「そうなると、巡視船に乗り込んだ海自の特殊部隊にやらせる以外に方法はなく、敵との銃撃戦は避けられなくなります。仮に保護救出に成功しても、北朝鮮国内における反政権勢力の協力が、約束通りに実行される確証だってありません。むしろ、事態は悪くなっているかもしれない」

二階堂は奥歯をかみしめると、三船内閣法制局長官に意見を求めた。

三船が席を立って、安波に体を向ける。

「北朝鮮からの明白な武力攻撃、または我が国に対する侵略行為と判断できない限り、防衛出動はさせられません。巡視船に向かって攻撃を仕掛けてきたとしても、海上での小規模な争いであれば武力攻撃と認定するのは難しく、その場合には、自衛隊法八二条による海上警備行動の発令までが限界かと」

防衛出動と違い、海上警備行動は組織的な武力行使ではなく、『警察官職務執行法』が準用される。敵に危害を加えるような武器の使用は、正当防衛時や相手が抵抗する場合にのみ許されるということだった。

万が一、銃撃戦ともなれば、ＳＢＵの被害は大きくなる。とはいえ、人的被害を憂慮することも大事だが、こうして議論している間にも、状況は刻一刻と差し迫っているのだ。いざ有事となった際の日本政府の慌てぶりと、日本国民の混乱を想像して、義正は暗澹たる気持ちになった。

＊　＊　＊

どす黒く猛り狂った高波が、漁船に毛が生えたような小型船に容赦なく襲いかかる。船体が跳ねるように揺れ動き、光を失った海上で視認できる人影は見当たらない。だが、保護すべき亡命者がいまだ乗船していることは間違いなかった。

沖野（おきの）は八九式小銃を肩に担ぐと、隊長の植松（うえまつ）に歩み寄り、溜め息まじりに口を開いた。

「隊長、上からの指示はまだですか」

「黙って待ってろ」

植松はじろりと沖野をにらむと、船内に入っていった。

「日本に助けを求めてくる人間が目の前で射殺されても、何もできないなんてな」

沖野の背後で声がした。振り向くと、白髪混じりの屈強な体つきの男が、皮肉そうな笑みを浮かべて立っていた。手にはＭＰ―５サブマシンガンを携えている。ともに任務に当たることになった、海保特殊警備隊（ＳＳＴ）の隊員だった。

沖野は甲板にしゃがみ込んだ。

「この荒い波じゃ、あの小船が海中に呑み込まれるのも時間の問題だよ」

「そう腐るな。我が国のお偉いさんが、お茶でも飲みながらこの様子を観察してるはずだ。あれこれと天秤にかけてるところだろうぜ」

そのとき、沖野の耳に無線が入った。

『これより、Ｂ―２作戦を開始する。ボーディングの援護体勢に入れ。敵からの攻撃があり次第、海上警備行動の発令により反撃を許可する』

待ってました――沖野は飛ぶように立ち上がった。ＳＳＴの男も、見た目に似合わず俊敏な動きで配置に着く。

ＳＳＴ統括隊長以下八名の隊員が、ヘリ部隊との共同で、亡命者を保護し救出する。ＳＢＵはその援護をすることになっていた。

巡視船とロメオ級潜水艦とのあいだに挟まれた亡命船は、船体の側面を荒波に打ちつけられて、轟然たる音を響かせていた。それはあたかも、死に飢えた神が手ぐすねを引いて待ち構えているようだった。

沖野は双眼鏡を周辺海域に巡らせたあと、亡命船の様子を確認した。一瞬、人が動いた気配を感じたからだ。

頭上ではヘリコプターがホバリングを開始し、ＳＳＴ隊員が次々にファストロープ降下していく。ロメオ級潜水艦の機関室付近に双眼鏡を向けると、全身黒ずくめの武装した兵士三名がハッチから出て、アサルトライフルでヘリを攻撃しようとしているところだった。

次の瞬間、横殴りの雨風で視界が奪われた。同時に、射撃音がヘリの機体の一部に穴を開けた。

沖野は転落防止柵に重心を預けると、バラクラバで顔を覆った兵士に照準を合わせ、引き金を絞った。跳ね上がるように横倒しになった兵士が、海の藻屑となって消える。それに気づいた二名が驚いたようにこちらを振り向くと、ライフルを連射してきた。

被弾しないように身を沈め、腹這いになる。視界の隅では、赤子を抱いた女と若い娘が、亡命船の機関室前で立ちすくんでいた。

女たちに続いて、巨体の男が現れる。男はその盾になるように立ちはだかると、潜水艦に向かって銃の乱射をしはじめた。

護衛がついていたのか――そう思った刹那、巨体の頭から血しぶきが飛び散った。その体が甲板の上に崩れ落ちる。その間にもＳＳＴの隊員たちは乗船に成功し、二名が周辺への警戒態勢に、一名が駆け寄ってくる亡命者を抱えるように保護した。

ロメオ級潜水艦に視線を移す。機関室から続々と出てくる兵士たちが、ヘリの機体を蜂の巣のように穴だらけにしていく。ヘリで救出するのは難しい——そう判断した直後、ヘリが旋回をはじめた。

沖野は無線に向かって叫んだ。

「ヘリからの救出は不可能です、複合型高速ゴムボート(RHIB)での着船と救出の許可をください！」

ヘリが火を噴き、地獄の海中へと引きずりこまれていくのを目の端に捉えながら、左舷まで走る。あちこちで銃撃がはじまり、乾いた音とともに、銃弾が沖野の頰をかすめていく。

ＲＨＩＢに乗り込むと、八九式小銃を構えた三名の隊員たちの姿があった。皆、家族がいるだろう。しかし、他人の救出のためにその身を捧げようとする姿からは、使命感と与えられた任務を全うするのだという強い気概が感じられた。

波が和らぐのを辛抱強く待ってからエンジンを始動させ、ロメオ級潜水艦から死角になる位置まで移動すると、沖野は亡命者の様子を観察した。ＳＳＴの隊員たちとともに機関室の陰に隠れて、その身を縮こませている姿が見える。

「援護願います」

『了解』

その返答を受け、亡命船体に横づけすると、転落防止柵まで駆け寄ってきた隊員のひとりが、毛布にくるまれた赤ん坊を手渡してきた。

沖野は鉄柵をしっかりとつかみ、体のバランスを安定させた。仲間のひとりが、その小さな赤ん坊を受けとった。

巡視船と潜水艦との銃撃戦は激しさを増していた。時間はかけられない。沖野は反射的に小型船へ乗り移ると、小銃を両手でしっかりつかんで駆け出した。

亡命者たちの眼前を突っ切り、機関室の壁を死角にして立ち止まる。上下する肩を静めるようにいったん呼吸を整えると、女性二名を庇うようにしてボートに駆け寄った。

すかさず、敵兵士が銃口を向けてくる。沖野は右肩に衝撃を受けてよろけた。タクティカルアーマーに守られ、何とか体勢を保った。

再度、死角に身を寄せ、兵士めがけてトリガーを引く。ひどい耳鳴りがした。これが戦闘というやつなのか。平和ボケした日本国内への上陸を許したとき、果たしてこの日本はまともに戦えるのだろうか。沖野は頭を左右に振ると、兵士たちに照準を定めて引き金を引き続けた。

全員がボートに乗り込んだことを無線で確認した沖野は、踵を返して駆け出した。滑り込むようにしてボートに乗り込む。赤子を抱きしめた母親は泣いていた。男の死に対する涙だろうか。それとも、我が子とともに生きのびたという安堵からなのか。いや、その両方が複雑に絡み合い、その胸を支配しているに違いない。

雨風が強くなり、波浪が激しくなっている。

これで終わりなのだろうか。空と海を包む暗闇が、沖野の胸中に不吉な予感を感じさせた。

＊　＊　＊

会議室では、皆が固唾を飲んでモニターを見守っていた。

コウの家族が保護されたという事実は、義正を安堵させた。だが、出席している者たちの表情は一様に固かった。それも当然だ。自国のヘリが一機、撃墜されたのだ。

「総理、米軍偵察衛星がミサイルの発射準備兆候をキャッチしました。また、北朝鮮国内での軍事無線による通信量が、通常の数倍にまで増加しているようです」防衛大臣の田中が、毅然とした態度で報告する。

「直ちに、韓国にいる在留邦人を退避させてくれ」

安波の言葉に、田中と近藤は大きくうなずいた。

その横で、官房副長官の牧野（まきの）が声を張りあげた。

「うちのほうはどうなってるんだっ」

「それは――」田中が額の汗を拭った。「迎撃態勢はもちろんとっていますが」

三〇分前、日本独自の情報収集衛星により、北朝鮮東部の山中にあるミサイル基地の変化を捉えていた。発射台に設置されたミサイルは、全長十五メートル超、直径一・五メートル前後の、『ノドン』と見られた。日本は狙われたのだ。

日本への着弾は、わずか十分程度。米軍の早期警戒衛星（DSP）と、千キロ先の野球ボールさえ補捉できるというXバンドレーダーによって、弾道ミサイルの行方を捉えることはできるが、飛翔するミサイルを撃墜できなければ意味はない。迎撃態勢は整えているが、確実に防げるという保証はなかった。

田中がさらに安波へ報告した。

「北米防空司令部から、長距離弾道ミサイルの発射警報が出ました。有事に備えて、米全土にデフコン2が敷かれたとのことです。なお、在日米軍にもデフコン2を発令。我が国の統合幕僚本部にも、非常警戒の通告が入っています」

デフコン2とは、戦闘開始の準備態勢のことだ。

「韓国と在韓米軍の動きは？」

「在韓米軍司令部及び在韓米空軍司令部は、ともに反撃準備命令を出しています。韓国軍司令部も、陸海空軍及び海兵隊にデフコン2を発令したとのことです」

「ミサイルに核は搭載されているのか」

「それはわかりません。そういった場合にも備え、自衛隊に防衛警備行動を行なうよう命じ、統合幕僚本部からもレベル2の非常警戒体制に入るよう下命しました」

「クーデターが発生し、それに米韓軍が加担するとなれば、北朝鮮もどう出てくるかわからない。万全の防衛態勢と引き続きの情報収集に努めてくれ」

一瞬、沈黙が訪れる。

「ロメオ級潜水艦はすんなり引き返したようだが、いったいどうなってんだ」財務大臣の若草（わかくさ）が青ざめた顔で言う。

返す。

「やはり亡命者の阻止が目的だったようですね」総務大臣の田崎(たざき)がまるで他人事のように

「いや、油断は禁物だ」安波はそう言うと、統合幕僚本部長に命じた。「仮に弾道ミサイルが日本国内に着弾したり、北朝鮮の工作員によって破壊活動に見舞われる事態になっても、自衛隊は冷静に対処して行動するように。敵による襲来があった場合には、自動的に自衛権を発動し、反撃を許可する」

「わかりました」

安波の命令に、統合幕僚本部長が、陸、海空の幕僚たちに指示を与えていく。

すっと立ち上がった陸上幕僚長が、腕時計に視線を移して扉に向かう。

そのときだった。甲高い乾いた音が室内に反響して、義正は驚愕した。

音の発生場所を捉えて、心臓が早鐘を打ちはじめる。義正の視線の先——進藤の手に握られた拳銃が、統合幕僚長の頭を撃ち抜いていた。

時が静止したかのように、室内は深閑としていた。だが、すぐにあたりは騒然となり、次には入口の扉が開け放たれ、武装した集団が雪崩れ込んできた。全員、自衛隊の迷彩服を着ていた。

集団が、八九式小銃や六四式小銃を構えて、逃げ惑う閣僚たちを威嚇する。

首相官邸の、それも危機管理センターが占拠されるなど、そんなことがあるのか。いったい外はどうなってる。義正の頭は混乱していた。

これだけのことができる組織は、日本に自衛隊しかいない。しかも、それを動かせる人物——。

そこまで考えたとき、陸上幕僚長の顔が浮かんだ。咄嗟に周囲を見渡したが、すでにその姿はなく、進藤までもが消えていた。

再び銃撃音が響いた。今度は海空の両幕長が撃たれた。とにかくこの場から脱出する必要がある。

幸い、入口付近に義正を警戒する者はいなかった。時が経てば、それだけ状況は悪化する。義正は武装集団の目を盗むと、慎重に扉へ移動した。

直後、開け放たれた扉の端から顔を出すこずえと目が合った。こっちこっち、とジェスチャーで手招きをしている。

義正は扉の端まで行くと、思いきって廊下に飛び出した。すると、背後で銃声が鳴った。目の前の壁を穿ち、破片がぱらぱらと落ちる。構わず、こずえが走るほうへ駆け出した。

後ろを振り返りもしなかった。息が苦しい。秘密の通路でもあるのか、階段を駆け上がることもエレベーターに乗り込むこともなく、気づいたときには地上に出ていた。眼前にあるのは首相公邸だ。用意されていた車に飛び乗ると、こずえがアクセルを踏み込んだ。

十分ほどが経過して、ようやく脳内に酸素がまわりはじめた。安波は無事だろうか。まるで、二・二六事件の再来だ。シビリアンコントロールはどうなっている。北朝鮮で起こるはずのクーデターがこの日本でも起きているという事実が、義正には信じられなかった。

かつてはそれを願い、自らも革命戦士と自負していたが、現実のものとは到底思えなかったのだ。

「官邸は乗っとられたんですか」

ようやく落ち着きを取り戻した義正の問いかけに、こずえがはじめて口を開いた。

「……そうみたいです」

「室長はどうなったんですか」

「まだ中にいるはずです」

「やつらは何者なんだ……」

「それはよくわかりませんが……ところで、進藤さんは?」ハンドルを握るこずえの手が、微かに震えている。

「奴も仲間でした」

返事はなかった。こずえの不規則な息づかいだけが聞こえてきた。

「日本が危機的であるこの状態で、官邸まで乗っとられたら、この国はどうなるんですか」

「つまり、その情報も入ってこない……」

絶望感に包まれたように、こずえの表情は凍てついていた。

こずえに断りを入れて、ラジオをつける。日本のそのニュースは、即座に世界中へ拡散していた。

米国政府は、日米安全保障条約に基づき、乗っとられた官邸機能を回復するために全力を尽くすと声明を出していた。加えて、北朝鮮による長距離弾道ミサイルが米国の領海に落下したことを受け、北朝鮮に対する軍事的作戦を遂行すると宣言した。

ただ、北朝鮮から日本へ発射されると思われたノドンは、なぜか打ち上げられることはなかったようだ。あの国でも何かが起こっているのかもしれない。

「藤堂さんは、米国に情報網はありますか」

「それは内調としても、あらゆるチャンネルを利用して、情報収集と分析にあたっています」

「そうですか」

二四六号の道路に進入しようとしたちょうどそのとき、耳にしたこともないような轟音が鳴り響き、霞ヶ関方向の上空に白煙が上がった。

こずえは絶句していた。顔色は最悪だった。

この爆発音は、爆弾によるものだ。どこだ。いったい、どこで爆発したのか。

「藤堂さん、大丈夫ですか。一度、路肩に車を止めましょう」

義正の言葉に弱々しくうなずいたこずえは、ハザードランプを点けて路肩に車を止めた。

ラジオ音声が車内に流れる。

『緊急のニュースをお伝えします。さきほど午前三時三〇分頃、霞ヶ関にある外務省と警察庁、市ヶ谷にある防衛省のビル入口付近が、いっせいに爆破されました。一時間前には渋谷区内でも爆発事件が起きており、官邸占拠に関連する組織的なテロの可能性が疑われ、現場付近への機動隊の出動と都民に対する退避勧告が出されています。なお、内閣府では緊急会議が開かれ、自衛隊の出動や在日米軍の協力も視野に入れて対処していくとの方針を示しました。繰り返します――』

官邸の機能が失われてしまった日本は、これからどうなるのだろうか。次々と容赦なく襲いかかる日本の難題に、義正はどうするべきか考えもつかなかった。

10

官邸代用秘密基地内にて、副総理である立花は、さきほどの悪夢のようなひとときを思い返していた。

首相官邸が武装テロ組織に乗っとられ、防衛省まで爆破されるという非常事態は、世界を震撼させた。本来、危機管理センターなどでの非常時の会議には、総理継承順位第一位の立場として、副総理の出席が義務づけられている。それは、総理の職務遂行が不可能になったとき、職務が滞るのを防ぐためだった。首相官邸には、非公表の非常用出口が八ヵ所設置されている。危機管理センターが襲われたとき、安波の命令で、自分だけがあの場を抜け出すことができたのだ。

もし私に何かあれば、あなたがこの国を守ってくれ――総理の重い言葉が、立花の脳裏にこびりついている。立花は、官邸機能を二三区外のこの秘密基地に移動させると、すぐに政府存続計画の発動を命じた。

核シェルターにもなっている地下の大会議室には、重々しい空気が充満していた。皆、沈痛な表情のまま、立花の口元を見つめている。

「皆さんもご承知の通り、我が国は、戦後はじまって以来の危機的な状況に立たされている。だからこそ、毅然かつ早急にテロリストを殲滅し、官邸の機能を取り戻したい。現在、官邸の状況はどうなってる」

立花の声に、防衛副大臣の三篠(さんじょう)が答えた。

「陸上自衛隊のOH―6Dによる官邸上空からの映像があります。こちらをご覧ください」

各席の卓上に設置された端末画像に、方々からうめくようなうなり声が聞こえてきた。

官邸敷地内の駐車場や通用門は、テロリストと見られる集団によって封鎖され、官邸の表玄関周辺では、機関銃や迫撃砲、八四ミリ無反動砲、さらには一一〇ミリ個人携帯対戦車弾を装備した迷彩服姿の男たちが、外部からの進入に目を光らせていた。

「……総理や大臣たちは無事なのか」

外務副大臣の野中(のなか)が、焦り顔を崩すことなく大きな声を出した。考えてもみなかった出来事に、動揺を隠しきれない様子だった。

「情報収集を急いでいるところですが、ある人物の話では、統合幕僚長及び海空の両幕僚長が銃撃を受けたとのことで、その確認作業を至急行なっているところです」情報本部次長の首筋に汗が滴り落ちる。

「その、ある人物というのは?」野中が座り直して前屈みになる。

「内調関係者です。現場からの逃走に成功したようで、その時点では総理は生きていたとの連絡を受けました」

「その人間はどこにいる」

「それが、不明で……。官邸内部の状況を聴取しようと試みたのですが、本人との連絡が途絶えてしまい――」

「なぜテロ集団は自衛隊の迷彩服を着ているんだ」立花は口を開いた。

「それが――」三篠が眉根を寄せて言葉を詰まらせる。

「何だね」

「短時間での官邸占拠と統率力、作戦遂行能力から、相手は日頃から厳しい訓練を受けている軍隊と考えられます。北朝鮮による特殊部隊がすでに日本国内へ侵入している可能性もありますが、あれは我が国の自衛隊、それも陸上自衛隊の一部の者たちではないかと……」

「何だと？　我が国の自衛隊員が官邸を乗っとったというのか」

「おそらくは。しかし、声明らしきものはなく、その目的がわからない状態です。ただ、仮に我が国の自衛隊員が含まれていたとしても、いまだそのような情報がないことを考えると、それほど大規模なものではないのかと……。ですが、総理などを人質に立て籠もったとなると、何かしらの交渉を持ちかけてくる可能性はあります」

立花は鼻からひとつ息を吐き出すと、再び開口した。

「我が国の自衛隊員が、テロ集団などと結託しているということがあるのか」

「その可能性も否定はできません。いずれにしても、警察だけで対処するのは難しいかと……」

「これは日本国内のテロ行為なのか。それとも、他国による侵略行為なのか。国民に被害を出さないためにも、すぐに状況を把握し、防衛出動の可否を検討したい。米国も米軍出動を我々に提案してきているが、国内の危機は我々だけで乗り越えなければならないと思っている」

大きくうなずいた三篠が答えた。

「自衛権の発動は可能かと。憲法九条第二項では『国の交戦権は、これを認めない』とありますが、自衛権の発動に関してはまた別の話です。現時点で敵の素性が明らかとはなっていませんので、防衛出動として対戦するのは難しいですが、我が国としては早急に自衛権を発動し、官邸を取り戻すのが最善の方法かと思われます。最終的には総理の決断となりますが――」

しかし、その総理がいない。このような重大な決断を、自分がすることになろうとは――。

「副総理、米国の国防次官補からのお電話です」

卓上の電話受話器を握りしめた秘書官が、立花に告げる。電話器の軍用秘話システム(MSS)のランプが点いていた。国防次官補のマイク・ハインズは知日派で、立花がハーバードに留学した頃からの友人でもある。

立花が受話器を取るなり、マイクの日本語がまくし立てるように流れてきた。

——北朝鮮が米西海域に向けて、再び長距離弾道ミサイルを発射する。日本はいまそれどころではないだろうが、これは同時に日本の問題でもある。そこで、日米共同作戦計画五〇五五を実施したい。日本の後方支援が必要なんだ。直ちに米国の提案を受け入れ、早急に官邸機能を取り戻し、作戦態勢をとってくれ。

マイクはそこまで言うと、一転して沈黙した。立花の答えを待っているようだった。

立花は見えない友人に向かってかぶりを振った。

「米国の提案には感謝するが、官邸占拠に関しては我々で対処したい。ただ、作戦計画五〇五五については直ちに防衛省との協議に入る」

それだけを返して、立花は電話を切った。

作戦計画五〇五五は、日本政府が周辺事態、つまり『そのまま放置すれば、我が国に対する直接の武力攻撃に至る恐れのある事態など、我が国周辺の事態における我が国の平和及び安全に重要な影響を与える事態』と認定された場合に発動される。

その作戦内容は主に、米軍に対する補給、輸送、修理、医療などの協力。国内三〇ヵ所前後の民間空港や港湾を米軍に提供するなどの後方地域支援。ミサイル迎撃態勢の配備。また、在韓日米民間人救出などがある。

そのなかでも、朝鮮半島有事で日本国内の破壊工作員がさらに活発化する恐れがあることから、国内警備に関しては早急に対応すべき事柄だった。陸上自衛隊による、首相官邸、国会、原発、米軍基地など一三五ヵ所に及ぶ警備対象施設の警備や、海上自衛隊による、朝鮮半島と九州北部とを結ぶ海上輸送ルートの確保。そして、航空自衛隊による、朝鮮半島からの避難民の輸送支援など、陸、海、空の全方位で事に当たらなくてはならない。

しかし、このような国家危機の最中でも、総理や国民の悲願である拉致問題解決への作戦計画はいまだ生きている。日本にとってはこれ以上ないほどのピンチではあるが、米韓の武力攻撃によって北朝鮮に混乱が生じれば、拉致被害者及び在朝日本人救出のチャンスとなる。万が一、北朝鮮の現政権が生き残ったとしたら、二度とその機会が訪れることはないだろう。

日本政府がすべての対応で後手に回っていることは、のちの批判の種になる。拉致被害者救出作戦の成否は、現政権の未来を左右すると言っていい。いや、日本の未来をも左右するはずだ。

立花は矢継ぎ早に指示を出した。

「米国が腰を上げた今、朝鮮半島の混乱は不可避となる。我が国も無傷ではいられまい。だが、陸、海、空の自衛隊、日本の総力戦で、この危機を乗り切りたいと思う。三篠防衛副大臣は、日米共同の作戦計画五〇五五の発動命令を直ちに出してほしい。それから、習志野に駐屯している中央即応集団の特殊作戦軍、そのなかでも精鋭部隊百名を、北朝鮮内に残された拉致被害者及び在朝日本人救出にあてる。朝鮮有事のこの時、米韓軍にそれを依頼することはできない。我が国でやるしかないのだ。このときのために、韓国とも長年の折衝を重ねてきた」

「韓国は日本の特殊作戦軍の受け入れを了承しますか」

「いや、韓国政府は世論やそれを動かすメディアに敏感だ。韓国世論に配慮するため、ひと目で日本の特殊部隊とわかる迷彩服は避けてくれ。韓国とはそれなりの軋轢を生むかもしれないが、チャンスは二度とない。この好機を逸するわけにはいかないんだ」

「首相官邸のほうは……」

「もちろん、特殊作戦軍を含め、優秀な隊員たちを官邸奪還に向かわせる。すぐに指示を出してくれ」

立花の言葉に、三篠が力強い眼差しでうなずいた。

その後、在日米軍の横田基地から第五空軍が出動し、横須賀の米海軍第七艦隊の原子力空母、巡洋艦、駆逐艦なども順に出艦をはじめたとの報告が入った。

立花は居並ぶ出席者たちを見据えると、最後に言った。

「国を守るのは我々の仕事だ。まずは総理を救出し、国民を安心させる。ここにいる各人がやるべきことを全力でやりきってほしい」

11

平譲郊外――。遮るもののない夜空の満月が、キム・グァンチョルの乗車するベンツのボンネットに反射し、空虚な通りの街路樹を照らしていた。

人の姿はまるでない。明かりの消えた建物が等間隔に並んでいるだけだ。この国の中心都市である首都の平譲ですら、郊外では電力の供給が滞っていた。

ベンツの前を走る車に乗ったホ・ボンハクは、後ろを振り返りたくなる衝動を必死に堪えた。何度も頭をかすめる最悪のシナリオを振り払うかのように、下を向いて奥歯を噛みしめる。心臓が高鳴り、視界が霞んだ。

「大丈夫ですか。具合が悪いようですが」護衛総局の護衛官が、後部座席のホを振り返る。

「ああ、心配ない。少し疲れているだけだ」

ホはそう言うと、正面に視線を向けた。

そのとき、後方で急ブレーキを踏む音がした。同時に、キムの乗るベンツがバーストを起こして止まった。

慌てふためく様子の護衛官たちが車外に躍り出る。そのまわりを小銃を構えた警備兵たちが取り囲んでいた。しかし、キムが車から出てくる様子はない。

直後、眼前の警備兵がボンネットに倒れ、フロントガラスに頭を打ちつけた。頭部から血を吹き出している。立て続けに射撃音が聞こえて、たちまち銃撃戦がはじまった。

機関銃の連射音とともに車体が穴だらけになっていく。ホは駆け出すと、銃を取り出した。

「元帥様を護衛しながら前の車に乗せる。援護射撃をしてくれ！」

大声でそう叫び、キムが乗る後部座席に手をかける。だが、何か様子がおかしい。

ドアを開ける。そこでホはすべてを悟った。車中にいたのは、体型は似ているものの、キム・ヴァンチョルとはまるで別人だった。

腹に鈍痛が走り、路面に膝をつく。額に脂汗が浮かび、次第に満月がぼやけはじめた。

「コウ同志……」

ホの目尻から涙がこぼれ、乾いたアスファルトを濡らした。

＊　＊　＊

無神論者のコウに、神は手を貸さなかった。

『影武者でした。作戦は失敗です。ホ同志は死にました。』

ホ・ボンハクの暗殺作戦を、後方支援していた部下からのメッセージだった。

コウの全身は震えていた。ホやその家族、多くの部下たちのことを思うと、胸が締めつけられた。

なぜ、なぜ計画が漏れていたんだ――。

己の浅はかさと至らなさを呪った。申し訳ない――コウは首を垂れると、ホや部下たちに詫びた。しばらく顔を上げることができなかった。

裏切り――獅子身中の虫がいたということなのか。このまま作戦を続行することは、部下たちを危険にさらすことになる。しかし、今頃は米韓軍の部隊が三八度線を突破しているはずだ。暗殺計画に失敗しても、米国が介入してくる以上、キム政権の崩壊は時間の問題だった。

「拉致被害者を含む日本人はどうなってる」

秘密作戦室の中、コウの問いに、側近のウ・テボクが答えた。

「すでに第四四管理所へ集め、敵の来襲を警戒しながら同志たちが監視しています」

私情に流されて、これ以上、部下を巻き込むことに、コウはためらいを感じていた。

眉を寄せて険しい表情を崩さないコウを見て、ウはさらに言った。

「コウ同志。愛するこの国のために、我々も同じ気持ちで立ち上がったのです。人間の自由と尊厳を無視して、世界中の人々を拉致し、人質外交を行なうのは間違っています。キム政権が崩壊し、この国が生まれ変わるとき、我々の手でそれを清算しなければなりません。私はコウ同志を信じます」

そう口にし、ウが踵を鳴らして敬礼する。

アドレナリンが高まり、体中が熱くなっていくのを感じた。コウは柔和な笑顔を見せると、パソコンのキーボードを叩いた。

『計画通り、作戦を遂行するように。拉致被害者たちを日本の特殊部隊へ引き渡したあと、速やかに米韓軍に合流し、身の安全を確保せよ。』

短い暗号指令文を作成すると、コウは送信ボタンを押した。

12

朝鮮半島、平安北道西南――。

年寄りには辛いであろう山の急斜面がゆるやかになったところで、チャン・ヨンチュン少佐は顔を上げた。湿った空気が体温を奪う。蟻の大群の連なりのように、暗闇の中の人影が揺れ動く。各人に懐中電灯を所持させているとはいえ、敵に察知されることを警戒し、指示を出すまでは点けないように厳命していた。

だが、それらの背中に疲れの様子は感じられなかった。祖国に帰れるかもしれないという期待と希望の思いが、疲労を忘れさせているのだろう。中にはろくに食料を口にしていない者もいるはずだ。希望こそが人を生かす道なのだ――コウ同志がそう言っていたのを、チャンは思い出していた。

腕の時計に視線をやる。第四四管理所を出発してから、一時間一五分が経過している。三日前に管理所長を買収し、別々に囚われていた共和国在留日本人をそこに集めていた。

「少佐、夜明け前には何とか到着できそうですね」

部下のリ・ヨンホ兵長が、首から下げたアサルトライフルを腰に除け、岩肌に手をついて白い息を吐き出す。

後方を歩いていた男が、岩に腰を下ろしてひと息つこうとした次の瞬間、突然、空気を切り裂くような轟音がした。遠くの夜空で何かが光り、爆発音を響かせる。断続的に鳴り響くその音と光は、麓のあらゆる建築物を破壊していった。

「はじまったようだな」

チャンはそう言うと、部下たちに急ぐよう指示を出した。あと三〇分で、日本の陸自CH―47JAが上空に現れるはずだ。

直後、急に前方で悲鳴があがり、隊列が乱れた。

何だ、何が起きた――。

「全員その場に伏せろっ、早く！」

咄嗟にチャンは叫んでいた。

「チェがやられましたっ。前方二時の方向に敵発見、応戦します！」

先頭を歩く部下から、逼迫した声が返ってくる。極度の緊張からか、その言葉は切れぎれだった。

「敵の数はっ？」無線に叫んで後方を振り返り、M76アサルトライフルを構える。

「全体の数は不明、ここから視認できるのは二名です！」

「威嚇射撃で全敵を炙り出せ！」

チャンの言葉と同時に、味方の銃がいっせいに火を噴いた。続いて曳光弾が放たれる。

この暗闇の中では、奇襲されるほうが分が悪い。

「兵長っ。周辺に三名、斥候を出せ！」

「了解っ。前方の敵は五名、このまま応戦を続けます！」

救出作戦は漏れていたのか？　いや、それなら五名の敵などありえない――。

ここで日本人に犠牲者を出す訳にはいかなかった。コウ同志の想いを無にすることはできない。何としても守らねば――。

腐敗しきった党や軍幹部を、コウ同志は嘆いていた。理性と知性、確固とした信念と覚悟は、まだ二〇歳を過ぎたばかりのチャンを魅了した。餓死した両親に代わって自分を育て、ここまで引き上げてくれたのもコウ同志だった。

南西の方角からヘリの音が聞こえてきた。チャンは上空を見上げた。安堵の吐息も束の間、それはCH―47JAとは似ても似つかない機体だった。MD500――両サイドには小銃を構えた兵士が腰掛け、ガトリング砲をこちらに向けている。味方ではないことは確かだった。そのガトリング砲が火を噴けば、一巻の終わりである。こちらに抗う術はない。

絶体絶命の状況だった。

チャンは腕時計に視線を向けた。日本人の犠牲を最小限に食い止めるために、散りぢりに逃がす。それしか方法はないのか……。

コウ同志――チャンが歯嚙みしたそのとき、突如、ヘリが旋回をしはじめた。ローター音が聞こえる。CH―47JAが六機、現れたのだ。全長一五・八八メートル、全幅四・七八メートル。乗員は五八名の、陸自最大輸送機。さらにはその横を、スティンガーランチャーを装着したAH―64Dが二機、飛んでいた。

陸自戦闘ヘリの機関砲が、MD500の機体を補捉する。次には、MD500のガトリング砲が対抗するように掃射され、チャンの鼓膜を揺さぶった。

同時に、AH―64Dからロケット弾二発が発射された。サーフボードステップから、四人の兵士が飛び降りる。真下はならだかな斜面とはいえ、地面に叩きつけられれば助かる見込みはない。それでも止むに止まれず飛び降りたのだろう。

朝鮮半島の急激な情勢変化に、日本政府は、退避勧告を飛び越えて在留邦人救出を決定しているはずだ。今頃は、空自の輸送機が黄海上空を飛んでいるだろう。米韓軍の誤射を避けるため、朝鮮半島の西岸を経由する――コウ同志と日本側との作戦だった。

そして、そのために我々が今やるべきことは、ここにいる二百名余りの日本人を無事に陸自の特殊部隊へ引き渡すことだ。

炎上したMD500が回転しながら墜落する。六機のCH―47JAは広々とした平地を見つけて着陸体勢に入った。そのときには、地上の銃撃戦は終わっていた。

チャンは腰の抜けた日本人たちに近寄ると、その手を引いて立たせてやった。

CH―47JAがゆっくりと降下し、土煙を巻き上げて着陸する。百名の特殊部隊員が六機に分かれて搭乗していた。

特殊作戦軍のリーダー、染川（そめかわ）大尉が、小走りで駆け寄ってくる。隊員たちはAK―47自動小銃を構え、横隊で直立していた。

染川がチャンの目の前で踵を揃え、姿勢を正して敬礼する。それに倣い、隊員たちも一糸乱れぬ動作で捧（ささ）げ銃（つつ）をした。

「政府及び我が国の国民を代表して、感謝いたします」

染川は流暢なハングル語を話した。その口調は穏やかで、親愛と敬意が込められているのがわかった。

目頭が熱くなった。コウ同志、やり遂げましたよ――チャンは心のなかでつぶやいた。

顔を輝かせて抱き合う日本人たちを機体に乗せる。ＣＨ―47の離陸を見届けたあと、チャンは部下たちに命じた。

「お前たちは米韓軍に合流し、身の安全を確保しろ」

「チャン少佐はどうするのですか」リ兵長が硬い表情で問いかけてくる。

「平譲に戻る」

「コウ同志に合流するおつもりですか」

リが顔を曇らせた。チャンは何も答えなかった。

「我々だけ置き去りですか」

「……コウ同志の命令だ」

「我々も行きます」

「だめだ。お前は部下たちを無事に家族のもとへ帰してくれ」

だが、リは首を横に振った。

「我々の命はチャン少佐に預けます。ここで引き返すわけにはいきません。コウ同志を援護するのです」

その後ろにいた部下たちも、次々と賛同の声をあげる。

チャンの目から涙があふれた。

「……勝手にしろ」

皆を見渡しながら敬礼する。チャンに向かって答礼した部隊は、踵を返していっせいに走り出した。

ぱらついていた雨は、いつの間にかあがっていた。

13

朝鮮民主主義人民共和国、豊渓里の森の中――。

上空では、すでに制空権を確保した米軍戦闘機が、空気を切り裂くように飛んでいた。

大地を揺らす地響きに、ユ・ウンサンがバランスを崩して尻餅をつく。その顔面は白くなり、血色を失っていた。落ち窪んだ眼球は空洞のように光をなくし、何かに取り憑かれたように全身を震わせている。

「本当にこのあたりなんだろうな」

陸曹長の武井が、ユの襟首をつかんで引き倒した。仰向けに寝転んで身じろぎしないこの男は、武井を見つめたまま放心したように何も答えなかった。

武井が一歩踏み出す。赤尾は部下のその動きを制すと、ユの傍らにしゃがみ込んだ。

「博士、日本に残した家族に会いたくはないのか。我々は目的を達するためにここにいる。

いまだペンタゴンも把握していない地下核施設の存在とその場所を教えてくれさえすれば、あなたを必ず日本に連れ帰す」

日本で大学の教授として教鞭をとっていたユは、原子力や放射能について研究し、多数の論文を発表して評価を受けていた核物理学の博士だった。それが朝鮮総連の甘い誘いに騙され、ユは家族を残し、この地に連れてこられたのだ。

遠くに見える山頂では、低く垂れ込めた雲の上を、いくつもの米軍戦闘機が飛行していた。ステルス機やトマホーク巡航ミサイルなどの爆撃により、北朝鮮の反撃を封じ込め、核やミサイルの関連施設を無力化しているのだろう。

赤尾は焦っていた。いくら世界最大の軍事力を誇る米軍といえども、高速道路のトンネル内に隠されたミサイルを事前に偵察衛星で発見することは不可能に近い。とはいえ、いずれは米特殊部隊がパラシュート降下し、直接的に捜索を開始するはずだ。秘密の核関連施設が米軍に発見されるのも、時間の問題だった。

「博士、この国はもう終わりだ。日本に帰れば自由な研究もできる。我々がなぜ核を手に入れたいのか、それはあなたと同じ、祖国を愛しているからだ。日本はこの野蛮な国を含め、中国の軍事的な脅威にさらされている。核の平和的な利用には、核の抑止力も含まれる。それが安保の現実なんだ。さあ、核施設はどこにある？」

「……それを教えて何をするつもりかね」ユが日本語で口を開く。

「この地で核保有を宣言し、この土地に政権を樹立する。日本の保護下に置いた政府をな」

それが、自衛隊幹部である赤尾の本願であり、上司である陸上幕僚長――柴本の本願でもあった。

ユが弱々しく発した。

「そんなことを、米国や中国、国際社会が許すわけがない。この土地の民衆も……」

「ここの土地の人間は、どちらにしてもこのままでは飢え死にだ。体制が変わって腹が膨らむとわかれば、我々を支持するようになるだろう。今頃は日本の政権もひっくり返っているはずだ。日本はこの土地を拠点にして、新たな歴史のページを開く。日本人の誇りと尊厳を取り戻すために」

そのとき、パク少佐が警戒心を剝き出しにして声を張りあげた。

「何をしてる！」

パクの怒鳴り声に、羽を休めていた鳥たちがいっせいに飛び立った。パクは韓国軍部内でも危険視されるほどの急進タカ派だ。

北朝鮮の邦人救出協力の見返りに、パク一派の作戦計画に加担する――しかし、それは表向きの話だった。パクも自分たちを信じてはいないだろう。

韓国はいままでも、米中日露と大国に翻弄され続けている。植民地という苦い過去の呪縛から逃れられない亡霊のようなこの男は、急進的に韓国主導による南北統一を実現し、朝鮮半島の真の独立と民族解放を宣言しようとしていた。

そのために、北朝鮮が保有する核兵器を手に入れる。考えていること自体は自分たちと変わらない。誰もが核という魔力に取り憑かれている。

当然だ。核兵器を持ってしまえば、米国は何も言わない。イスラエル、インド、パキスタンもそうだった。米国の同盟国である韓国が核を保有しても、米国はそれを廃棄させず、利用することを考えるだろう。その一方で、中国やロシアは対抗措置及び制裁を求めるだろうが、最終的には認めざるをえなくなる。それが核の力だった。

小銃を向けて近づいてくるパクに、赤尾はハングル語で言った。

「施設の場所を訊いてただけだ」

「この爺さんの言うことは本当なのか」

口角を下げたパクが、ユに小銃を向ける。ユに怯えた様子はなかった。

「どうなんだ」

そう吠えたパクは、銃床でユの肩を叩きつけた。

ユがのたうって苦悶の表情を浮かべる。パクは後方に控えていた部下から機関銃を奪いとると、ユに狙いを定めた。

「時間がない。ぐずぐずしている暇はないんだ」

「殺せば場所はわからなくなるぞ」

だが、赤尾の言葉も耳に入らないのか、パクは目を血走らせている。

仕方ない——赤尾は拳銃を抜いた。乾いた音が森の中に吸い込まれていく。

九ミリ拳銃から発射された弾は、パクの頭部を見事に貫いた。

パクの部下たちが、呆けたように倒れたパクを見つめている。赤尾が続けざまに発砲すると、たちまち銃撃戦がはじまった。

弾丸が飛び交い、頬をかすめる。赤尾はユの腕を引っ張ると、大木の裏にまわり込み、ユを庇うようにして銃を撃った。

心拍数が速くなる。全身が不快な汗でにじんでいた。ユを横目で見ると、ぎゅっと瞳を閉じ、荒い呼吸を繰り返していた。

周囲を照らしていた月が雲に覆われたとき、ようやく銃撃戦の音が止んで、静寂を取り戻した。味方はふたり失ったが、代わりに敵を全滅させた。

これで邪魔者は消えた。

「博士――」

赤尾が顔を向けると、ユはついに観念したように口を開いた。

「この先を行けば、鬱蒼とした木々で空からも見えない山岳地帯が待っている。その中に、厳重に警備された統制区域がある。四方は鉄条網に囲まれていて、周囲には地雷が埋めてあるが、その敷地内の地下に核爆弾が保管されている」

「核はいくつあるんだ」

「そこにあるのは三つの核爆弾だ」

「性能は？」

「すでにテスト済みだ」

確かにここ数年、核実験の影響と思われる地震の揺れが観測されていた。仮に核物質を入手して、核爆弾を製造したとしても、その性能を見極めるための核実験で成功して、はじめて完成したといえる。

「地雷は」

「抜け道がある」

「案内してくれ」

赤尾はユの背中に手をまわすと先を急がせた。

白頭山と万塔山に挟まれた、樹海のような森を進む。行けば行くほどに原始林は広く、また深くなり、昼間でも真っ暗なほどだった。ここで迷ったら、生きて帰ることは難しいだろう。

やがて、その場所に辿り着いた。

「博士」赤尾はユに訊ねた。「警備兵の数は?」

「何があったかはわからないが、昨夜、この施設は襲われている。だから人数はそこまでいないはずだ。中に入ってしまえば問題はない」

とはいえ、警戒は怠らないほうがいいだろう。

赤尾が思案していると、ふいにユに問われた。

「……あんたたちは、本当にそれでいいのか? 核を手に入れることで、本当に何かが変わるのか?」

「人間は愚かだ。世界を知らず、歴史を知らない者たちが、力だけで押さえつけようとする。だが、力で押さえつけてくる相手に譲歩し続ければ、領土だけではない、国の自主や統治権さえも奪われてしまう。それが現実に存在する以上は、無視することはできない。我々が軍事力や核の保有を求める理由もそこにある」

赤尾の言葉に、ユは首を振るだけで黙り込んでしまった。

赤尾は衛星電話を取り出すと、通話ボタンを押した。

「標的を発見しました。そちらでも作戦を続行してください」

それだけを伝えると、電話を切った。

14

まだ日も出ていない冬の明け方、二四六号沿いの国会裏通りは、盾を持った機動隊で固められ、交通規制が敷かれていた。警視庁以外に千葉や神奈川からも応援が来ているようで、その緊迫した光景は事態の大きさを如実に物語っていた。

こずえの運転する車の中、窓からその様子をながめていると、胸ポケットに震動を感じた。義正は携帯をつかむと電話に出た。

――兄貴、無事なのか？

竜介だった。荒い息を繰り返している。言葉の響きに、切迫した心境が窺えた。

「ああ、大丈夫だ。命からがら逃げだしてきた」

義正が冗談っぽい口調で言うと、深い安堵の溜め息が漏れ聞こえてきた。

――よかった。俺も韓国から帰ってきたばかりだけど、羽田空港内外も物々しかったよ。テロを警戒しているんだろうな。

航空機の離発着もストップしたようだった。

――さっき、邦彦くんから大樹のほうへ、安否の確認電話があった。今、韓国はかなりまずいことになっているらしい。

「それで、長谷川くんは？」

――そっちは大丈夫だ。米国からの事前通告があったようで、すでに日本へ帰国してる。

「だったらよかった。それで朝鮮半島の状況は」

隣で運転しているこずえも会話が気になるようで、時折こちらを窺っている。

――今のところは断片的な情報しか入ってない。北朝鮮がミサイルを米国の西海域に落下させたあと、米韓軍が三八度線を突破したようだよ。前線にいた北朝鮮軍の一部が、それに呼応したらしい。北朝鮮国内ではクーデターが発生して、軍と軍が衝突したという話だ。

加えて、北朝鮮の特殊部隊が地下トンネルでの南侵をはじめ、韓国軍と激しい銃撃戦を展開しているという。

「日本へのミサイルはなぜ飛んでこない？」

――ソウルや在韓米軍基地に向けたミサイル発射は、今も間断なく続いてるんだけどな。

北朝鮮は米韓軍だけじゃなくて、国内の反乱軍にも対処しなくちゃいけないし、ミサイル発射の兆候について、日米の防衛当局に把握されていたってこともあるんじゃないか。北のミサイル発射基地だって、米空軍との緒戦で大多数が破壊されたって話だし。

「そうか……」

――それと、まだ確かなことはわからないんだけど、北朝鮮国内にいた日本人二百名が救出されたという情報も入った。

「本当かっ」義正の声が思わず高くなった。「それは、拉致被害者なのか?」

信じられなかった。それが事実だとしたら、コウは約束を守ったのだ。

――それについては、帰国してから本人確認が行なわれるはずだ。

だが、日本に帰国したとしても、この国はもはや安全とは言えない状況だった。

義正は電話を切ると、深い息を吐いた。この状況を可能にしたのは、ひとえに多くの手助けがあったからだ。

たった今聞かされた話をこずえに伝える。

「中国の動きが気になりますね」

「米韓軍が北朝鮮の国内に侵攻してきた以上は、中国の人民解放軍がそれを黙っていることはない。たとえ米中政府に何らかの合意があったとしても、党のやり方を軍が見過ごすことはないと思いますよ。党も軍の意向は無視できないでしょうから」

義正の返答に、こずえは路肩に車を止めると、ハザードを点けて携帯を取り出した。

「同僚に、中国の動向でわかったことがないか訊いてみます。香港にある大手証券会社の幹部に、情報網がありますので」

「証券会社？」

「ええ。その幹部は、アジア地区のＣＩＡの総責任者です」

しばらくして、こずえが電話の相手と会話をはじめた。

中国にとって北朝鮮は、自由民主主義社会との緩衝地帯でもある。中国の強引な海洋進出や埋め立て地の軍事基地化、領土問題での強硬策から目をそらす役割を果たしてきた北朝鮮に対して、今後も影響力を残すためには、米韓軍を牽制する以外に方法はない。

しかし、米中双方とも本格的な軍事衝突は避けるはずだ。親中傀儡政権の樹立で手を打ったのか。仮に韓国主導で朝鮮半島が統一されることになったとしても、朝鮮労働党をわざわざ解体して、行政を混乱させることはないかもしれない。

どちらにせよ、米韓は中国を刺激しない帰着を用意しているはずだ。それより、米中韓最大の関心事と問題は、北朝鮮の核兵器の行方だろう。中でも中国は、核保有国のインドとも対峙し、台湾との問題や東南アジア各国との領土問題など、多くの懸念を抱えすぎている。朝鮮半島に核を残すという選択はありえなかった。おそらくは米中韓と共同で、非核化を推進していくはずだ。

そんなことを考えていると、こずえが心配そうに義正の顔を覗き込んでいた。

「難しい顔をしてましたけど、どうかされましたか」

電話はすでに終わっていたようだった。

「いいえ」義正はかぶりを振った。「それで、どうでしたか。何かわかりましたか」

「米国の偵察衛星による情報では、中朝国境付近に、人民解放軍の大規模な部隊が集結しているとのことでした。今のところ、米韓軍との衝突は起きてないようです。様子を見ているのかもしれません」

「中国はまだ、南侵していないということですか」

「はい。少なくとも、大規模な部隊の移動はないとのことです」

「首相官邸のほうは？」

「防衛大臣直轄の中央即央集団である特殊作戦軍百名と第一空挺団二百名、それから警察のSAT部隊が投入されたようですが、武装集団との膠着状態は今も続いているようです」

「安波首相と内部の状況は、何かわかりましたか」

「それについては、まだ――」

こずえがそう言いかけた次の瞬間、どこかで爆発音がした。車内にいてもその震動が伝わってきて、義正とこずえの全身を浮き上がらせた。

轟然と響くその音に、昔の記憶が甦ってくる。国会周辺で警戒態勢をとっていた機動隊員らも、音の震源を探ろうとあたりを見まわしていた。

薄い唇を小刻みに震わせたこずえが、義正を見る。こずえの鼓動が聞こえてくるような気がした。

この音は——外務省の方角だ。

「このあたりは危険です。早く離れたほうがいい」

義正が口にする横で、音量を下げていたラジオから、うわずるようなキャスターの声が聞こえてきた。

『繰り返します。さきほど午前四時四〇分頃、防衛省内部で爆発があり、その直後に、外務省でも大規模な爆発が発生したとの情報が入りました。多数の死傷者が出ている模様です。現在、詳しい情報はわかっておりませんが——』

「藤堂さん」義正はこずえに携帯を差し出した。「テレビをつけてもらえませんか」

うなずくこずえが、ワンセグ携帯の画面にテレビ映像を表示させる。早朝のニュース番組——その画面が映るなり、キャスターが青い顔で原稿を読みあげていた。

『続けて、たった今入った速報をお伝えします……。午前四時五〇頃、東京都港区赤坂にあるテレビ毎日の本社ビルが、武装した集団によって襲撃を受け、多数の社員を人質に立て籠もり——』

そのとき、スタジオ内に『映像を切り替えろ!』という怒号が響いた。

突如、画面が切り替わる。

こずえの息を呑む気配が伝わってきた。

画面の向こう——そこには、自衛隊陸上幕僚長の姿があった。官邸が乗っとられる寸前、危機管理センターを出ていったあの男だ。名前はたしか、柴本だった。

その柴本が、厳かに宣言した。

『朝鮮半島有事に際し、我が部隊は北朝鮮国内に侵攻、地下核関連施設及び技術者を制圧することに成功した。ここに核保有と暫定政権の樹立を宣言する。間もなく、日本も我々の統治下に入る』

空気が凍りついたようだった。柴本はさらにゆっくりとした口調で続けた。

『我々の目的は、日本や世界の人々を不安がらせることではない。戦後、骨抜きにされた日本人としての誇りと尊厳を取り戻し、国益を守り抜くための術と覚悟を示したいだけだ。直接また間接的侵略を問わず、この国を守り抜くためには、根底から仕組みを変えなくてはならない。愛する我が国のために、身命を賭する所存である』

そこで映像は消えた。かと思うと、再びキャスターの姿が映し出された。

こずえは放心したように、携帯の画面を見つめていた。

「どんな理由があるにせよ、こんなやり方をするなんて……。仮にも陸上幕僚長が……」

こずえのその言葉に、断片的だったいくつかの事柄が、義正の頭の中で瞬く間につながりはじめた。

官邸襲撃の戦火を切ったのは、進藤。ただ、柴本も示し合わせていたように姿を消した。いまの声明はもちろんのこと、官邸を襲った武装集団が陸上自衛隊であるなら、そこに柴本の関与があることは免れない。

柴本と進藤の関係。わからない。だが、そこに真相がある気がする。進藤の先にいる人物――。

そこで思い浮かんだ。鈴木則夫だ。

そういえば、官邸を襲撃した武装集団の中に、鈴木と関係のある顔があった。何者かはわからないが、以前に尾行したとき、鈴木が会っていた人間だ。

この件に、鈴木が関わっているとしたら――。

まさか。

「藤堂さん」

こずえを呼ぶ声が震えた。こずえがこちらを向く。

「どうかされましたか……?」

「官邸襲撃の――いや、いま私たちの目の前で起きているすべての異常事態の、真の黒幕がわかりました」

「えっ」こずえが目を見開いた。「真の黒幕とは、いったい――」

その顔に、義正は言った。

「あなたの、よく知る人物です」

15

人気(ひとけ)のないラボを見まわしていた赤尾は、スチールデスクに腰を掛けた。地下施設はもぬけの殻だった。

「米軍の後方支援にまわっていた我が部隊が、間もなくこの地に降り立つ。ここにある核兵器を日本に運ぶためにな」

「……何で運ぶつもりだ」ユが顔を強張らせて訊いてくる。

「CH47JA——陸自最大の輸送機だ。それにしても、北朝鮮の核爆弾がここまで小型化に成功していたとはな。弾道ミサイルに核を搭載して打ち込めば、米国も多大な犠牲を払うことになっていたはずだ。それをなぜしなかった?」

「……しなかったのではなく、できなかったのではないかと私は見ている。キム政権がこうして追いつめられて、破れかぶれに核というパンドラの箱を開ける可能性はもちろんあった。しかし、技術者や科学者たちは、口にこそ出さないがそれを最も恐れていた。核の恐ろしさを知っているのは、やはりそれを専門とする者たちだ。朝鮮半島の戦端が開かれたのは、核弾頭ではなかったとはいえ、そのミサイルを米国領海へ発射したことがはじまりだったわけだが、我々が受けた最初の命令は、日本上空に向けたミサイル発射だった。ただ、それがなぜか突然に中止され、発射先まで変更になった。もしかしたら、政権中枢で何か異変が起きていたのかもしれない」

赤尾はユの話を黙って聞いていた。赤尾の耳にも当然、北朝鮮国内でクーデターの動きがあるという情報は入っていた。それが現実になったということだ。

口をつぐむ赤尾に、ユが反対に切り返してきた。

「あなたはさっき、核を保有することによる抑止力について話をしていた。それでも、これまでの日米同盟を考えれば、表立って賛成することはないだろうが、米国は黙認しただろう。だが、それはあくまでも、日米の信頼関係の上で成立する論理だ。あなたたちが日本国内で政権転覆を謀り、仮にそれが成功したとして、米国との同盟関係が維持されるとお思いか？　現在の核保有国は、国連の常任理事国、それから、インド、パキスタン、イスラエルのみだ。日本が核を持てば、アジアの軍事バランスは崩れる。日本の管理下に置かれた核兵器がこの地に残されて、韓国が黙っているわけがない。米国や国際社会の反対を押し切ってでも、核開発をはじめるだろう。核ドミノが起きれば世界はどうなる。日本は唯一の被爆国なんだぞ。核保有国が増えれば、使用されるリスクもそれだけ高まる。同じ歴史を繰り返すのか」

「……これは新たな歴史のはじまりなんだ」

赤尾は腕時計のアラーム音に目線を落とした。

「愚かな……」

そう口にするユを背にして、赤尾はいったん施設を出た。森の中を抜けると、仲間のヘリの到着を待った。

そろそろ輸送ヘリが来る頃だ。ＡＨ―64Ｄを四機、護衛に引き連れて――。

あたりは霧に包まれていた。赤尾の視界の邪魔をする。歩きはじめたそのとき、目の端で何かが動く気配がした。

嫌な予感に身を屈める。灌木の裏にまわって片膝をつくと、仲間に無線で敵の来襲を知らせた。

息を殺し、耳を澄ませる。

気のせいだったか――。

大木を背に、見通しのきく位置に移動しようと目を凝らしたが、煙のような真っ白な霧に阻まれて、周囲を確認することはできなかった。

小銃を握る手のひらが汗ばんでいる。施設の中へ戻ろうと駆け出した次の瞬間、右足のふくらはぎに違和感を感じてもんどり打った。

局部からは血が流れていた。次第に激しい痛みが襲ってくる。

同時に、近くで草擦れの音が聞こえた。振り向くと、軍服姿に小銃を構えた男たちが、赤尾を見下していた。

「佔(シャー)」

リーダーらしき男が何か言ったが、意味はわからなかった。中国語だろう。

その隣で、小さな男が赤尾に機関銃を向ける。男の顔にためらう様子は微塵もなかった。

トリガーが引かれ、銃口から火が噴くのが見えたが、何を考える間もなく、赤尾の視界は暗転した。

16

装甲車に乗ったコウは、平壌市街地のセサリム通りを封鎖し、大同橋を境に敵と対峙していた。プルグン通りと金星通りの三方から、首都陥落を目指して米韓軍の支援を待つつもりだった。暗殺に失敗した以上、平壌にキム・グァンチョルがいることはないだろうが、まだ足は止められなかった。

戦車が二台、こちらに向かってくる。近くで砲弾が炸裂し、味方の隊が崩れた。

ハッチを開けて、自動小銃を構えた敵兵が姿を見せる。右前方の建物屋上に潜む味方の影を捉えたコウは、じりじりと距離を見極めていた。

敵は練度の高い精鋭だった。しかし、我が部隊も負けてはいない。洗練されて熟達した狙撃部隊を街の至るところに配置し、敵の混乱と戦意を削ぐべく待機させている。

「テー！」

コウの甲高い声の指令に、味方兵士のＲＰＧと、戦闘車両の誘導弾が発射される。方々から放たれるロケット弾に、二台の戦車は大破した。

それを合図に、味方の部隊が突撃していく。

『玉流橋突破、玉流橋突破、このまま作戦を遂行します！』

無線からの声――イ中佐が万寿台議事堂の占拠にかかる。

コウの視線の先では、戦火がさらに激しさを増していた。機関銃を撃つ音が、ヘッドホンを通して聞こえてくる。

「間もなく大同橋突破、こちらも作戦を継続する！」

キム・グァンチョル執務室を占拠し、そこを我が部隊の司令塔にするつもりだった。

コウの戦車が動き出した、そのときだった。

『背後に敵、六時の方向、距離にして三百！』

『敵の数はおよそ二百、ＲＰＧの衝撃に備えてください！』

次々に入る部下からの悲鳴に近い報告に、コウは大きく息を吸い込んだ。

後方の戦闘車両が続々と破壊されては炎上した。コウは装甲車の速度を上げた。橋全体が炎に包まれ、あたりを煌々と照らしている。

人を殺し合う戦争の先に、何が待っているのか。

監視し合う社会で、神経をすり減らす日々。

人口の半分が食糧難に喘ぐ、この国の現状。

明日をも知れない、不確かな命。

この国に生まれた子供たちに、罪はない。

だが――それも今日で終わりだ。

その瞬間、コウの装甲車がとてつもない衝撃を受け、全身が前後左右に揺さぶられた。遠隔操作機銃がやられたようだ。改良された遠隔操作機銃の喪失は、絶対的不利を意味する。

しかし、機関銃はまだある。

コウはハッチを開けた。

「コウ同志、何をっ？」

部下が慌てて押し止めようとしてくるが、コウはそれを振り払った。

「何としてもここを突破するんだ、わかったなっ？」

コウは部下に強く命じると、車外に身を乗り出した。

機関銃を背後に向ける。コウは刮目すると、銃身を左右に振るようにして引き金を絞り続けた。

後部兵員室のハッチが開き、コウを擁護しようと次々に部下たちが散開する。あたりには銃弾が飛び交い、敵味方問わず倒れていく姿が網膜に焼きついた。

コウの鉄帽を銃弾がかすめていく。それに構わず、渾身の力を振り絞って敵を薙ぎ倒す。

ふと神の声を聞いたような気がして、視線をそらしたその直後だった。

腹部に鈍痛を覚えた。腹に添えたその手は、鮮血で赤く染まっていた。

もはやこれまでか――そう思ったとき、敵の背後で銃撃戦がはじまった。

意表をつく奇襲に、敵の隊列が乱れる。

コウは霞む目を細めて、状況を把握しようとした。

何が起きてるんだ――。

混乱した敵の残党が、散りぢりになって消えてゆく。朦朧とする意識のなか、誰かが装甲車に登り、コウを抱きかかえた。

目を開けると、そこにはチャンの顔があった。

「何で命令を無視した……」

か細く途切れるコウの言葉に、チャンが首を振る。チャンの涙がコウの頬を濡らした。

思わず、笑みがこぼれた。

「戦車……の中に……、シュウ・ヨンソル……という男……がいる……。無事に……日本へ送り返してくれ……」

コウは、痙攣するように震える腕を持ち上げると前方の戦車を指差した。

血反吐が口から滴り落ちる。もう言葉は出そうになかった。

「あとは我々が……」

チャンが何度も首を縦に振ってうなずくと、コウは静かにまぶたを閉じた。

17

立花は、額の脂汗を拭った。

官邸代用秘密基地内は、次から次へと入ってくる情報で錯綜していた。ただ、肝心な事態の収拾にはいっこうに及ばず、針のむしろに立たされたような時間が過ぎていった。

モニターには、暫定政権樹立を宣言する柴本陸上幕僚長が映っている。

「やはり陸自かっ」立花は机に拳を叩きつけた。「やつらのやっていることは暴漢と同じだ、それで国が守れるとでも本気で思ってるのか！」

返答はないが、ここにいる誰もが同じ思いでいるに違いなかった。

「総理の安否はまだわからないのかっ？」

立花の問いに、どこかから「まだ不明ですっ」という声が返ってくる。

その脇から、卓上電話の受話器を握りしめた三篠防衛副大臣が立花を呼んだ。

「副総理っ。国防総省から、中朝国境に待機していた人民解放軍が南下をはじめたという情報が入りました！」

「なぜ人民解放軍が南下してくる？　米国は、米韓軍の北上を中国が了解していると言っていた。それなのにどうして？」

眉を段違いにする立花に、外務副大臣の野中が答えた。

「政府が人民解放軍を掌握できていないのでしょう。北朝鮮と関係の深い、瀋陽軍区が動いた可能性もあります」

「瀋陽軍区？」

「前政権時代から、北朝鮮の実質的ナンバーツーと言われたアン・ソンテクは、この瀋陽軍区と深いつながりがあったと言われています。瀋陽軍区は、七つの軍区の中で最も力を持っているとも称されており、北京政府と米国政府とのあいだで交わされていた何らかの密約を瀋陽軍区が知り、それに反発したのではないでしょうか」

「それはつまり、クーデターからキム一族を守り、政権を維持させるためということか」

立花の問いに、野中がうなずく。

立花は三篠に視線を戻した。

「米国はどうするつもりだ」

「韓国はもちろん、米中も衝突は回避するはずです」

「すぐにホワイトハウスに連絡をとり、この問題についてどう対処するのか、確認をとってくれ」それで、と続ける。「中国政府はどう出る？」

「中国政府は軍を持っていません。それに、中南海も内情はばらばらで、どうなるかはわからない。させるがままにするしかできないでしょう」

「ということは、米国がどう反応するかで、朝鮮半島の状況は変わるということだな」

立花は深く息を吸い込むと、椅子の背に凭れた。ひどい頭痛を感じ、まぶたを閉じる。

そのとき、秘書官の近藤が叫ぶように声をあげた。

「副総理っ、官邸で動きがあったようです！」

目を見開いた立花は、卓上のモニター映像を凝視した。官邸前――銃撃戦が再開され、内部に突入するSATと自衛隊員の姿が映し出されている。

「あれは味方かっ？」

「そのようですっ」

官邸前が、再び静止画を映したようになる。しかし、中ではいま、命懸けの作戦が行なわれている。

じりじりと時が過ぎていく。皆、固唾を飲んで状況を見守っている。

どれだけの時間が経っただろうか。やがて、官邸内部から、人影の塊が転がるようにして出てきた。

SAT数名に囲まれているのは――。

「総理だっ!」

野中が叫んだ。そこに映っていたのは、確かに安波だった。その姿が朝の光に輝いている。

「やった！」

皆の声が重なる。室内が、弾けたような歓喜に満ちた。

一時間もしないうちに、安波は秘密基地にやってきた。他の閣僚も一緒だった。皆、服装は乱れに乱れ、体を支えられていたが、怪我はなかったようだ。

「総理！」

口々にあがる仲間たちの声に、安波が目頭を押さえた。それから、静かに口を開いた。

「皆、心配をかけて申し訳なかった。空海及び統合幕僚長は残念ながら亡くなられたが……ご覧の通り、私たちは無事だ。犯行グループに危害を加えられることもなかった。いまは敵の制圧に成功したＳＡＴと別動の自衛隊員が、後処理に当たってくれている」

安波の視線が、皆へ順に向けられていく。そして、言った。

「皆、本当に御苦労だった。君たちに敬意を表したい」

皆の目にも涙が浮かんだ。そのなかを、立花はそっと歩み出た。

「総理、まだ終わったわけではありません」

「ああ、わかってる。日本国民の不安を解消することが最優先だ。ボルトン大統領に電話をつないでくれ」

「はいっ」

　野中が応じて受話器を取る。直後、さらなる吉報が舞い込んできた。

「総理っ」連絡を受けていた三篠が、勇んで報告した。「北朝鮮に囚われていた邦人二〇二名の救出に、特殊部隊員が成功しました！」

「本当かっ」

「現在、安全なルートを通るべく迂回しているため、到着は遅くなっていますが、すでに日本の領空内に入ったとのことです」

「本当によくやってくれた」

「一方、米韓軍がともに撤退をはじめたようです」

だとしたら、クーデターが成功することはもうないだろう。振り出しに戻りはしたが、こちらも体勢を立て直すために時間を稼げるはずだ。

「そうなると、残すは暫定政権樹立の問題か――」

　立花がそうつぶやいたときだった。

「総監の西田（にしだ）から連絡ですっ」警察庁長官の三船（みふね）が焦りを含んだ口調で言った。「テレビ毎日の本社ビル地下駐車場で発砲事件、被害者は死亡。その被害者ですが――」

「その被害者がどうしかしたのか」

　立花が訊くと、三浦は険しい顔で答えた。

「陸上幕僚長――柴本だそうです」

18

辿り着いたのは、六本木の複合商業ビルだった。一〇階から上が居住区になっている。地下駐車場に車を乗り入れると、義正はこずえにうなずきかけた。

「それじゃ、行ってきます」

「本当に――」こずえが弱々しい目を向けてきた。「本当に、このマンションにいるんでしょうか」

いままで当たったところは、すべて空振りだった。夜はすっかり明け、頭上では太陽が照っている。鈴木則夫を尾行したとき、奴が訪ねていた場所――最後に残ったのがこのマンションだった。

ここにいなかったら、自分の読みは外れたことになる。だが、いまでは確信めいたものがあった。

義正は深く顎を引いた。

「いるはずです」

そう言って、車外に出る。エントランスホールに上がり、目当ての部屋番号を押すと、スピーカーから女の声が聞こえてきた。

――はい。

心臓が跳ねて、何も言えなくなった。小型カメラを見つめたまま義正が固まっていると、スピーカーの向こうから含み笑いする声が漏れてきた。

——そろそろ来る頃だと思った。

上がってきて、とロックが解除される。

年相応に嗄れてはいるが、どことなく気品を感じさせるその声音には、昔と変わらない独特なものがあった。

エレベーターに乗り込んで、一三階のボタンを押す。目的の階で降りると、その部屋は突き当たりの左側にあった。

革靴の音だけが反響する静かな廊下を歩いていく。ドアに手をかけると、すでに鍵は解錠されていた。

中に入る。義正は両側に扉がふたつずつある廊下を通り抜けると、ステンドガラスのドアを開けた。

そこは、全面ガラス窓が広がるリビングルームだった。小柄な淑女が、部屋の中央にある応接セットのソファに腰を下ろしている。薄い化粧に薄い唇、つんと上を向いた鼻はよく整っていて、昔のままだった。

「座って。長くなりそうだから」

呆然と立ち尽くす義正に向かって、彼女が微笑みかけてくる。

間違いようがない。やはり自分の予想は正しかった。

そこにいたのは、かつての恋人であり、行方不明になっていた、藤堂房子だった。

義正は、フローリング上に敷かれた青い絨緞を踏みしめるようにして、対面のソファに腰を掛けた。

さきに口を開いたのは、房子だった。

「ひさしぶりだね。白川くんがこの部屋に来るまでのあいだに、何年ぶりの再会か考えてたの。三七年だよ」

驚きだとばかりにわざとらしく表情を作ってみせる。目の前の房子は、同窓会で旧友に会ったときのような気安さだった。

「そんなことはどうでもいい」

義正は鼻から小さく息を吐き出すと、唇を閉じて渋面を作った。

義正の苛立った様子に、房子が押し黙る。

「……お茶は?」

そう訊ねてくる房子に、義正は首を横に振ると、両手の指を組んで顔を上げた。相変わらず柔らかい微笑をたたえたままこちらを見つめる房子の眼差しは、苛立つ義正を憐れんでいるようにも見えて、さらに心がささくれ立った。

「白川くんは変わったね」

彼女が目を細めて義正の表情を窺ってくる。四半世紀以上にも及ぶ長い歳月は、人間そのものを変えると言ってもいい。人の人生観や世界観を変えるには十分すぎる時間だった。

事実、自分自身がこの年月で変質を繰り返し、房子の異質な手法や世界観までをも否定するまでになっていた。

「君は変わらないんだね。もちろん僕だって変わらない部分はある。でも、君は何ひとつ変わってない。この長い時間で君がどういう人生を歩んできたのかはわからないけど、そんな人もいるんだと驚いてるよ」

義正の言葉に、房子が意味深な笑みを浮かべる。

義正は眉間に皺を寄せて続けた。

「僕は君が失踪した一〇年後に逮捕されてからずっと、刑務所の中にいたんだ。もう生きて出れるとも思ってなかった。それが、ある条件つきで出所することになってね」

「知ってる」

「それなら話は早い。僕は極秘裏に出所して、内閣情報調査室の預りとなったんだ。そこで君の妹さんと進藤に出会った。こずえさんは無関係だろうが、おそらく進藤は君の部下だったんだろ？」

「さすが白川くんだね。大正解」

「刑務所内でたびたび渡された密書も、君が誰かにつくらせた暗号文だったのか？」

「そうよ、私が鈴木を使って送らせた。あなたの心の中を知りたかったから。あなたの革命心の灯し火が消えていないのなら、助け出すつもりだった。どんな手を使っても……。政府から超法規的措置を引き出すために、政治的な駆け引きをするための作戦計画だって進めていたしね。でも、そんなときに、あなたの弟さんが動いていることを知ったの。はじめは上手くいかないだろうと思っていたけど、弟さんがあなたを想う気持ちに賭けてみようと思った。それで方針を切り替えたの」

「それは、こずえさんが君を想う気持ちと同じだよ。彼女はずっと君のことを気にかけてた」

義正の声に、房子の笑みが翳った。

「……あなたの弟さんはすごいよ。私たちは暴力であなたを解放しようとしたけど、弟さんはあなたと家族に対する想いだけで、ちゃんとあなたを取り戻したんだから」

「だけど、そのせいで、竜介にはだいぶ迷惑をかけた。公安にマークされたり、痛くもない腹を探られたり、それに、雑誌の記者にも嗅ぎまわられた」

そのとき、義正はあることに気づいて口をつぐんだ。

房子の目をじっと見つめる。

「……竜介は、その記者は死んだと言ってた。確か刺殺体で発見されたという話だった。もしかして、それも君だったのか？」

「そんなこともあったかな」

少女時代の悪戯でも咎められたように、彼女に悪びれる様子はまるでなかった。

昔の彼女には感じられていた情が無くなっていた。それどころか、どこか欠落さえしている。彼女に対する心証はことごとく崩れ去り、ただ三七年という長い年月の重みを感じないわけにはいかなかった。房子はその後、いったいどんな人生を歩んできたというのか。

暗澹とした思いになる義正に、房子がおもむろに窓の外をながめた。

「三七年前、寒い日だった。あなたも覚えているでしょう。安田講堂を占拠して立て籠もる計画に賛同した私は、前日の夜に仲間と覚悟を確かめ合った。そして、いったん帰宅して、部屋の整理をしていたら、警察官になりたてだった兄に呼び止められてこう言われたの。『うちは警察一家だ。お前のような人間が安田講堂占拠事件に関わればどうなるかわかってるのか。この異分子が！』ってね。兄にしてみれば、それがもし明るみになったとき、県警幹部だった父だけじゃなく、自分の将来の芽もなくなってしまう。藤堂家は大変なことになる。そう考えた兄は、それを阻止するために、私を倉庫に監禁したの。あれだけ仲間と決意を確かめ合ったのに、私は結果的に逃亡兵となった。そんな私が仲間のもとへ戻れるわけがない。もう私の居場所はどこにもなかった。そこで私は、家族に遺書を残して姿を消したの」

房子の横顔に表情はなかった。それを聞いていた義正のほうが悔しくなった。

「何で、何でなんだっ。僕がいたっていうのに――」

「違うっ」義正の声を、房子がそこで遮った。「あなたに迷惑をかけたくなかった」

「だからって――」

「いいの。私はもう、日本という国に嫌気が差してた。だから、海外を旅してまわったの。私のニックネームの由来となった、ローザ・ルクセンブルクの活動の地にも足を運んだわ。

フランスではフランス人の反骨精神、間違いは間違いだと正そうとするメンタリティやその雰囲気に触れ、私の中で消えかけていた火が再び燃え盛りはじめたのを覚えてる。そんなとき、私の運命を決定づける人物に出会ったの。その男は朝鮮人だった。そして、私は北朝鮮に渡った。その工作員は私を騙したつもりだったんでしょうけど、私は私の意思でそうしたの」

「それは、いつのことなんだ?」

「一九七三年よ。当時、日本でも共産主義革命の嵐が吹き荒れているという話は耳にしていた。だけど、あなたが逮捕されていたということまでは知らなかった」

「北朝鮮に渡ったあと、君はどうしていたんだい?」

「北へ亡命していた、よど号ハイジャック犯のひとりと結婚したわ。北朝鮮としてはそれが目的だったみたい。彼ら赤軍派のメンバーは、三年経っても世界革命を口にしてた。でも、メンバー全員が北朝鮮国内の現実に違和感を持っていたと思う。赤軍派の当初の計画では、北朝鮮をオルグして、朝鮮半島を武力統一したあとに、日本や東南アジアの蜂起と連帯を求めるつもりだった。だけど、私が向こうへ行ったときには、そんなことは不可能だという現実に、気づきはじめていた頃でもあった」

房子が視線を落とした。自分の手をじっと見つめている。

「私は北朝鮮の対日工作員に日本語を教えながら、日本の新聞や雑誌類の翻訳をしていた。もちろん、朝鮮語も必死で覚えたわ。北の政治体制やチュチェ思想を学んだり、忠誠心を示すふりだってしてた。けれど、その頃には、自分たちで北朝鮮の政治を動かすなんていう考えはなくなっていた。その一方で、根拠のない希望を持ち続けていたのも事実だったけどね。ただ、決定的だったのは、キム・イルソンが七七年に、平譲郊外の日本革命村を訪ねてきたときだった。キム・イルソンは、私や赤軍派のメンバーにこう言ったわ。将来、日本国内に党を創建して革命を起こすために、日本人の仲間を増やして、さらに多くの子孫を残せってね。そして私は、朝鮮人民軍偵察総局が用意した背乗り用の身分で、日本に舞い戻ることになったの」

「それで、北朝鮮に忠誠を誓うふりをしながら行動していたというわけか。内調に進藤を送り込むことも、政治家や官僚たちを取り込むことも、君の目的の実現のためだった……」

「そう、これはチャンスだと思った。北朝鮮の力や組織力を利用して、自分の理念をこの国で実現できるというね。それから数年が経過したときには、私は工作員たちのまとめ役になっていた。北朝鮮の意思に従っているふりをしながら、私の意を酌んで動く部下を密かに築き上げていったの」

「鈴木や進藤のことだな」

義正が問うと、房子は口端をわずかに上げた。

「それだけじゃないわ。信じられないでしょうけど、米国や中国の政治中枢にまで、私たちの手は伸びてる。そのへん、私は上手くやっていたと思うわ」

「でも、それだけのことをやるには資金がいるだろ。それも莫大な」

「そうね、何をするにもお金が必要。お金という価値に依存して生きる、そんな社会システムが日本を堕落させると信じて活動してきたのに、その自分の理想を実現するにもお金がかかる」自嘲するように房子が笑う。

「それは僕も否定はしないよ。今の社会システムが正しいとは思っていない」

「日本の社会は鳩の集団よ」

「鳩？」

「そう。勝者が敗者に向き合うとき、狼は降参した相手に攻撃したりしない。だけど、鳩は相手が瀕死の状態に陥っていても、攻撃をやめることはない。これでもか、これでもかってね」

「資本主義の社会システムは、苦しむ人々をさらに苦しめる――そう言いたいのか？」

「経済のシステムだけじゃない。この日本の社会で保身に汲々とする人間が多いのは、なぜだと思う？」

その質問に義正が答えられないでいると、房子は再び口を開いた。

「日本には寛容さが無いからよ。いや、失ってしまったんじゃないかな。日本という国は、一度でも失敗したら叩き潰される。それも、完膚無きまでにね。日本人の寛容の無さは遺伝子レベルにまで浸透してしまっている。行き過ぎた競争社会がその不寛容さを生み出していることに、何で気づかないいんだろう。格差という分断の亀裂が、社会の不寛容さを生み出しているのにね。大昔に比べたら、戦争や災害、疫病も減ったはずでしょう。日本は世界の中でも平和なはずなのに、何でこんなに自殺者やうつ病患者が多いの？　日本人の心の中には、常に恐怖と脅威が渦巻いてる……。いったい、何をそんなに怯えなければならないの？」

彼女の言っていることは間違っていない。間違ってはいないだけに、房子を直視することができなかった。

それでも、そのやり方は間違っている。

義正自身、今も社会制度に対する矛盾や怒り、日本社会のあるべき理想を失ってはいない。だが、自分たちが実行した爆破闘争は、何ひとつ意味をなさなかった。

房子はいまだに、そのやり方を踏襲しようとしているのだ。

「あなたもキム一族のひとりが、たびたび日本を訪れていたことは知ってるでしょう。その事実を日本国民が知る前から、私はその情報をつかんでた。そこで私は、彼との接触を図ったの。革命資金を得るためだけど、表向きは、日本での政治活動資金や将来の北朝鮮のために役立てるという名目でね。私は来日する彼の世話役を買って出た。最初は警戒していた彼も、次第に私に目をかけてくれるようになったわ。また、何人かの中国人有力者も紹介してくれた。そのなかに、中国と縁が深いある日本人がいたの」

その男の名は、加藤勝久（かとうかつひさ）だという。

房子が言うには、加藤は一九四四年当時、新宿牛込矢来町で在日中国人の取締りをしていた、警視庁外事課（特高）の刑事だった父と、小、中学校の教師免状を持っていた母とのあいだに生まれた。安波首相と同じ大学出身で、政治経済学部に入学し、大学三年時に中国語を学びはじめたことで、中国人との交友関係を広めていったということだった。

「私が加藤と出会ったときは、日本と中国の政府間を縦横無尽に動きまわる、フィクサーみたいな男だった。政商としてもビジネスで成功していたわ。でも、その裏では、中国マフィアとの深い関係があった。香港の三大勢力と呼ばれた、広東系の14K、新興勢力として台頭していた新義安、そして三合会。私はこの加藤に、人民解放軍のある幹部を紹介されて、その幹部から14Kの大幹部を紹介された。彼は香港やマカオ、中国大陸のあらゆる揉め事を、瞬時に解決する力を持っていた。中国政府からも頼りにされている男だった。また、ビジネスの面においても、原油、麻薬、人身売買——ありとあらゆる物に投資していた。政治や財界との関係も深く、警察も手出しができない男だったわ。なぜか私は、その大幹部と馬が合ってね、彼のビジネスを手伝う代わりに、日本での政治的活動に協力してほしいという私の申し出を、快く承知してくれたの」

「……そのビジネスっていうのは、何なんだ？」

「覚せい剤よ。私の役目は、北朝鮮産のネタを潰して、彼が生産したネタを日本へ安定供給することだった。何百キロ単位で日本へ運ぶのと引き換えに、彼も私の政治的な活動を全面的に協力してくれた」

「日本にそんな物を持ち込めば、中毒者が増えて、社会が混乱するのは目に見えてるじゃないか。君がしようとしていたことは、社会の仕組みを作り変えることだろう。そんなの、ただの犯罪者じゃないか」

「あなたは何もわかってない。もっと先を見なきゃ。より多くの弱者を救うためには、多少の犠牲はつきもの。そうでしょっ」

「わかっていないのは君のほうだ。結局、君はただの人殺しといっしょだ。表面的にどんな理念を塗りたくったって、やっていることは刑務所に服役している犯罪者と変わらない。僕も長いあいだ刑務所にいたからわかるけど、自分自身の行ないを正当化して主張する思考状態は君と同じだった」

　ふと、ドストエフスキーの『罪と罰』を思い出す。ラスコーリニコフは自己正当化し、金貸しの老婆を殺した。そこにある正当性は、時に神さえも超越する。すなわち、何にも縛られない自由だ。人は自由という鎧を身にまとい、自己正当化という剣を振りまわしている。

　けれど、その自己正当化はまやかしにすぎない。ならば、その鎧をつけたところで自由になんかなれないのだ。

　義正の辛辣な言葉を、房子は鼻で笑った。

「ずいぶんな物言いね」

「当然だろ。まして、官邸乗っとりまで……。あの陸上幕僚長も、君の部下なのか？」

「その表現は正確じゃないわ。あくまでも、ビジネスパートナーだった」

「だった？」

「もうあの男は死んでるわ。テレビ局の駐車場でね。進藤がちゃんと始末した」

義正は息を呑んだ。

「どうして――」

「ビジネスパートナーだからよ。各自の利益を追求した結果、相手が邪魔になったってだけ」

軽々しく口にできることではなかった。しかし、房子は簡単に言った。義正は自分の体が震えていることに気づいた。

房子が不敵に笑った。

「柴本はね、日本が真の独立国になれず、米国の属国でいることを憂いていた。だから、総連議長暗殺事件を起こした。あれは柴本の仕事なの。その事件のことは知ってるでしょ？」

「……ああ」

「当時の首相が日朝会談を行なった際、北朝鮮側は日本人拉致を認めた。それが原因で、国内の世論や在日朝鮮人の不信と反発を招いてしまい、日朝関係の進展が図れなくなった。そんななか、かねてから朝鮮総連を解体させると主張していた右翼の村田を唆し、議長を暗殺させることで、柴本は日朝関係を修復できないところまで追い込もうとしたの。北朝鮮からのミサイル発射による恫喝外交を見越したうえで、国内外の北朝鮮脅威論と包囲網を煽り立てる。そうすることによって、日本の国防費の増額、専守防衛からの転換、陸自中央集団による拉致被害者救出を強硬に働きかける。それが柴本のプランだった」

「そんな柴本の思想に、君は目をつけたというわけか」

「そうよ。私は私で、あなたがもたらした北朝鮮国内でのクーデター情報を耳にし、ある計画が閃いたの。北朝鮮でクーデターが起きれば、米国が必ず介入し、日本はその後方支援を行なうことになる。そこで韓国軍の急進派グループと結託し、北の核施設や核兵器、科学者や技術者を丸ごと奪取して、北朝鮮に暫定政権を作り、世界革命の前線基地にしようってね」

　話がつながった。房子はその目的を遂行するために、柴本の持つ権力と陸自の戦闘力を利用したのだ。

　義正がそう突きつけると、房子は「ご明察の通り」と口角を上げた。

「柴本には、現地での作戦に加えて、官邸襲撃でも活躍してもらった。その見返りに、奪取した核を提供することにした。国防上、核は最強の武器になる。柴本は喜んで協力してくれた」

「なのに、君は柴本を殺した」

「柴本だけじゃないわ。現地で核奪取に動いていた、柴本の部下も殺した。さっき言った、14Kの幹部に頼んでね。核の管理もそのまま任せてある。だって、私も核が必要だったんだもの」

　学生時代の彼女は、誰もが認める魅力のある女性だった。それが、今、目の前で微笑む彼女は、同一人物であるはずなのに、ただの殺人鬼へと変貌を遂げていた。

その房子が言った。

「白川くん、『ちいさな群への挨拶』を覚えてる?」

一瞬、彼女が学生時代に戻ったような錯覚を覚えた。

『ちいさな群への挨拶』とは、吉本隆明が昭和二八年に書いた『転位のための十篇』の中にある長い詩だ。全共闘運動の若者たちが愛唱していた。

「覚えてるよ」

『ぼくの孤独はほとんど極限（リミット）に耐えられる。
ぼくの肉体はほとんど苛酷に耐えられる。
ぼくがたふれたら、ひとつの直接性がたふれる。
もたれあふ（い）ことをきらった反抗がたふれる。』

義正がそらでその詩を唱えると、房子は嬉しそうに口元をほころばせた。

それを見ているのが辛かった。義正は唇を噛むと、房子に問いかけた。

「……体制が確立されたこの国で革命を成立させるなんてことは、不可能に近い。君はこれからどうするつもりなんだ」

「どうするつもりもないわ。やることはやった。だけど、この国を私が望むような国家へ生まれ変わらせるなんて無理だもの。現に今、私の描いた計画は制圧されつつあるし」

「だったら、何でそんな無謀なことを――」

「能天気な日本の政府に警鐘を鳴らして、一石を投じたかっただけよ。国民が皆、平等で穏やかに暮らせる社会。私の思いは昔と変わらない。仮に私が逮捕されたり、死んだとしても、決してこの闘争は終わらないわ。世界中でこれからも続いていくの。今頃、マスコミにも声明文が届いているはずよ」

房子は立ち上がると、義正に背を向け、窓のほうへと歩いていった。

太陽の光が窓全体に降り注ぐ。白日の下に照らし出された房子に影を作る。

「……白川くんに、ひとつお願いがあるの。こずえに言伝を頼んでもいいかしら。あの子はそんなものいらないと言うでしょうけど、最後くらい姉らしいことがしたいの。何十年も会っていないとはいえ、内閣情報調査室に所属している以上、身内が今回の事件の首謀者だと知れたら、こずえは苦しむことになる」

「苦しむのは彼女だけじゃない。君の両親も同じだ。君のお父さんは今、脳卒中で倒れて大変な状況なんだ」

義正は辛抱強く、房子からの返答を待った。だが、彼女はそれには触れず、一方的に続けた。

「私は14Kの幹部を使い、中国の外交官を取り込んだ。そして、外交行嚢（こうのう）を使い、日本へ核物質を持ち込んだ。北朝鮮で奪取した核とは別にね」

室内の温度がいっきに下がった。

「そ、それは今どこに――」

「大和重工の研究施設で厳重に管理してるわ。私の協力者がね」

酸素が薄い。呼吸が上手くできない。

「……それを使ってどうするつもりだ」

「政府と取引するつもりだった。IAEAの監視下に置かれていない核物質を、日本が所持しているなんてことになったらどうなると思う？　日本政府は、それこそ泡を食ったように大騒ぎするでしょうね。国際社会からの批判の嵐が目に浮かぶわ」

「君はいったい、何の取引を――」

「もういいの」房子は義正の声を遮ると、こちらを振り返った。「私はもう諦めた。だから、そのことをこずえに教えてあげて。こずえの居場所を守るくらいのネタにはなるはずだから」

そのとき、窓の外からヘリコプターの音が聞こえてきた。視線をやると、UH―1Jがホバリングしているのが見えた。黒いパッチにSATの文字、特殊部隊の姿もある。

「見つかっちゃったようね」

ぽつりと口にする彼女の表情は、穏やかだった。そのどこか満足げな顔に、彼女はこの日を待ち望んでいたんじゃないかという気さえした。

房子は壁際のキャビネットまで行くと、何かを取り出し、胸ポケットに入れた。

「最後に白川くんと会えてよかったわ。人生って不思議ね、何が起こるかわからない」

「何が起こるかわからないからこそ、人生だ。君もまだやり直せる、人生は何度だって生き直せる」

そう強く言う義正に、房子は微笑を浮かべた。

「時代は変わった。それに気づかなかったわけじゃない。でも、もう終わり」

房子はそう口にすると、玄関へ向かった。

ビル周辺は騒然としていて、警視庁のパトカーが十数台停められていた。

房子がおとなしくパトカーの後部座席に乗り込む様子が窺える。

パトカーが走り出す。呆然とその様子をながめていると、突然、パトカーが急停止した。

機動隊員たちが何やら大声で叫んでいる。思わず駆け出し、パトカーに近づいていくと、微かだが「青酸カリ――」と言う警官の声が聞こえた。

血の気が引くのがわかった。

房子がキャビネットから取り出していた物。あれは、青酸カリだったのか――。

周囲の雑音が遠くなった。気力が抜けていくのがわかる。その座に座り込んだまま、しばらく動けなかった。

どのくらい経っただろうか、人の気配に気づき、義正はゆっくりと顔を上げた。まぶしい。目を細めると、そこには、太陽を背にしたこずえが立っていた。無理に笑顔を作ろうとしたが、上手くはいかなかった。

こずえがしゃがみ込む。涙でにじむ目元を拭うと、こずえはゆっくりとうなずいた。

19

大樹は紙ナプキンで口元を拭うと、タバコをくわえた。

火を点け、ゆっくりと煙をくゆらせる。

「なあ」密井が煙たそうに手を振った。「タバコなんて体に悪いもん、いいかげんやめろよ」

大樹は顔をしかめた。

「自分がやめたからって、人にまで押しつけてくるな」

「バカ、今の健康ブームをなめんなよ」

密井とやり合っていると、それを竜介が笑っていた。

大樹はその顔をにらみつけた。

「何がおかしい」

「そんなに凄んでも、昔ほどの険はなくなったなって」

「うるせえ」

面白くなくてそっぽを向く。そんな自分の姿に、ふたりがまたしてもにやけている。

新宿駅のすぐそばにある中華料理店に、大樹たちはいた。ひさしぶりに三人で昼食をとっていたのだ。

ところで、と密井が竜介に訊ねた。

「兄貴のほうはもう大丈夫なのか」

「ああ、相変わらず落ち込んではいるけど、やっと気力をとり戻しつつあるよ」

つい先日の、国内外で起きた騒ぎのことを言っていた。北朝鮮でのクーデターに、日本での官邸乗っとり——その騒動に竜介の兄は巻き込まれ、そのうえ、一連の首謀者がかつての恋人だったという。しかも、その恋人は自殺した。気落ちするのも理解できる。

「……まあ、騒ぎは無事に解決したんだ、兄貴に少しゆっくりしろって言ってやれよ」

密井の言葉に、竜介はうなずいた。

「そうだな」

その横から、大樹は竜介に訊いた。

「核のほうはどうなったんだ」

もうひとりの首謀者である陸上幕僚長も殺され、犯行グループの計画はすべてが失敗した。北朝鮮内での暫定政権樹立も幻に終わっている。ただ、奪われた核の行方だけがわかっていない。

竜介が首を横に振った。

「詳しいことはまだ何とも。まだ継続調査中だって」

まあ、いい。今さらそれがどうなろうと、知ったことではない。これまでは竜介の兄貴のためにその手の情報を集めてやっていたが、今後はその必要もなくなる。邦彦からは、拉致被害者を奪還したという非公式情報を聞いた。竜介の兄貴には、近いうちに真の自由が待っていることだろう。

ふと目をやると、竜介がこちらを見つめていた。

「何だ」

「いやー」竜介が、大樹と密井を交互に見て言った。「何にせよ、兄貴もこれで肩の荷が下りたと言ってた。それもこれも、これまで力を貸してくれていたふたりのおかげだ。この場を借りて、改めてお礼をしたい。本当にありがとう」

「何を今さら」密井が照れ臭そうにかぶりを振った。「やめてくれよ、たいしたこともしてないのに」

「そんなことはない、俺たち兄弟にとっては十分だった。俺はふたりのために、これからの人生を捧げたいと思ってる」

「馬鹿言うな」大樹は即座につっこんだ。「お前の人生にどれだけの価値があると思ってるんだ。そんなもん捧げられても何の足しにもなりやしない」

「大樹――」

「だからお前は、残りの人生を家族のために使ってやれ」

言ったあとで、しまった、と思った。目をそらそうとしたが、もう遅かった。

密井がにやにやと笑っている。

「やっぱお前、丸くなったよ」

「うるせえ!」

こいつらといると、調子が狂う。それはやっぱり、自分が気を許してる証拠なのか。

「……大樹、本当にありがとな」

頭を下げてくる竜介に、ふん、と鼻を鳴らす。そっぽを向いていると、なおも密井が茶化してきた。

「お前が人間らしくなったのも、ヨンヒちゃんのおかげかもな」

「だから、うるせえって言っててんだろ！」

むきになって返すと、竜介と密井が今日一番の笑い声をあげた。

竜介たちと別れた大樹は、南流山へ車を走らせた。自分の故郷、のぞみ学園を訪れるためだ。

一ヵ月ぶりに訪れたその場所は、相変わらず薄汚れていた。寮も建て替えはすでに済んでいるが、ガキどもがすぐに汚していくので意味がない。

グラウンドの横を通り過ぎると、サッカーボールを蹴飛ばしている子供たちが指差してきた。

「あっ、お菓子のおじさん！」

「うるせえっ、いいかげん名前覚えろ！」

ったく、と舌打ちして足を進める。うづき寮の前に行くと、顔見知りの保母と出くわした。

「園長は？」

「裏にいますよ」

そう言われて、寮の裏手にまわる。園長は、ウッドデッキに設けられたベンチに座っていた。

大樹は無言で隣に座ると、手に掲げた大入りのビニール袋を差し出した。

「今月分の菓子だ。足りない分は、口座に振り込んである」

園長が拝むような真似をしてから、それを受け取った。

「本当にいつもすまないね。ここまでしてくれるのは君くらいなものだ。このウッドデッキだって、君が費用を出してくれた」

「……べつに、ただ気が向いただけだ」

何年か前、竜介に言われた。ここが自分の故郷であり、家族であるなら。それからは、毎月忘れずに子供たちへ菓子を差入れし、こないだはこのウッドデッキの金を出した。

大樹がやらないのなら、俺がやる——そうされるのが迷惑だったから、自分で差入れなりをしてきたわけだが、おかげで子供たちからは『お菓子のおじさん』呼ばわりだ。

とはいえ、悪い気がしないのはなぜだろう。

大樹は自分のなかの変な感情に蓋をするように、話を変えた。

「こんな真冬にベンチに座ってて、寒くねえのかよ」

「子供たちの様子を見ていたくてね」

ほら、と園長が顎でしゃくる先には、雑木林が広がっていた。子供たちの遊び場だ。昔、自分も遊んだ記憶がある。言われてみれば、遠くではしゃいだ声があがっていた。

「何だってこんな寒いときに林に入って、やることなんかないだろ」

「自然には四季折々の楽しみがある。子供たちもそれを知っているんだよ」

「そうか？　俺は夏の蟬とりくらいしか思い浮かばないけどな」

大樹がそう返すと、園長から唐突に訊ねられた。

「七年かけて地上に出てきた蟬が、地上でどれくらい生きてられるか知っているかい？」

「は？　一、二週間じゃないのか」

「はずれだ」園長が愉快そうに目を細めた。「虫カゴに入れられた蟬は、ストレスのためにそれくらいしか生きられないが、自然で自由に飛びまわっていると、一ヵ月以上生きることもある。それでも、短命に変わりはないがね。私は子供たちが蟬とりをしたあと、虫カゴに入れて放りっぱなしにしているのを見つけるたび、この話をしてる。子供の遊びを取り上げるつもりはないが、命の重みはわかってほしいからね」

「……何が言いたい？」

大樹が怪訝な目を向けると、園長は薄く笑った。

「蟬の命は儚くて短い。だからこそ、あんなに鳴くんだろう。自分の生きた証をこの世界に刻むために」

「……生きた証、か」

まじまじとその言葉の意味を考える。だとしたら自分は、この世に何を刻めたのだろうか。

　すると、大樹の心のなかを見透かしたように、園長は言った。

「君は十分すぎるほど、この世に生きた証を刻んでいるよ」

「俺が?」

「ここの子供たちのために、君はいろいろとしてくれている。邦彦だって、君のおかげで大学に行けた。今じゃ官僚だ。子供たちのなかには、君のようになりたいと言ってる子もいる。言わば君は、子供たちの希望になったんだ。その希望のバトンは、これからも引き継がれていく。それを生きた証と呼ばずして、何が生きた証だろうか」

「……俺はそんなタマじゃない」

「もっと胸を張ったほうがいい」それにしても、と園長が大樹の顔を覗き込んできた。「君をそうさせたきっかけは、いったい何だったのかな。ここにいたころ、あれだけ尖った目をしていた君が、こんなにも立派な人間になった秘密が知りたい」

「秘密なんてねえよ。ただ――」大樹は少し考えてから答えた。「妙な兄弟が、近くにいたもんでな」

　その後、園長の他愛もない話に付き合わされ、園を出たころにはすっかり日が暮れていた。

　車を走らせ、都心へ戻る。今日は真っ直ぐ帰宅することにした。家ではヨンヒが待っている。

我ながら、手が早すぎたとは思う。出会ってすぐに再び会い、そのときにはもう、日本へ来いと誘っていた。まさかヨンヒがそれを受け入れるとは思わなかったが、向こうもまんざらではなかったのだろう。

女に不自由はしていなかった。なのに、このざまだ。自分もヤキがまわったと思う。密井に茶化されるのも無理はない。

生きた証、か。帰ったら、ヨンヒにも聞かせてやろうと思った。

自宅マンションに着き、駐車場に車を突っ込む。車外に出て、エントランスに向かおうとしたそのときだった。

「よお」

背後で声がした。振り返ると、男がひとり立っていた。

視線が交錯する。白く濁った目。こいつは——。

「……田沼、か？」

昔、密井を袋叩きにした男。その借りを返し、破門に追い込んでやった。その男が、今目の前に立っている。

「お前、何をしに——」

大樹がそう口にした、次の瞬間だった。

田沼が黒光りしたものを抜く。次には、渇いた破裂音が連続して響いた。

「くたばりやがれっ」

田沼が走り去っていく。大樹は腹を押さえながら、呆然とその姿をながめていた。

＊　＊　＊

クウの頭を撫でながら、ヨンヒは木村の帰りを待っていた。

「クウ、今日はダイキの好きなプルコギだからね」

くう、という返事がかえってくる。

——俺といっしょに、日本へ来い。

生まれ育った国を出て、日本にやってきた。いくら近いとはいえ、抵抗がなかったと言えば嘘になる。

それでも、木村についていくことを決めた。出会ってから、時間もまだ限りなく短いけれど、男を見る目には自信がある。

クウを慈しむ木村の目。無愛想に見えるけど、本当は違う。ヨンヒはそこに惚れた。気づけば、自分から携帯を鳴らしていた。

それから間もなくして、クウが玄関へ駆け出した。尻尾を振って、鳴き声を漏らしている。

木村が帰ってきた合図だ。クウは足音でわかるらしい。

ヨンヒはダイニングチェアから腰を上げると、クウのあとを追った。玄関へ行き、扉の鍵を解く。ドアを開けると、木村が立っていた。

だが、いつもと様子が違った。

「ダイキ――」

そこからさきは、声にならなかった。

血の気の失せた木村の顔。何かで濡れた腹部。足元には――真っ赤な血溜まりができていた。

木村が腰から崩れ落ちる。ヨンヒは慌てて、その上半身を抱き上げた。

「ダイキっ、どうしたの、ねえ、何があったのっ？」

けれど、その返事はない。代わりに木村は力なく笑うと、ヨンヒの頬をそっとなでてきた。

「最後に、お前の顔見てくたばれるとはな……、俺の人生も、捨てたもんじゃねえ……」

「何言ってんの、ダイキっ、救急車呼ぶから！」

木村がゆっくりとかぶりを振る。そして、言った。

「知ってるか……、俺はガキどもの希望なんだぜ……」

木村の首が折れた。その呼吸は止まっていた。

「……ダイキ、ねえ、ダイキっ、嘘でしょ！」

ヨンヒの絶叫が響いた。

20

官邸の首相執務室にて、安波はそのときを待っていた。

苦渋の決断だが――仕方ない。これも国民の命を守るためだ。

先日の官邸襲撃から、早くも一週間が過ぎた。事後処理に追われてはいるものの、何とか落ち着きを取り戻しつつある。首謀者が死亡したことにより、事態の全容解明は叶わなくなってしまったが、まずは平和が優先だ。

「総理――」ドアのノック音に続き、秘書官の荒垣が入ってきた。「核の処理が済んだとのことです」

あの騒動のあと、内調の藤堂こずえが極秘に報告してきた。テロ犯が、研究施設に核物質を隠したと言っている――そのテロリストこそが彼女の姉だったわけだが、彼女の報告通り核物質が見つかったため、彼女は内通を疑われずに済んだ。

安波は深々とうなずいた。

「となると、あとは柴本が押さえた北の核か」

北朝鮮内での柴本たちの計画も、本人が死亡し、現地で実働していた部下も殺害されていたため、失敗に終わっていた。しかし、核の行方だけは不明のままだった。

すると、荒垣は興奮気味に言った。

「そちらも進展があり、どうやら14Kのマフィアが、中国政府に引き渡したようです」

「14Kが？」

「テロリストたちの計画に、一枚噛んでいたようです。ただ、首謀者が死亡したことにより、自分たちでは手に余したのでしょう。いっそ政府に引き渡し、義理を売ろうと考えたのではないかと。何にせよ、これで懸念はなくなったと思われます」

「……そうか。ご苦労だった」安波は腕時計に目を落とすと、椅子から立ち上がった。

「ならば、最後は私の番だな」

固い表情で、荒垣が顎を引く。

最後の大仕事——安波は自分の心に喝を入れた。

今日の午後一時から、官邸会議室にて、公式の会談がある。相手は、拉致被害者家族会だ。

家族会代表の川田重雄と拉致被害者家族の面々は、苦虫を噛み潰したような顔をしていた。

さきほどはじまった非公式会談は、早々に難航しそうな雰囲気を醸し出していた。

川田の言い知れぬ表情に、息が詰まりそうになる。それでも、安波は声を絞り出した。

「川田代表やご家族の方々のお気持ちを考えると、私自身も心苦しい限りです」

「それは、日本政府としての決定事項なのですね……？」

「ええ——」

朝鮮半島の混乱は、中国の介入と米韓軍の撤退によってひとまずおさまった。だが、それによってもたらされた結果は、キム・グァンチョル委員長政権、言わばキム体制の存続と、邦人救出を実行した日本政府に対する北朝鮮からの圧力だった。

――拉致被害者救出についての公表はするな。仮に公表すれば、日本の国土は我が国の核兵器によって瞬時に消滅する。

それは、日本に向けて核ミサイルを放つという予告だった。単なる脅しかどうか、北朝鮮の意図とその真偽について情報分析を進めてきたが、結局、何の抑止力も持たない日本政府は、自国民の安全を最優先とし、拉致被害者救出の事実を公表しないという決断を下した。

しかし、家族の気持ちと、のちの世論の反発を考えれば、その事実を家族へ伝えないという選択はありえなかった。

「……それで、家族は今どこにいるのでしょうか」川田が問うてくる。

「申し訳ありませんが、それについてお答えすることはできません。ただ、ご家族の方々の安全を第一に、然るべき場所で保護しています」

「国内ではないのですか」

「はい」安波は小さくうなずいた。「日本にとって最大の同盟国の協力により、安全は確保されています」

安波のその言葉に、川田がひとまず安堵した様子を見せた。

「家族にはいつ会えるのですか」

「ご家族同士の面会についても、然るべき場所で行なえるよう手筈を整えています」

「本当ですかっ」

「それはお約束します。ですが、自由にというわけではないことは、どうかご理解下さい」

「政府による監視下で、ということですか……?」

「そうなります」

そして、安波はひとつ深呼吸をした。それから、最も言いにくいことを口にした。

「加えて、面会はもちろんのこと、ご家族が帰ってきたことについても、決して口外はしないでほしいのです。その点、了解していただけないでしょうか」

「ちょっと待ってください！」後方の席に座っていた老齢の女性が、甲高い声をあげた。「なぜ私たち家族が、そのような肩身の狭い思いをしなくてはいけないのですかっ。好きなときに会えて、お日さまの下を何の気兼ねもなく歩ける、そんな当たり前の生活が、どうして許されないのですかっ。長いあいだ、私たち家族は塗炭の苦しみを背負って生きてきたんです、私たちの家族を救出していただいたことは感謝していますが、それじゃあんまりではないですかっ?」

ハンカチを目元に当て、そう訴える女性に続き、「そうだそうだっ！」という声が方々から飛んでくる。

室内が騒然とするなか、安波は強い口調で言った。

「わかってますっ、皆さんのおっしゃることはよくわかっています！」

参加者の声がぴたりと止んだ。

「だったら、何で――」

どこかからあがる声を、安波は遮った。

「我々にとっても、この状況は看過できないことです。皆さんのご家族が無事に帰還した事実を、全世界に向けて公表し、二度とこのような悲惨なことが繰り返されぬよう、我が国が主導して訴えかけていきたい。ですが、北朝鮮はその事実を公表した場合の報復措置として、核ミサイルを撃つと宣言してきている。そんなことになったら、皆さんがその被害に遭ってしまったら、我々は家族の方々に、何を言えばいいのでしょうか。あなたがたの命を、いや、この国のすべての人たちの命を守る責任が、政府にはあるのです。今は皆さんに負担を強いてしまいますが、たとえ何年かかろうと、皆さんとご家族が笑い会える日々を必ず取り戻します。約束します。ですから、どうかご理解いただけないでしょうか」

お願いします、と安波は深々と頭を下げた。その言葉に偽りはない。上手いことを言うつもりもない。ただ心からそう思った。許してもらえるまで、頭を上げるつもりはなかった。

一分が過ぎ、二分が過ぎる。やがて、頭上に川田の声が落ちてきた。

「総理、頭を上げてください」

頭を上げると、川田が微笑みを浮かべていた。

「私たちの家族が帰ってこれたのは、総理をはじめとする、多くの方々の支援があったからです。それに、同胞の日本国民が、いまだ北朝鮮の核の脅威にさらされている現状と、現在もそれを何とかしようと東奔西走している政府関係者の皆さんの努力を、私は知っています。こんなことは本当に最後にしたい。日本の国民が二度と我々のような思いをすることのないよう、全力を尽くしていただけませんか」

安波と川田の視線が重なる。

「もちろんです」

安波が力強く答えると、川田は後ろを振り返った。

「どうですか。皆さんも、この国の同胞が危険にさらされることは、本意ではないはずです。この国に本当の平和が訪れることを信じて、その日を待とうではないですか。政府を、総理を信じてみようではないですか」

その声に、異を唱える者は誰もいなかった。

これまで通り、世論に向けて、拉致被害者の救出を訴え続けてほしい――。

こうして拉致被害者の家族は、この日本を守るため、自らを偽ることになった。

安波は心に誓った。その痛みを決して忘れはしまい、と。

～エピローグ～

鹿の足跡を追って山に分け入ってから、すでに一時間が経っていた。昨夜に降った雪がわずかに残っている。

地面に目を凝らしながら歩いていると、粒上の糞を見つけた。濃い褐色だった。それは比較的新しい糞であることを示していた。

ゆっくり周囲に視線を巡らせていると、三〇メートルほど先で、樹皮を食べながら群れをなして進む鹿の姿が微かに見えた。

義正は姿勢を低くすると、その場に膝をつき、銃を構えた。鋭敏になった知覚を頼りに、全神経を集中させる。自分の呼吸さえも煩わしかった。

静かな風があたりの木々を揺らし、猛禽類の甲高い鳴き声が頭上を飛び交っている。

そのとき、棚引く霧が消えて視界がクリアになった。鹿の先にバックストップ——丘——が見える。義正は銃床を肩と頬に密着させて、リコイルパット——銃底の底——を右肩へ引きつけた。

最後尾を歩く鹿に照準を合わせ、引き金を絞る。銃声が響き——鹿が倒れた。

義正は、大きく息をついた。

鹿の解体を済ませ、家に帰ったときには、夜空の月が煌々と光を放っていた。

朽ちかけた段々を昇り、隙間に泥を敷き詰めた丸太小屋の、歪んだ玄関の扉を開ける。すると、来客が待っていた。

「遅かったな」

簡易なキッチンと、ソファにテレビ。電気は引いてあるが、それ以外には何もない。

その室内のソファに、竜介が座っていた。

手を洗いながら、義正は返した。

「ひさびさに獲物を仕留めたんだ。帰りに分けてやる」

「ありがとう」それにしても、と竜介がしみじみと言った。「兄貴がまさか、マタギになるとはね」

「何言ってんだ、今さら」義正はコーヒーを淹れると、カップをふたつ持って自分もソファに腰ろした。「この生活も、もう一二年になるんだぞ」

房子たちがテロを起こした一二年後の二〇一九年、義正は北海道でマタギ生活を送っていた。あの一件のすぐあと、刑の執行が停止され、俗社会から離れることにしたのだ。

「あれから一二年か。兄貴も老けたよな」

「当たり前だ、もう六九だぞ。そう言うお前だって、五九だ」

声もなく竜介が笑う。それから訊いてきた。

「おふくろの墓参り、そろそろ行かないか」

「そうだな」

三年前、母は眠るように息を引き取った。死因は老衰、大往生だった。親不孝者だったが、天国から見守ってくれていることを願っている。

竜介が「あ」と声をあげた。

「首相の会見、明日だっけ？」

「そう言ってたぞ。明日の朝には公表するらしい」

こずえから連絡があったのは、昨日のことだった。

――明後日、総理が拉致被害者救出の事実を公表します。

一二年前に救出された拉致被害者たちは、当時、北朝鮮国内でのクーデターが失敗し、キム政権が存続したことにより、公表することが叶わなくなってしまった。核を打ち込むと恫喝されたからだ。核の脅威が少しでもある以上、政府としてはその事実を隠すほかなく、拉致被害者は米国のある場所で保護され、家族にはこれまで通り帰還を訴え続けてもらっていた。

ただ、その風向きが昨年から変わった。米朝首脳会談が行なわれ、非核化に向けた協議がはじまったのだ。先日にはついに劇的な合意に至り、非核化が大幅に前進したため、政府も公表に踏み切ることにしたという。こずえは今も嘱託職員として内調にいるから、その情報に間違いはなかった。

なお、その公表をする時の総理は――安波。第二次政権を敷き、拉致被害者との約束を守ったのだ。長い時間がかかったが、関係者のこれからの幸せを祈ってやまない。

竜介がコーヒーをひと口含んだ。

「南北統一に向けても協議がはじまってるみたいだな」

北朝鮮と韓国のあいだに国境がなくなる——合意に至るまでにはまだいくつもの障害を乗り越える必要があるだろうが、機は熟している。何より、北の核がなくなるのだ。きっといつかは悲願が叶う。

「ハナ、か……」

義正がつぶやくと、竜介に小首を傾げられた。

「ハナ？」

「ああ、朝鮮語でな。南北統一とか、ひとつっていう意味がある」

義正が答えると、竜介は手を叩いた。

「それなら、俺と兄貴もハナだな」

「俺たちが？」

「そうだよ。俺たち、いつだって力を合わせてきたじゃないか。兄貴が刑務所にいるときも、出てきてからもずっと。俺たちはいつもひとつだった。俺たちはハナだよ」

竜介はこちらを真っ直ぐ見つめていた。義正は熱くなるものを感じ、返事もせずにうつむいた。

そうだ。自分たちは、いつだってひとつだった。今だって、竜介はわざわざ道内に越してきてまで、自分のもとを訪ねてくれてる。

そうだ。自分たちはハナだ。

あれから、本当にいろいろとあった。楽しいことばかりではない。房子をはじめとする多くの人の死。悲しいことのほうが多かった。

それでも歯を喰いしばってこれたのは、この弟がいたからだ。

「……そうだな」

義正はそれだけ言うのが精一杯だった。


泊まっていくという竜介を自分のベッドに寝かせると、義正はソファに横になった。

暗い部屋の中、天井をながめる。ふと、房子のことを思い出した。

房子は最後の最後まで、自分の思想を貫いた。学生時代の自分なら、房子のやり方に異を唱えることはなかっただろう。だが、自分と彼女とでは、違う時間が流れていたのだ。

それでも、この世界に終わりはない。『戦士は死ぬ。だが思想は死なない』、カストロが盟友のゲバラの死に際して送った言葉だ。彼女の手法は間違っていたかもしれないが、純粋なまでのその思想に間違いはない。そして、その思想を持つ者がいる限り、この闘いは続いていくのだ。

今日も世界の国々で、労働者階級の反乱が繰り広げられている。今もそこに、『房子』はいる。

窓の外で、フクロウが鳴いている。その声を聞きながら、義正は静かにまぶたを閉じた。

――完――

著者プロフィール

八千代 彰雄（やちよ あきお）

1988年千葉県出身。

不動産会社経営。

本業の傍ら執筆活動を行ない、文芸社より2024年1月今作『ハナ』にて作家デビュー。

ハナ

2024年1月15日　初版第1刷発行

著　者　八千代 彰雄
発行者　瓜谷 綱延
発行所　株式会社文芸社
〒160-0022　東京都新宿区新宿1－10－1
電話　03-5369-3060（代表）
03-5369-2299（販売）

印刷所　株式会社暁印刷

ISBN978-4-286-24650-5